本书为教育部人文社会科学研究项目“西方马克思主义视域下戈迪默小说研究”（17YJC752008）成果

纳丁·戈迪默长篇小说研究

Nadine Gordimer

On Novels by Nadine Gordimer

胡忠青／著

華中師範大學出版社

新出图证(鄂)字 10 号

图书在版编目(CIP)数据

纳丁·戈迪默长篇小说研究/胡忠青著. —武汉:华中师范大学出版社,2022.6

ISBN 978-7-5622-9803-8

Ⅰ.①纳… Ⅱ.①胡… Ⅲ.①纳丁·戈迪默—小说研究 Ⅳ.①I478.074

中国版本图书馆 CIP 数据核字(2022)第 097813 号

纳丁·戈迪默长篇小说研究

编辑室:综合编辑室　**电　　话**:027-67867370
责任编辑:张晶晶　**责任校对**:王　胜　**封面设计**:罗明波
出版发行:华中师范大学出版社有限责任公司
社　　址:湖北省武汉市珞喻路 152 号　**邮　　编**:430079
销售电话:027-67861367/1549
邮购电话:027-67861321　**传　　真**:027-67863291
网　　址:http://press.ccnu.edu.cn　**电子信箱**:press@mail.ccnu.edu.cn
印　　刷:武汉市洪林印务有限公司　**督　　印**:刘　敏
开　　本:710mm ×1000 mm　1/16　**印　　张**:11　**字　　数**:200 千字
版　　次:2022 年 6 月第 1 版　**印　　次**:2022 年 6 月第 1 次印刷
定　　价:58.00 元

目　录

绪 论

南非与我国同为金砖国家，虽然近年来两国之间的文化、经济交流日益频繁，但我国国民对南非文化，尤其是南非文学了解甚少。南非文学在世界文坛异军突起，短期内就出现了两位诺贝尔文学奖获奖者，纳丁·戈迪默（Nadine Gordimer，1923—2014）是其中之一。戈迪默于1991年获得诺贝尔文学奖，是南非第一位、非洲第三位获此殊荣的作家。她不仅是一位有超高创作能力的作家，而且是一位极具悲悯情怀的社会活动家。无论是其文学创作还是其社会活动，都对南非的自由解放运动产生了积极影响，受到南非人民的高度肯定，也获得国际赞誉。也正因如此，她被认为是一位通过其史诗般的创作为人类带来巨大利益的伟大作家①。她的创作受到了南非国内外的高度关注，关于其创作的研究成果也不胜枚举。但是，中国有关戈迪默及其作品的讨论与研究不多，远少于获诺贝尔文学奖比她晚、作品总量比她少的约翰·库切。个中缘由众多，但我们认为，最主要的原因在于我们对其作品价值，以及其在南非乃至世界文学史上的重要地位的认知不够充分。而要对戈迪默的创造有更充分而全面的认识，我们首先应在南非英语文学的大语境中来了解她。

一、南非英语文学概述

南非是一个多种族、多语言、多种文化共存的“彩虹之国”。其官方通用的语言就有11种之多，虽然英语只是少数南非人的母语，但是由于其强大的殖民权力背景而成了南非政府及媒体的工作语言和通用语言之一。白人作家用英语进行创作的原因不言而喻，而黑人作家则把用英语进行文学创作视为反抗殖民统治的一种方式。与英语的主导地位相对应，英语文学成为南非文学的主体。与南非的历史发展过程一致，南非英语文学被划分为三个时期：肇始期、种族隔离时期和新南非时期。

---

①Swedish Academy. *The Nobel Prize in Literature 1991*. https://www.nobelprize.org/prizes/literature/1991/press-release/.

(一)南非英语文学肇始期

除了最早的以口头文学为载体的土著文学之外,英语文学是南非最古老的文学形式之一。1795年英国人入侵南非,英语逐渐被广泛使用。英语文学的起源可以追溯到19世纪30年代。肇始期的英语文学主要以诗歌、游记和散文的形式描写南非的风土人情,以及殖民统治过程中的利益冲突,其目的是服务于英国本土的读者群。这一时期,英语文学是殖民主义与本土文化的中介,是宗主国窥视和再现南非的"镜像"。亨利·赖德·哈格德就是这一时期的代表作家。19世纪70年代,南非钻石和黄金矿藏的开发掀起了第二次英国移民热潮,英语文学开始向现实主义文学转型,奥丽芙·施赖纳为这一流派的开创者。她的第一部小说《一个非洲农场的故事》(1883)之序言被许多评论家视为南非现实主义文学的宣言,因而这部小说被看作真正的南非文学的开端。

(二)种族隔离时期的南非英语文学

1910年,南非联邦成立。自此,历届政府沿着种族主义的道路愈走愈远。1948年,代表极端种族主义的国民党上台执政,开始全面推行反动至极的种族隔离政策。白人在各方面独揽政权,广大黑人和部分有色人种被剥夺了土地、家园,丧失了在政治、经济、教育等方面的基本权利。20世纪的英语文学就在这样的历史政治背景下发展起来,成为南非文学的主体,并逐步发展成为世界英语文学的一个组成部分。南非荷兰语逐渐成为统治阶层的语言,而英语则成为被广大作家采用的抗议语言。在这样的背景下,南非大部分知名作家,如纳丁·戈迪默、约翰·库切、彼得·严伯拉罕斯、拉·古玛、阿兰·佩顿等,都使用英语创作。在这种历史语境下,无论是白人、黑人,还是有色人种作家,都自觉或不自觉地将政治与文学结合在一起,致力于表现自身对黑人的同情和对种族政治的憎恶。

(三)新南非时期的英语文学

1991年,南非政府从法律上废除了种族隔离法,但直到1994年5月26日曼德拉当选为南非历史上首位黑人总统,种族隔离政策才彻底退出南非的历史舞台。从殖民统治和种族政治的桎梏中解放出来的新南非开始步入"后种族隔离"的剧变时代,同时也迎来了文学创作的高潮。1991年和2003年,戈迪默和库切先后获得诺贝尔文学奖。大量黑人作家走向文坛,和白人作家一起反映人民生活的各个方面,向世界展示南非人民所遭受的苦难和面临的问题,指引人们直面过去的罪恶,寻找新的生活模式和新的希望。随着种族隔离制度的废除,黑人作家开始站在本民族的立场上进行创作。在小说方面,最著名的要数扎克斯·穆达。他善于从底层黑人的视角反映社会现实，其代表作《红色的心》就以元小说的形式探讨了新时期各种思潮和各色人种的碰撞及交融。

虽然一直深受欧美文学影响，但是南非英语文学却从未丧失其本性。它深深植根于南非的社会生活，在独特的历史语境下，形成了鲜明的文学特征。首先，南非文学是典型的创伤文学。创伤书写几乎贯穿了南非作家的写作生涯。戈迪默曾说，生活在南非，只要睁眼看，伸手摸，人压迫人的社会现实就会呈现在你面前。在惨无人道的种族隔离制度和严苛的文化审查制度下，人们被剥夺了自由言说的权利。南非的作家们积极努力地以文学为载体，记录历史，书写个体和民族所遭受到的创伤，并通过写作进行文化重建。其次，南非文学也是启示文学。南非文学是苦难深重的南非各民族集体意识的体现，具有浓烈的理想主义特色。很多南非作家以历史预言主义的手法，以前瞻性的视角展望南非社会未来的发展，并对多种族和谐共处的未来社会进行思考。

二、戈迪默及其创作简介

(一)作为作家的戈迪默

戈迪默是犹太人后裔。1923 年 11 月 20 日，戈迪默出生在距约翰内斯堡 40 英里的东部兰德矿业小镇斯普林斯，她的童年和青春期也都是在那里度过的。因为戈迪默小时候有轻微的心脏病，母亲担心其身体，把她留在家里休养了几年。她直到十岁才到一所天主教修道院的学校去上学。

她的父亲伊西多尔·戈迪默(Isidore Gordimer)是来自立陶宛的犹太移民，是个钟表匠。她的母亲汉娜·梅尔斯·戈迪默(Hannah Myers Gordimer)来自伦敦一个具有犹太血统的同化家庭。虽然戈迪默的父母有着浓重的宗教信仰背景，但是他们并不信教。戈迪默的父亲虽为沙俄难民，但他既不是积极的革命分子，也不太同情生活在种族隔离制度下的黑人。她的母亲却正好相反。她受过良好的教育，意志坚强，极为同情黑人的惨痛处境，为此，她成立了一个黑人托儿所，积极努力地为黑人家庭提供力所能及的帮助。汉娜认为，一个人只要以个人的方式文明地对待他人，为他人做好事，就能获得足够的政治恩惠。她坚信，“一个人对黑人既负有道德上的义务，也有行善的实际责任”①。在母亲潜移默化的影响下，戈迪默从小就非常关心黑人。她曾在十几岁时曾亲眼看见警察突袭自己的家，没收了黑人仆人的信件和日记。政府对黑人自由运动的镇压，给年少的

---

①Andrew Vogel Ettin. *Betrayals of the Body Politic: The Literary Commitments of Nadine Gordimer*. Charlottesville and London: The University Press of Virginia, 1993, pp. 39-40.

戈迪默留下了无法磨灭的记忆。这也是她致力于通过写作鞭挞种族隔离制度的最重要的原因。

由于长期离群索居，戈迪默童年的大部分时间都是在阅读中度过的。她很早就开始写作，9 岁时就开始在练习本上写诗和小故事，她尤其会编撰一些富于儿童梦想的朴素故事。这些“作品”刊登在当地报纸的儿童栏里。1937 年，15 岁的戈迪默发表了她的第一篇短篇小说《寻金记》(*The Quest for Saw Gold*)，刊登在《儿童星期日快报》(*Children's Sunday Express*)上；与此同时，另一篇儿童故事《明天再来》也发表在《论坛》(*Forum*)上。

1946 年，23 岁的戈迪默进入威特沃特斯兰德大学(University of the Witwatersrand)学习。在那里，她第一次与不同肤色的人一起学习，还参与了索菲亚镇的复兴运动。但是，她没有完成她的学业，也没有获得文凭。1948 年，她搬到约翰内斯堡，此后一直生活在那里。在约翰内斯堡，她继续写作，发表了多篇短篇小说。她的第一个出版商露露·弗里德曼(Lulu Friedman)是南非国会议员伯纳德·弗里德曼(Bernard Friedman)的妻子。也正是在弗里德曼夫妇位于约翰内斯堡努尔霍顿(Lower Houghton)第一大道的家里，戈迪默结识了其他反种族隔离作家①。1950 年，《纽约客》(*New Yorker*)发表了戈迪默的短篇小说《守灵人》(*A Watcher of the Dead*)。自此，双方开始长期合作。戈迪默的很多短篇小说通过这份杂志为公众所知晓。与此同时，戈迪默也在其他著名文学期刊上发表短篇小说。在她看来，“短篇小说是我们这个时代的文学形式”②。25 岁时，戈迪默的第一部短篇小说集《面对面》(*Face to Face*，1948)问世。28 岁时，她的第二部短篇集《巨蛇的细语》(*The Soft Voice of the Serpent*)出版。1953 年，在戈迪默 30 岁的时候，她发表了第一部长篇小说《说谎的日子》(*The Lying Days*)。《纽约时报》称赞该小说洞悉人生，思想成熟，笔法新颖自然，独具个人风格，堪与弗吉尼亚·伍尔夫的作品媲美。从此，戈迪默以笔耕为生。在 20 世纪 60 年代和 70 年代，戈迪默间或离开约翰内斯堡，去往美国的几所大学任教。1961 年，短篇小说集《星期五的足迹》(*Friday's Footprint*)为她赢得了 W. H. 史密斯联邦文学奖(W. H. Smith Commonwealth Literary Award)。自此，戈迪默的文学创作开始受到国际关注。2012 年，89 岁高龄的戈迪默出版了她的最后一部长篇小说《空前时代》(*No Time Like the Present*)。

---

①Mail & Guardian. “*A Mixture of Ice and Fulfilled Desire*”. 14 November 2005. Retrieved 16 August 2010. https://mg. co. za/article/2005-11-14-a-mixture-of-ice-and-fulfilled-desire/.

②The Guardian. “*Nadine Gordimer*”. Uploaded on June 13 2008. Downloaded on 20 October 2020. https://www. theguardian. com/books/2008/jun/13/nadine. gordimer.

1949 年,戈迪默与约翰内斯堡当地牙医杰拉尔德·加夫龙(Gerald Gavron)结婚,次年生了一个女儿,名叫奥利安(Oriane)。两人的婚姻持续了 3 年。1954 年,戈迪默与莱因霍尔德·卡希尔(Reinhold Cassirer)结婚。卡希尔是一位德高望重的艺术品交易商,创办了南非索斯比拍卖行(South African Sotheby's),后来经营自己的画廊。1955 年,他们的儿子雨果·卡希尔(Hugo Cassirer)出生。2001 年,戈迪默的丈夫莱因霍尔德·卡希尔死于肺气肿。长大后的雨果·卡希尔成为一名电影制作人,戈迪默与他合作过两部纪录片。2014 年 7 月 13 日,戈迪默在睡梦中去世,享年 91 岁。她去世的消息公开后,世界各地的人们用不同的形式表达了他们对这位伟大作家的怀念与赞美。

(二)作为社会活动家的戈迪默

1960 年,沙佩维尔大屠杀的发生促使戈迪默加入了反种族隔离运动。此后,她迅速活跃于南非政坛。1962 年纳尔逊·曼德拉(Nelson Mandela)受审期间,戈迪默与曼德拉的辩护律师布拉姆·菲舍尔(Bram Fischer)和乔治·比佐斯(George Bizos)成为密友。她还曾帮助曼德拉撰写过演讲稿《为理想我愿献出生命》(*I Am Prepared to Die*)。这个演讲后来成为曼德拉最著名的演讲之一。1990 年重获自由的曼德拉表示,戈迪默是他最想见的人之一。

在南非,戈迪默的小说曾多次被政府查禁。《已故的资产阶级世界》(*The Late Bourgeois World*,1966)被禁 10 年。《一个陌生人的世界》(*A World of Strangers*,1958)被禁 12 年。其他作品被查禁的时间较短。《伯格的女儿》(*Bruger's Daughter*,1979)仅出版一个月就被查禁。但 6 个月后,出版委员会的上诉委员会(Publications Committee's Appeal Board)推翻了对该书的审查,认为它比较片面,不具颠覆性[①]。在种族隔离制度被废除前,《七月的人民》(*July's People*,1981)曾被禁,在后种族隔离政府下也曾被审查。2001 年,南非教育部门将《七月的人民》和其他反种族隔离作家的作品暂时从学校的阅读书单中删除。《七月的人民》被描述为"种族主义者,高人一等,高高在上"[②],戈迪默本人认为这是一种严重的侮辱,许多文学和政治人物对此也表示抗议。

在非洲人国民大会(简称"非国大")仍被列为非法组织时,戈迪默就加入了该组织。戈迪默从不盲目地效忠于任何组织,但她认为非国大是扭转

①K. Bolonik. *Radiation, Race, and Molly Bloom: Nadine Gordimer Talks with Book Forum. Book Forum*, Feb/March 2006. https://www.bookforum.com.

②Anuradha Kumar. *New Boundaries. The Hindu*, 1 August 2004.

南非黑人地位的最大希望。她拒绝简单地批评该组织的缺陷，而是主张加入该组织来解决这些缺陷①。她把非国大的领导人藏在自己家里，以帮助他们逃脱政府的逮捕。由于她高尚的精神和对黑人的热爱，戈迪默在黑人中很受欢迎，她与纳尔逊·曼德拉建立了亲密的友谊。她说，她一生中最自豪的一天是1986年她代表22名南非反种族隔离活动人士在德尔马斯叛国罪审判中作证的那一天。她还经常参加南非的反种族隔离游行，并在国际上发表演讲，反对南非的种族主义制度。然而，曾有激进的黑人知识分子指出，与白人的合作并没有带来黑人的彻底解放。这种言论曾在南非引起了一股抵制白人的浪潮。作为社会活动家的戈迪默也曾面临被抵制的尴尬处境。为此，她曾计划移民到邻国赞比亚。但是，让·保罗·萨特(Jean Paul Sartre)曾经说过，"流亡就是失去你在世界上的位置"②。这一观点启发了戈迪默，因此，虽然她对曼德拉政府统治下的国家现状不太满意，但仍选择继续生活在南非，通过写作来反映社会现实。

戈迪默的个人行动并不局限于反对种族隔离的斗争，她坚决抵制审查制度和国家对信息的控制，拒绝让南非广播公司播放她的作品。戈迪默是南非反审查行动小组指导委员会成员。此外，戈迪默还是南非作家大会的创始成员之一，她积极参与南非的文学活动，参加国际文学组织，曾担任国际笔会的副主席。

在种族隔离制度废除后的20世纪90年代以及21世纪，戈迪默积极参与艾滋病防治相关的事务，帮助解决南非的重大公共卫生危机。2004年，她组织了全球20位著名作家撰写并出版了短篇小说集《爱的讲述》(*Telling Tales*)，为南非的治疗行动运动(Treatment Action Campaign)筹款。

她也曾多次公开谈到南非以外的外交政策和歧视问题。例如，2005年菲德尔·卡斯特罗(Fidel Castro)生病时，戈迪默与其他六名诺贝尔奖得主联名致函美国，警告美国不要试图破坏古巴共产主义政府的稳定。戈迪默对歧视的抵制甚至延伸到1998年她拒绝接受"入围"橘子奖(Orange Prize)，因为该奖项只承认女性作家。2006年，戈迪默在家中遭到强盗袭击，引发了全国人民的愤怒。但她仍然不顾朋友们的建议，拒绝搬进带栅栏的建筑。在1979至1980年的一次采访中，戈迪默称自己是无神论者，但她补充说："我认为自己有一种基本的宗

①Per Wästberg. *Nadine Gordimer and the South African Experience*. Nobelprize. org. Uploaded on 26 April 2001. Retrieved on 16 August 2010. https://www. nobelprize. org/prizes/literature/1991/gordimer/article/.

②Michiko Kakutani. *A Chronicler of a Land of Strangers*. *The New York Times*, Weekend Desk, Late Edition-Final, Section C, page 28, Column 1, October 4 1991. http://query. nytimes. com/gst/fullpage. html? res=9D0CEED8113DF937A35753C1A967958260.

教气质,甚至可能是一种非常虔诚的宗教气质。”①

罗纳德·苏雷什·罗伯茨(Ronald Suresh Roberts)在2005年出版了一本关于戈迪默的传记《厨房无冷灶:纳丁·戈迪默传记》(*No Cold Kitchen: A Biography of Nadine Gordimer*)。起先,戈迪默同意接受罗伯茨的采访,并允许他查阅她的个人文件,但她同意授权罗伯茨撰写这本传记的前提是在该传记出版前必须让她先审阅手稿。然而,戈迪默并不认同罗伯茨在书稿中对她丈夫莱因霍尔德·卡希尔患病和死亡的描述,以及对戈迪默在20世纪50年代的婚外情和她对巴以冲突看法的批评。二人没能达成一致。罗伯茨在未经戈迪默“授权”的情况下独立出版了该书。而戈迪默则否认这本书的真实性,指责罗伯茨违反了公众的信任②。

除了以上分歧,罗伯茨还批评戈迪默代表南非黑人在后种族隔离时代的倡导,特别是她反对政府处理艾滋病危机的做法,认为这是一种家长式的、虚伪的白人自由主义。这本传记还指出,戈迪默1954年在《纽约客》上发表的《南非童年》(*A South African Childhood*)并非完全是传记性质的文章,其中包含一些虚构的事件。

(三)戈迪默文学创作的发展与演变

戈迪默一生创作了15部长篇小说、22部短篇小说集、4部文学评论集、1部戏剧、2部非文学作品集,还编辑了2部作品集,并与自己的儿子雨果·卡希尔合作创作了2部纪录片。她先后荣获南非国内外文学大奖和荣誉三十余次,作品被翻译成三十多种语言在世界各地传播,被认为是当今世界十大作家之一。她的大部分作品涉及政治,以及“种族隔离制度下南非社会的道德和精神顽疾”③。戈迪默所有作品的主题几乎都关于爱情和政治,尤其关于南非的种族问题。戈迪默总是质疑权力关系和真理,以普通人的故事揭示道德的模糊性和选择性。她的角色刻画细致入微,更多的是通过她的角色所做的选择,而不是通过他们所声称的身份和信仰而达成的。她甚至还在人物的名字中加入微妙的细节。南非前大主教、诺贝尔和平奖得主德斯蒙德·图图说:“纳丁·戈迪默以她

---

①Jannika Hurwitt. *Interview with Gordimer*. *Paris Review*, Issue 88, Summer 1983. Uploaded 22 October 2019. https://www.theparisreview.org/interviews/3060/nadine-gordimer-the-art-of-fiction-no-77-nadine-gordimer.

②Rachel Donadio. *Nadine Gordimer and the Hazards of Biography*. *New York Times*. Uploaded 31 December 2006. Retrieved 12 April 2007.

③Petri Liukkonen. *Nadine Gordimer*. From *Books and Writers*. Finland: Kuusankoski Public Library. Archived from the original on 4 December 2008.

极为出色的创作才能，精湛地描写了在种族隔离制度深渊中挣扎的南非劳苦大众，这种博大的悲悯情怀激起了全世界读者的共鸣。”①

戈迪默在十几岁时就阅读了大量的世界名著，其中包括对她创作风格和创作内容影响极大的法国作家马塞尔·普鲁斯特(Marcel Proust)和美国左翼作家厄普顿·辛克莱(Upton Sinclair)的作品。她的作品有着浓重的政治背景，在不同的历史时期呈现出不同的创作倾向。

她的创作早期(1948—1963)刚好是南非种族隔离制度逐渐法制化的时期。在这个时期内黑人从逆来顺受到奋起抗争；白人中的有识之士对社会状况愤愤不平，同情、支持黑人运动。戈迪默站在激进的人道主义立场，揭露南非政府的丑恶行为，表达南非人民要求自由与和平的愿望。在此期间，她出版了3部短篇小说集和3部长篇小说。这些作品主要描写特殊政治时期中的中产阶级白人，详尽而缜密地揭示人物的内心世界和人际关系，侧重表现儿女情长和人伦道德。

戈迪默出版的第一部长篇小说《说谎的日子》(*The Lying Days*，1953)基于她的家乡——约翰内斯堡附近的一个东部兰德矿业小镇，小说描绘了年轻的白人女性海伦(Helen)的生活，以及她在南非种族分裂下日益增强的政治意识。海伦反对父母的旧式价值观念，反感种族主义统治，逐渐认同西方的解放思想。小说描写了她与黑人的交往。1948年，阿非利堪人统领国民党上台，作为白人的海伦有些许内疚。她渴望到欧洲去定居，但最终她还是决定留在南非。这部小说可以说是一部半自传体的成长小说，间接表现了戈迪默作为白人在种族主义统治时期的矛盾心理。

《陌生人的世界》(*A World of Strangers*，1958)是让戈迪默获得认可的重要长篇小说之一。小说叙事者是来自英国的出版家托比·胡德，他把自己想象成爵士音乐和摇摆舞相结合的下等酒店亚文化中的罗宾汉，从异国视角审视非洲棚户区。托比·胡德反感有钱白人的腐朽生活，可又难挡20世纪50年代爵士音乐和摇摆舞中心——索菲亚镇放荡不羁的“魅力”。他发现，要维持同约翰内斯堡中产阶级白人的友谊，又要维持同“黑人居住区”黑人朋友的友谊，是办不到的。他想同黑人团结起来，可是非洲人萨姆不相信他。这就是南非当时的社会现实。《陌生人的世界》更写出了白人居住区的奢华以及黑人棚户区的贫困。两种生活境遇有天壤之别，形成互不了解的“陌生人的世界”。实际上，20世纪50年代，戈迪默经常跟索菲亚的文学人物莫迪塞尼、纳卡萨和塞姆巴等交流。或许我们可以把胡德的摇摆不定看作戈迪默对自己在此阶段的内心投射。

1963年出版的《爱的机会》(*Occasion for Loving*)中，戈迪默将种族隔离和

---

①戈迪默：《保守的人》，何静芝译，燕山出版社2015年版，第7页。

爱坦率地结合在一起。年轻漂亮的英国女子安·戴维斯(Ann Davis)跟随丈夫——民族音乐学家波阿兹·戴维斯(Boaz Davis)来到约翰内斯堡。在那里,她爱上了黑人艺术家吉迪恩·希巴洛(Gideon Shibalo)。吉迪恩曾有过几段失败的恋情。最终,安结束了这段暧昧关系,同丈夫离开南非,给黑人留下了一桩心事。与安形成对照的是30多岁、育有四子的杰西·史迪威。安和她的丈夫就住在杰西的家里。杰西与安不同,她有自己的思想,她与丈夫汤姆同属"自由派",有着人道主义的价值观念,与黑人相处融洽。两位女性人物形成鲜明对照。这是一部表达充分的长篇小说,主要关注的与其说是事件与背景的变化,倒不如说是杰西的心路历程和错综复杂的人物关系。在这部小说中,戈迪默详尽而缜密地揭示了人物的内心世界,坚定而坦诚地直面南非残酷而极富讽刺意义的现实。不难看出,戈迪默的洞察力在日趋深化、成熟。

在她的创作中期(1964—1990),南非共和国执行严厉的种族隔离制度,国内民生凋敝,种族矛盾重重,各种社会问题层出不穷。在此期间,戈迪默出版了7部长篇小说、4部短篇小说集和4部非文学作品集。其创作主题超越了自由主义,转而揭露社会弊病。因为彼时的南非社会矛盾尖锐,政府实行严酷的管控,在文化方面,政府以立法的形式强化检查制度,致使文艺活动受到了空前的压制。正因如此,戈迪默的作品曾数度被禁。

戈迪默的第四部长篇小说《已故的资产阶级世界》(*The Late Bourgeois World*,1966)开始关注重大的政治题材。小说中的人物迈克斯曾是一个破坏小组的成员,曾经受到富有的父母的影响,后来变成当局御用的叛徒。戈迪默欣赏白人行动主义者对南非政权的抵制和他们的勇气,但是她怀疑他们行为的有效性。因为为数不多的行动主义者大都以自我为中心,对于黑人与白人的关系认知模糊。通过这部小说,戈迪默想要告诉读者,白人要想真正融入黑人群体,与黑人同呼吸共命运,他们首先应从内心深处认同非洲。

在1970年出版的《尊贵的客人》(*A Guest of Honour*,又译为《贵客》)中,戈迪默把场景移至南非之外的赞比亚,但作品仍具有浓厚的政治色彩。英国威尔特郡的布雷上校来到刚刚独立的赞比亚,在这块曾经的殖民地上,前地区专员布雷再次见到了各路朋友、同胞,上至总统,下至佣人。作为总统的贵客,布雷带领读者来了一次非洲内陆的"深度游"。这个国家的政治、经济、教育,上流社会、普通民众,地理环境,风土人情等通过布雷的视角交织展现。作品不仅通过黑人在建立政权和巩固政权中出现的激烈冲突来表现人类实现美好理想的艰难,而且认真探讨了非洲白人的身份,指出他们是非洲人,而不是宗主国的欧洲人。这部小说荣获1971年度詹姆斯·泰特·布莱克纪念奖(James Tait Black Memorial Prize)。1991年诺贝尔文学奖授奖词对《尊贵的客人》的评价是:"小说《尊贵的客人》是戈迪默写作生涯早期的一座里程碑,是一部行文缜密且含义隽永的经典作品。她以极大的热情成功地传达了一个国家诞生时各种事件的复杂性。回国的前殖民地行政官卷入了冲突,忠诚感让他无所适从。事件的发展通过主人公的爱情经历反映出来。他那毫无英雄气概的意外死亡引发了人们对个人在国家发展中的作用的反思。"①

1974年,戈迪默出版了小说《自然资源保护论者》(*The Conservationist*)。在这部小说中,戈迪默通过白人实业家梅林(Mehring)的视角,探索了祖鲁文化和一个富有的白人实业家的世界。梅林是一个抱有世界主义思想的商业大亨,他花钱买地,建立了一个非洲农庄。这位"自然资源保护论者"试图保护自然,以保护种族隔离制度,阻止变革。虽然他可以"拥有"这个农庄,但绝不是这个农庄的主人。一具身份不明的尸体被弃置在梅林的农场,他让农场工人将这具尸体就地埋葬。但这个死人却萦绕在作品中,不由得让人想起梅林的愿景是建立在尸体之上的。通过这部作品,戈迪默抨击了白人把自己看成南非统治者的种种观念。在这部小说中,她采用了错综复杂的象征体系和叙事结构。Per Wästberg认为这部小说是戈迪默"最深刻、最有诗意的小说"②。该作品在国际上获得巨大成功,出版当年就与斯坦利·米德尔顿(Stanley Middleton)的小说《假日》(*Holiday*)共同荣获布克文学奖。戈迪默也成为获得该奖的第一位非洲作家。

1979年出版的《伯格的女儿》(*Burger's Daughter*)围绕一对父女的关系展开。主人公伯格博士是白人革命者、共产党人,因企图推翻种族主义统治而被捕,死在狱中。父母的革命热情侵占了女儿罗莎本该享有的家庭温情,父母对罗莎的忽视使得罗莎对父母的革命事业产生了本能的抵制。然而,欧洲之行唤醒了罗莎内心深处的革命激情。回到南非后,罗莎利用自己的医疗技术帮助在索韦托事件中受伤的人,却在不经审讯的情况下被关进监狱。作品反映了残酷而剧烈的种族斗争,有觉悟的白人已经和黑人团结起来,为消灭种族主义而斗争。作品在艺术上也有独到之处,主要情节几乎全部在女主人公的内心活动中展开,时而回忆,时而叙写现实,让读者看到她的成长。小说语言颇具特色,清新秀美中凝聚着淡泊隽永,而且充满浓厚的散文诗气息。这部小说写于1976年索韦托起义之后,出版没多久就被南非政府查禁。戈迪默称这部小说是对为纳尔逊·曼德拉和其他反种族隔离活动人士辩护的律师布拉姆·菲舍尔(Bram

①Swedish Academy. *The Nobel Prize in Literature 1991*. https://www.nobelprize.org/prizes/literature/1991/press-release/.

②Per Wästberg. Nadine Gordimer and the South African Experience. Nobelprize.org. Uploaded 26 April 2001. Retrieved 16 August 2010. https://www.nobelprize.org/prizes/literature/1991/gordimer/article/.

Fischer)的敬意。

在1981年出版的《七月的人民》(*July's People*)以索韦托事件为背景,虚构了黑人与白人在内战中地位的反转。曾经家境优渥的白人夫妇莫琳和巴姆·斯迈尔斯(Bamford Smales)在走投无路的情况下投奔了自己曾经的仆人七月(July)。在七月的村庄里,曾经的主仆关系发生逆转。白人夫妇在仆人的庇护下努力抓取能证明自己曾经身份的一切。曾经的仆人七月在与白人夫妇维持表面和谐关系的同时一点点地释放当家作主的自由。斯迈尔斯夫妻二人的关系也因此产生裂痕。在成人们无所适从的情况下,孩子们却很快融入了这个新的生活环境。故事探讨了人们如何应对暴力、种族仇恨和国家强加给他们的可怕选择。1991年诺贝尔文学奖授奖词也提到了这部小说,认为该小说"特别值得一提"①。

1987年出版的《大自然的运动》(*A Sport of Nature*)不再在南非社会框架内寻找自我,而是放眼非洲,在主题和艺术方面另辟蹊径。白人姑娘海丽娜遭生母抛弃后被两位阿姨抚养长大。她十七岁时离开南非,先后到过罗德西亚、东非、加纳、英国、美国等国。在途中,她结识并嫁给了为非洲国家解放而忘我工作的黑人革命者,成为丈夫革命事业的坚定支持者。在这部小说中,戈迪默构想了南非未来的图景:南非是全体南非人的南非,而不是少数白人的南非,也不是欧洲的南非。就艺术而言,这是一部20世纪的流浪汉小说,主人公似乎居无定所,四处插手政治,但她确实深爱南非。全书分20小节,每节都有节标题,这是戈迪默以前的作品中从未有过的现象。

出版于1990年的长篇小说《我儿子的故事》(*My Son's Story*)讲述了种族隔离制度下的一个黑人家庭的悲剧。黑人运动激进分子索尼(Sony)原本有一个幸福和睦的家庭,但是因为革命的缘故,他认识了白人女子汉娜(Hannah)并与之发生了婚外恋,他以为自己的双重生活无人知晓,但被自己的儿子威尔(Will)无意撞见。从此这个家庭就蒙上了一层阴影。反叛的女儿贝比(Baby)由于不堪承受家庭成员心照不宣的特殊氛围和严酷的社会现实,自杀未遂,后又偷越国境参加了自由战斗队。贤淑美丽的妻子艾拉(Aila)因不堪忍受丈夫的貌合神离,也加入了女儿的革命事业。尽管都成了革命同志,索尼与家人的隔阂却难以消除。思想独立的儿子威尔后来成了一名作家。作者以细腻的笔触描写了黑人生活的困境和尴尬。1991年瑞典文学院在授予戈迪默诺贝尔文学奖的授奖词中盛赞了这部小说:"它的主题是发生在一个不堪的社会里的爱情,以及在通往变革的道路上所固有的各种混乱和重重阻挠。这对情人之间的关系被描绘

---

①Swedish Academy. *The Nobel Prize in Literature 1991*. https://www.nobelprize.org/prizes/literature/1991/press-release/.

得细致入微。但是，顽固的政治现实不断侵蚀他们的爱情。这种双重叙事视角使人物形象被描写得丰满而富有变化。最令人惊叹的一点莫过于最终的英雄主义是由那位妻子展现出来的。整部作品匠心独运，充满启迪，同时又因其富有诗意而引人入胜。"①

戈迪默的创作后期始于1991年，这一年南非政府在法律上废除了种族隔离制度。但是，法律上的平等并不意味着南非的各色人种从此可以和谐相处并过上自由富足的生活。内心深处的积怨、权力失衡、财产分配不均、经济发展缓慢等致使人的内在困境更为突出。在这段特殊时期内，戈迪默创作了5部长篇小说、4部短篇小说集和3部非文学作品集。和之前的创作主题不同，戈迪默这个阶段的创作注重描写新社会中经济全球化所导致的人的自我异化，此处还有人与自然、人与他人以及人与社会关系的全面异化等。

《无人伴随我》(*None to Accompany Me*，1994)是戈迪默在获得诺贝尔文学奖三年后出版的第一部小说。主人公维拉是一个迷失自我的人。从社会属性看，维拉是一名优秀的白人律师。但是，从生物属性来看，维拉却是一个极其放荡、没有家庭责任感的女人。在丈夫服兵役期间，她与一个叫贝内特的英俊男子发生了婚外恋。在与丈夫离婚后，她却又与前夫发生了性关系，致使她和贝内特婚后的第一个孩子是前夫的儿子。而在与贝内特的婚姻存续期间，维拉又与一个名叫奥托的奥地利电视台记者发生了婚外恋。最终，维拉的婚姻再次走向末路，家庭分崩离析，孩子们也因为母亲的影响没能拥有幸福的婚姻。另一个主人公赛莉是一个在感情上与维拉形成鲜明对比的角色。赛莉与丈夫迪迪穆斯同为革命工作者，他们被迫流亡国外。丈夫因为地下工作需要，长期与家人分离。作为妻子，赛莉对丈夫迪迪穆斯的工作十分支持，而且对他非常信任。尽管如此，黑人运动成功后的赛莉同样深陷于自我异化。历经苦难的赛莉在革命成功之后却抱怨自己没有得到应有的物质享受。革命者的光环在现实生活面前失去了神圣进取的一面，变得黯淡、趋于世俗。小说反映了南非摆脱种族隔离制度的阴霾后，向民主进步体制转换中的政治生活以及进步女性的心路历程。

《家有藏枪》(*The House Gun*，1998)是戈迪默的第二部后种族隔离小说。小说描写了南非不断上升的犯罪率，以及南非种族隔离制度的后遗症。随意摆放的枪，就像家猫一样，成为日常生活中的一部分。受人尊敬的保险公司执行董事哈拉尔德(Harald)和他的医生妻子克劳迪娅(Claudia)对于新南非意义深远的变化无动于衷。然而，儿子邓肯(Duncan)的杀人行为打破了他们的冷漠。因情感纠葛，邓肯杀

---

①Swedish Academy. *The Nobel Prize in Literature 1991*. https://www.nobelprize.org/prizes/literature/1991/press-release/.

害了自己的一名共居室友。在这部令人不安的谋杀案剖析中,纳丁·戈迪默审视了暴力对维系父母、孩子、朋友和恋人之间复杂关系的影响。同时,作者有意表现黑人律师的智谋以及白人夫妻质疑黑人却又不得不依赖黑人的矛盾心理。然而,这部小说也引发人们对南非现状的思考:私人可否在家中藏枪?死刑该不该被废除?南非的暴力事件为何愈演愈烈?戈迪默似乎在暗示读者,根源在于遗留的种族歧视,以及历史积淀的傲慢和偏见对现今社会的影响。

出版于2001年的《偶遇者》(*The Pickup*,又译为《邂逅者》)是戈迪默的第十三部长篇小说。南非富家千金朱莉和修车工阿卜杜——两个背景截然不同的"偶遇者",却相互吸引并相恋。当阿卜杜因其非法移民身份将被驱逐出境时,朱莉不顾一切与阿卜杜结婚,并追随丈夫回到他贫穷落后的沙漠故乡。在朱莉努力融入当地生活和文化之际,阿卜杜却不甘心困居沙漠,千方百计想逃离这种生活。身份的悬殊、不甘安于现状,让在欲望的交叉点上相遇的这对恋人,因彼此不同的追求而渐行渐远,一场离心与向心的反向之旅就此展开。该小说被认为是一部令人惊叹的小说,是戈迪默最优秀的小说之一。简单的故事揭示了现代人的生存困境:经济全球化的飞速发展导致人与他人、人与自然等关系的疏离,人们在享受着现代生活便利的同时却普遍失去了"在家"感,精神处于失衡状态。

出版于2005年的《新生》(*Get a Life*)是戈迪默的第十四部小说。这部作品并没有沿袭她以往作品的反种族隔离主题,而是聚焦于一个白人中产阶级家庭在后种族隔离时代的生活变迁。男主人公保罗因为罹患甲状腺癌症做了手术,术后的治疗使得他的身体成了一个放射源。为了儿子的顺利康复和其家人的安全,保罗的父母阿德里安和琳赛将他接回自己家照顾。最终,保罗顺利康复,和妻子的关系也得以修复,他们的小儿子也顺利降生。琳赛因为年轻时的一次婚外恋一直对丈夫心怀愧疚并努力弥补,儿子病愈后夫妻二人出国旅行,阿德里安却在旅行中爱上了自己的导游,并最终客死他乡。没有宏大的历史背景,也没有荡气回肠的情节发展,作者平静地描述了一个白人家庭的情感变化过程。简单平实的故事却让我们窥见了后种族隔离时代南非人民尤其是白人们的伦理困境。与此同时,小说借由环保主义者保罗探讨了环境保护与经济发展的难题,以及如何将日常生活与政治行动主义相结合的问题。《纽约时报》评论家J. R.拉马克里希南(J. R. Ramakrishnan)指出,戈迪默在小说中描写了"隐忍的配偶和政治环境人物的行为动因"①。

2012年,虽然已是八十九岁高龄,戈迪默依然保持着旺盛的创作能力和积极

①Mia Alvar. *In the Country*: *Stories*. New York: A. A. Knopf, 2015.

的创作态度。这一年,她出版了自己的第十五部也是最后一部小说《空前时代》(*No Time Like the Present*)。小说一经出版,就引起了广大媒体和文学评论者的关注。美国《新闻日报》(*News Day*)的评论人苏珊·索尔特·雷诺兹(Susan Salter Reynolds)盛赞这部小说为戈迪默"所有创作中最好的一部小说"①。主人公史蒂夫(Steve)和杰布莉莉(Jabulile)在种族主义法律下秘密相爱,他们都是反对种族隔离斗争的战士。现在,他是一名大学讲师,她是一名律师,他们的孩子出生在自由的环境中。但是,随着"让所有人过上更好的生活"的理想不断遭受周围世界现实的挑战,史蒂夫和杰布莉莉考虑离开他们曾经为之出生入死的国家。在描绘这对夫妻矛盾的处境时,戈迪默捕捉到了一个国家支离破碎的本质。也正因如此,美国国家公共电台(National Public Radio)的莫林·格瑞根(Maureen Gorrigan)认为,"戈迪默看到了历史、权力,以及一种对世俗却又与世俗姿态交织在一起的东西的渴望。即使伟大的政治斗争已经结束,个人仍然具有政治性"②。

1991年,瑞典学院在诺贝尔文学奖授奖词中赞誉戈迪默"以其热烈而直接的笔触书写了她的生活环境中极其复杂的人与社会关系"③。的确,戈迪默的作品紧贴时代脉搏,她的十五部长篇小说,尤其是她中后期的创作对南非社会现实的反映堪称编年史。其在小说中对社会现实反映的深度与广度超乎想象。也正因如此,戈迪默被誉为"南非历史的记录者"。但是,她坚决抵制政治上的卷入感侵蚀她的写作④。她并没有采取宏大叙事来记录南非波澜壮阔的历史画面,而是从普通个体的生活切入,以民众的视角再现南非政治历史对平凡个体的影响。

戈迪默用自己的笔触忠实且生动地记录了南非的社会现实,创造性地展示具有危机意识的人生体验,揭示了生活在这一危险环境中的人民的思想和情感。其作品所体现出来的历史沉重感、博大的悲悯情怀和高超的写作技巧,带给读者独特的阅读体验,也给研究者带来了一定挑战。

三、国内外研究现状

(一)国外研究现状

纳丁·戈迪默是南非国内外家喻户晓的人物,有些学校甚至把她的作

①Nadine Gordimer. *No Time Like the Present*. New York: Picador, 2012, back cover.

②Nadine Gordimer. *No Time Like the Present*. New York: Picador, 2012, back cover.

③Swedish Academy. *The Nobel Prize in Literature 1991*. https://www.nobelprize.org/prizes/literature/1991/press-release/.

④Swedish Academy. *The Nobel Prize in Literature 1991*. https://www.nobelprize.org/prizes/literature/1991/press-release/.

品当作教科书。喜欢她作品的人称赞她为"南非的良心",认为她是"向外界阐释经验的人"[①]。斯蒂芬·克林曼(Stephen Clingman)将她的作品描述为"来自内心的历史",并认为"如果我们正在寻找一条内在的路径来引导我们穿越过去40多年的南非历史,那么没有什么地方比她的小说更适合寻找这条内在的路径了"[②]。至于那些不喜欢她作品的人,他们批评其小说"内容空洞"[③],"与革命事业本身毫不相干的话题"[④]。此外,她冷峻的风格也引起了一些评论家的不满。

无论戈迪默和她的作品激起了怎样的反响,没有人能够否认纳丁·戈迪默作为一个作家和艺术家在世界文学,尤其是在英语语言文学中的影响。国外对戈迪默的研究起步较早,且已较为成熟。首先是出版了多部研究纳丁·戈迪默及其小说创作的专著。包括原创国在内,亚非、欧美等国家有很多学者从事对戈迪默的专门研究。在国外,第一部研究戈迪默的专著是1974年由美国的罗伯特(Robert F. Haugh)撰写的《纳丁·戈迪默》(*Nadine Gordimer*)。此后,斯托弗·海伍德(Christopher Heywood)、斯蒂芬·克林曼(Stephen Clingman)、多米尼克·海德(Dominick Hyde)和丹尼斯·布拉希米(Denise Brahimi)等相继出版了戈迪默研究的专著。其中,克林曼的专著《纳丁·戈迪默的小说:来自内部的历史》(*The Novels of Nadine Gordimer: History from the Inside*)结合南非的社会局势分析、探究戈迪默的著作,为后人研究戈迪默提供了不少借鉴。2005年,罗纳德·苏雷什·罗伯茨出版了《厨房无冷灶:纳丁·戈迪默传记》。这是唯一一部关于戈迪默创作及人生历程的记录。虽然戈迪默并不认同作者对其创作与生活中某些细节的描述,但该书体大虑周,仍不失为一部具有较高价值的戈迪默研究参考用书。其次,对戈迪默具体作品的个案研究、与其他作家的比较研究以及结合历史文化的研究论文相当多,而且至今仍然不断出现在类似《后殖民文学》《非洲文学》《英联邦文学》《世界英语文学》等各大文学杂志上。

(二)国内研究现状

形成鲜明对比的是,国内对于戈迪默的研究仍处于不愠不火的状态。主要

---

①Kathrin Wagner. *Rereading Nadine Gordimer*. Bloomington and Indianapolis: Indiana University Press, 1994, p. 2.

②Stephen Clingman. *The Novels of Nadine Gordimer: History from the Inside*. London: Allen & Unwin Ltd., 1986.

③Kathrin Wagner. *Rereading Nadine Gordimer*. Bloomington and Indianapolis: Indiana University Press, 1994, p. 2.

④Rowland Smith. *Critical Essays on Nadine Gordimer*. Boston: G. K. Hall &Co, 1990, p. 8.

体现在以下三方面：

首先，相较于戈迪默的作品总量而言，她的作品被翻译成中文的并不多。至今，被译成中文的13部作品，分别是长篇小说《自然资源保护论者》（又译为《保守的人》）、《我儿子的故事》、《新生》、《七月的人民》、《贵客》、《偶遇者》、《无人伴随我》及《伯格的女儿》，短篇小说集《童年时光》、《贝多芬是1/16黑人》、《戈迪默短篇小说集》及《爱的讲述》（与其他作家合著），论文集《在希望与历史之间》。目前市面上能买到的中文版本仅有《新生》、《贝多芬是1/16黑人》、《保守的人》、《偶遇者》、《贵客》、《伯格的女儿》和《在希望与历史之间》。她的其他作品则散见于《译林》《外国文学》《世界文学》等期刊的片段选译中。

其次，相对于戈迪默的作品总量，针对戈迪默的研究性论文不多。基于中国知网搜索结果，截至2021年5月，以戈迪默作品为研究对象的期刊论文有86篇，其中，硕士学位论文39篇，博士学位论文仅有2篇（分别是南开大学王旭峰的博士学位论文：《解放政治与后殖民文学——V. S. 奈保尔、J. M. 库切与纳丁·戈迪默研究》，以及清华大学陈昕的博士学位论文《对抗性书写——后殖民批判视野下的纳丁·戈迪默研究》）。其他则为戈迪默生平及作品介绍、戈迪默访谈翻译、南非文学研究述评、非洲文学研究述评等。有关戈迪默长篇小说的研究论文主要集中于被翻译为中文的几部小说。2018年，华东理工大学出版社出版了日本学者花村嘉英的专著《从认知语言学的角度浅析纳丁·戈迪默》，算是弥补了国内关于戈迪默研究专著的空白。但是花村嘉英仅选取了《已故的资产阶级世界》等几部小说，没有涵盖她所有的小说。而且，他的专著是用日文和英语两种语言写的。由于语言障碍，其在中国学术界的传播面和受众面极其有限。可喜的是，从对国内戈迪默研究成果的统计数据看，虽然总量不高，但相较于以往，近两年国内以戈迪默研究为主题的期刊论文和硕士学位论文数量增幅较大，而且有人开始关注她尤为见长的短篇小说。

再次，对于戈迪默具体作品的解读多从后殖民、女权主义、叙事学等角度出发，其作品的复杂性和深度远没有被揭示出来。中国学者对戈迪默的研究更多的是出于自己对戈迪默作品中自我、人类、人性、文学的认知。而一个完整的文学的“纳丁·戈迪默”还需要从各个方面去展开，尤其是她的文学个性与创作、艺术构成与人文追求，以及其在后现代语境中独特的第三世界的主体建构。但是近些年，国内对其作品的研究开始朝着多维视野转变，多位学者对戈迪默的自由人文主义、创伤主题、叙事艺术、空间问题等进行了深入的探讨。前述花村嘉英在其所著的戈迪默研究专著中，通过认知语言学和记忆模型对纳丁·戈迪默的小说的纵向接受阅读与横向共生阅读做了深入分析，既解析读者的大脑活动，也探索作家在创作时的大脑活动。

总之，目前国内外关于戈迪默创作的研究逐步深化，为我们解读戈迪默提供了很好的参考。但遗憾的是，国内目前还没有关于戈迪默创作的整体研究。因此，笔者希望在前人研究的基础上，以西方马克思主义为理论基石，努力形成对戈迪默创作的整体把握。

四、戈迪默创作与西方马克思主义

西方马克思主义是指20世纪20年代以来在欧洲主要发达资本主义国家流行的一种激进文化思潮，是马克思主义在新时期的发展。20世纪新出现的革命形势、革命条件或人类生存的文化境遇的转变，促使一些理论家或政治家重新审视马克思主义的理论观点和革命策略，在新的历史条件下发展了青年马克思的异化理论，或者接受了现代西方人本主义或科学主义思潮的影响，由此而形成了各种西方马克思主义流派。其创始人是匈牙利哲学家卢卡奇，主要代表人物有德国哲学家柯尔施、布洛赫、法兰克福学派的霍克海默和马尔库塞，意大利共产党创始人葛兰西，法国存在主义哲学家萨特、梅洛-庞蒂，结构主义者阿尔都塞等。

从实际历史进程来看，不同的西方马克思主义流派并不是同时产生的，而是经历了一个生成过程。西方马克思主义流派的生成过程同20世纪人类历史的总体变化有直接或间接的关系，可以从20世纪人类文化和历史的大背景入手而加以把握。20世纪早期的马克思主义者争论的焦点是无产阶级革命的命运和革命策略问题，以卢卡奇和葛兰西等人为代表的第一代西方马克思主义者尝试着依据新的历史条件去制定新的无产阶级革命战略，由此而完成人类解放的历史使命。而20世纪中期的马克思主义者关注的焦点则是人类普遍面临的生存境遇，他们试图寻找现代人摆脱普遍的异化或物化的文化困境，实现人的自由和解放的新途径。同早期西方马克思主义者相比，这一时期的西方马克思主义者的视界不再局限于无产阶级及其革命运动的范围内，而是拓宽到现代人的生存境遇问题。因此，西方马克思主义的兴起并非纯粹是理论情趣不同所导致的结果，而是对新的文化和历史的回应。

西方马克思主义包含了多种不同的理论流派与主张。不同的西方马克思主义流派，无论理论观点有多大差异，无论其理论结论是否一致，他们共同分享了马克思的一些哲学思想，有着共同的宗旨：主张人类解放，并致力于对资本主义及其意识形态的批判。而戈迪默自小就接受了马列主义的熏陶。她曾无比自豪地宣称,“当我年轻时,是红旗号召着众人要求面包和正义,而非自由女神像”①。在她看来,社会主义是人类创造自己的过程。人类艰难前行,从封建制度的奴隶变成工资制度的奴隶,社会主义就是要结束这种负重前行牲畜的人类特征,终止剥削、贫穷、等级。殖民主义的结束“很大部分要归功于马克思和列宁思想的结晶”,因此,她无比肯定地总结到,“在我的国家南非,共产主义学说对于阶级和种族歧视的经济基础的揭示起了决定性的影响,聚集起了人们天生的、必然的、向往自由的意志”②。也正是这种积极拥抱马列主义,并将之内化于心、外化于行的态度,使得她的小说创作与作为马克思列宁主义在当代发展的西方马克思主义批判社会现实、关怀人类发展的主旨不谋而合。

笔者无意在本书中梳理马克思主义或者西方马克思主义的庞杂思想,或者厘清它们之间相互争议或者相互交叉的秉承关系,而是基于其中的几个公认的重要概念,如“异化”“他者”“空间”等来解析戈迪默小说创作的深层内涵。

(一)异化

“异化”一词始于神学。19世纪,该词被引入哲学领域。第一个明确使用异化概念的是黑格尔,后经过了费尔巴哈和赫斯的发展。与黑格尔同时代的马克思批判地继承了以上三人的异化理论。在《1844年经济学哲学手稿》中,马克思提出了异化劳动的概念及其四种表现形式,并赋予异化范畴以崭新的社会意义,即私有制和私有财产使得劳动成为异己物。西方马克思主义的一些代表人物继承并不断发展了这一理论,将其作为哲学的核心范畴来构建自己的异化理论。卢卡奇在1923年的《历史与阶级意识》中得出了与“异化”相似的概念“物化”,人变成“物”是资本主义的普遍特征。列菲弗尔则提出全面异化理论,即异化贯穿于政治经济思想意识形态甚至日常生活中。马尔库塞提出人的本质异化,弗罗姆指出人性异化,等等。众多哲学家虽然对于异化概念和形式的划分各有侧重,但是概念的核心是统一的,概而言之,即“哲学上的异化是指对立的社会关系或社会状态。在这里,人们通过物质活动和精神活动创造出来的产品,如商品、国家、宗教和意识形态等等,总是和人的主观愿望相背离,成为与人对立的异己力量。这种力量反作用于人,给人的生活带来灾难或破坏性的影响”③。马克思和西方马克思理论家们提出的异化理论日臻完善,且逐渐适用于文化艺术的分析,在现代文化中也逐渐成为一种重要的批评方式,异化理论的许多思想也逐渐为文学批评所接受,并形成一些理念。

---

①戈迪默:《在希望与历史之间》,汪小英译,漓江出版社2016年版,第219页。

②戈迪默:《在希望与历史之间》,汪小英译,漓江出版社2016年版,第220页。

③张奎良:《时代呼唤的哲学回响》,黑龙江人民出版社2000年版,第169页。

异化理论的最终落脚点是关注人。马克思的观点是关注被封建主义和资产阶级压迫的劳苦大众、无产阶级。西方马克思主义者则将这一群体扩大，他们从全面异化现象中发现社会各个阶层均是处在异化的包围中，因而他们提出以人道主义打破这种困境。异化分析更关注对文艺作品中人物（尤其是主要人物）的个性和精神面貌的分析，因为“主要人物是一定的阶级和倾向的代表，因而也是他们时代的一定思想的代表，他们的动机不是从个人琐碎的欲望中，而是从他们所处的历史潮流中得来的”①。这种对具有代表性的人物的精神的关注，不是为了发现他与周围环境的不同这一现象即可，而是透过这种“格格不入”探索背后的原因。也许这种“背离”不是严格意义上的“异化”，但是人物对立面的存在更容易引起接受者的警觉，从而为进一步探讨背后真相提供前提条件。纵观文学史，拥有现实主义情怀的作家身处社会激烈动荡之中，对社会浪潮中独立个体的生存状态尤其关注，以敏锐的眼光和犀利的笔触记下了这一切。

纳丁·戈迪默便是这样一位立足于复杂的非洲大陆上的拥有现实情怀的作家，她的创作始终与时代紧密结合，她被称为“南非历史的记录者”。戈迪默不仅以艺术的手法如实地记录非洲大陆尤其是南非社会的激荡变革，更将细腻的触角延伸到社会各个角落，关注处于多种文化中心的黑人中产阶级和白人阶层及二者之间的交锋，尤其她的后期文本，特别关注到个体在全新、进步的政治制度大浪潮中的状态。例如，在《无人伴随我》《家有藏枪》《偶遇者》《新生》《空前时代》等五部后期作品中，她无一不是通过主人公以及与之相关的人物群像来书写南非人民尤其是最大群体即黑人中产阶级民众的命运。即使小说里的男性和女性都是具有极高政治觉悟和革命热情的时代新人，仍然无法获得正常的家庭生活和社会权益，夫妻、朋友之间的关系了无情感，只剩下互相利用和交易。在这些作品中，人成了自己成长的障碍物。作家此举并不单单是为了揭露社会问题，而是透过这些悖谬的方面展现人们精神上的弊病。作家通过挖掘这些矛盾的深层次原因，呼吁健康的精神和完满人性的复归。

（二）他者

“他者”主要来源于黑格尔（G. W. F. Hegel）和萨特（Jean Paul Sartre）的理论。黑格尔在《精神现象学》（*The Phenomenology of Mind*）中对奴隶主和奴隶关系的分析表明，他者的显现对构成“我”的“自我意识”是必不可少的。对于奴隶主而言，奴隶就是“他者”。由于“他者”的存在，主体的意识和权威才得以确立。萨特从摒弃“我本学”的立场出发，指出只是由于他人意识的出现，自我意识

---

①马克思、恩格斯：《马克思恩格斯全集》（第29卷），人民出版社1972年版，第583页。

才会显现。也就是说“他人”是“自我”的先决条件。没有意识中的“他者”,“我”的主体意识就不能确立。“我”只有把自己投射出去,意识到那个想象中的“他者”的存在,才能确认“我”的存在。综合黑格尔和萨特关于“他者”理论的分析,我们可以得出这样的结论:他们都强调了“他者”对于“主体意识”形成的重要性。与此同时,他们都认为主体和“他者”之间的基本关系是冲突的,这就从理论本源上决定了主体对待他者的态度就是冲突的、充满矛盾的,而不是友好的对话或其他。因此,英国批评家艾勒克·博埃默(Elleke Boehmer)将“他者”定义为:“它指主导性主体以外的一个不熟悉的对立面或否定因素,因为它的存在,主体的权威才得以界定。”①

后殖民理论在很大程度上是建立在“他者”的概念之上的。他者是建构、树立、确认和巩固殖民者自我形象必不可少的一个对立面。后殖民理论家们将殖民地的人民称为“殖民地的他者”(Colonial Other),或径直称为“他者”(Other)。比尔·阿什克罗夫特(Bill Ascroft)认为:“一般来说,‘他者’是指任何与自己分离的人。他人的存在对于定义谁是‘正常的’以及确定自己在世界上的位置至关重要。被殖民的主体通过原始主义和同类相食等话语被定性为‘他者’,确立了殖民者和被殖民者的二元分离,确立了殖民文化和世界观的自然性和首要性……”②由此可见,殖民者采用原始主义、食人等话语将被殖民者描述为他者。这些和其他帝国主义话语一样,用对方来指代被殖民者,目的是边缘化他们。这样,殖民地的臣民就被描绘成是野蛮、愚蠢和肉欲的,这与殖民者所认为的文明、智慧和理性正好相反。因此,被殖民者被压制,被剥夺了为自己说话的权利,因为“他们”是由殖民者建立起来的,被迫保持其他性。

后殖民理论的先驱人物,美国哥伦比亚大学教授爱德华·赛义德(Edward W. Said)对此作出了进一步的阐述,他在《东方主义》(*Orientalism*)一书中把东方界定为西方人的权力象征,一种优越感和一个地缘政治概念。他认为,根据西方中心主义,非西方的民族通过知识的生产者被构成他者,又因西方的文化霸权而不断被重构,他者被淹没在西方的话语中并被西方的话语所取代,其存在的意义只在于为西方提供一个他者。没有任何声音,成了“不在场”。他者“被视为某种生物,彼此属性不同,可以不断被替换,因而也成了殖民符号系统下只具交换价值的物体”③。

---

①王先霈、王又平:《文学批评术语汇释》,高等教育出版社2006年版,第752页。

②Bill Ashcroft. *Key Concepts in Post-Colonial Studies*. London and New York: Routledge, 1998, p. 170.

③杨金才:《后殖民主义理论的激进与缺失》,载《当代外国文学》,1999年第4期,第150页。

黑人在非洲殖民化进程中的经历是"他者"境遇最好的证明。"阿非利堪人(Afrikaner)①的历史使黑人沉默,并把他们推到别人的对立面,同时又把阿非利堪人描绘成一个英雄和受冤屈的民族。"②这通常是黑人的命运:他们被排斥在自己的历史之外。即使他们有机会被载入历史,他们的形象也是由殖民者塑造的,他们成了殖民者想要他们成为的人。正如加拉格尔(Susan Vanzanten Gallagher)所言,"当土著人民被允许进入历史时,他们被降为介于动物和文明人之间的非人类的地位。19 世纪 30 年代,白人称自己为'主人',黑人则称自己为'仆人',意思是'生物'"③。在殖民过程中,殖民者认为自己是土著人民的主人,土著人民被殖民者视为动物,被剥夺了作为人的地位。殖民者歪曲地呈现被殖民者的形象,以便为他们对土地及其人民的野蛮行径辩护。应该指出的是,非洲的历史是由阿非利堪人书写的,他们的祖先是 15 世纪初来到这里的欧洲人。当这些欧洲人来到这片广袤的土地上时,他们从当地人手中夺走了丰富的资源,并标榜自己为"文明的耕耘者"。他们声称黑人在各个方面都是落后和不文明的,欧洲人是他们的救星,他们所做的是对整个文明进程作出贡献的英雄行为。从那时起,这块土地和当地人都落入了这些"文明"的欧洲人和他们的后裔——阿非利堪人的手中。和他们的欧洲祖先一样,阿非利堪人想尽一切办法野蛮地镇压来自殖民地的各种抵抗。也正因如此,"历史记载中反复对比'基督教'和'异教徒'、'文明'和'不文明'、'布尔人'和'野蛮人'的说法,形成了一种等级二元对立,其中与黑人有关的术语代表了一种消极的、较低的存在秩序,这种等级对立,如解构主义者所证明的那样,总是压迫和压制对方"④。

黑人的"他性"、沉默以及殖民者将黑人塑造成"他者"的历史错误,引起了学术界内外的广泛关注。围绕"他者化"过程的负面影响的讨论已经持续了相当长的一段时间,许多作家在其作品中试图纠正殖民者强加给黑人和土著人的"他

---

①荷裔南非人,旧称"布尔人"。一个南部非洲民族,是南非和纳米比亚的白人种族之一。以 17 世纪至 19 世纪移民南非的荷兰裔为主,融合法国、德国移民形成的非洲白人民族,说阿非利堪斯语(Afrikaans,又称南非语,也有人将其译为南非荷兰语),多数信仰基督新教,少数信仰天主教。南非荷兰语是南非宪法规定的 11 种官方语言中的一种。是南非白人的母语,也是大多数科普人的母语。根据 2011 年南非全国人口普查中以南非荷兰语为第一语言的南非白人数量计算,南非白人约占南非总人口的 5.2%。

②Susan Vanzanten Gallagher. *A Story of Africa: J. M. Coetzee's Fiction in Context*. London: Harvard University Press, 1991, p. 25.

③Susan Vanzanten Gallagher. *A Story of Africa: J. M. Coetzee's Fiction in Context*. London: Harvard University Press, 1991, p. 25.

④Susan Vanzanten Gallagher. *A Story of Africa: J. M. Coetzee's Fiction in Context*. London: Harvard University Press, 1991, p. 27.

者”角色。其中,纳丁·戈迪默就是勇敢地承担起这一使命的人。例如,在其代表作之一《我儿子的故事》中,戈迪默展现了不同肤色、族裔,以及性别之间“他者”形象的建构与颠覆。“他者”问题的核心是围绕主体问题而展开的,它在反主体中心主义、反霸权主义、反本质主义等话语中被广泛应用。因此对“他者”的剖析有助于为“他者”理论注入新的活力,同时对我国现代化进程中的多元主体的自我定位也有帮助。而最重要的是,对“他者”形象的细致分析有助于我们更好地理解戈迪默的作品。

(三)空间

“空间”一词在英语里的表述为“space”,该词来自拉丁语“spatium”,它在拉丁语里的最初含义是“间歇、距离”。近代意义上的空间概念整合了古希腊的三种空间经验,即处所经验、虚空经验和广延经验。近代空间概念在英国物理学家伊萨克·牛顿(Isaac Newton)的经典力学中得到巩固和完善。在西方哲学领域,最早在研究中涉及空间研究的是马克思。虽然马克思并没有对空间进行系统化、理论化的研究,但是他对资本主义生产活动本身的研究就涉及地点、密度和距离等空间要素。马克思“运用唯物辩证法分析了人类在一定空间上展开的生产活动反过来又重新塑造了空间结构组成,空间不仅仅是提供生产环境、资本扩张的空间,反过来一切生产活动同样也改造空间和生产空间”①。

20 世纪末以来,学术界经历了一场引人注目的“空间转向”,这一转向被认为是 20 世纪后半叶知识和政治领域里最举足轻重的事件之一。与西方社会思潮的其他转向一样,“空间转向”这种提法并不简单意味着空间成为研究的流行命题。“作为哲学问题的空间问题仍然保留为这样一个双重的指向:首先,它意味着从自然科学的空间概念向着生活世界的原初空间性的回指;其次,意味着从日常的和科学的空间概念向着政治的和神学的空间经验的指引。”②在这个过程中,西方马克思主义空间理论起到了非常重要的作用,马克思主义的继承者们用各种形态在空间理论上回应和发展了马克思的有关思考。列斐伏尔、戴维·哈维、爱德华·索亚和让·鲍德里亚等就是西方马克思主义空间理论研究中的代表者。哲学家们对空间理论的研究各有侧重:列斐伏尔通过对空间的解读以求对日常生活的异化问题作出新的解答;戴维·哈维通过对当代资本主义的空间批判来探索全球化的政治解放之路,进而构建出人类理想的社会空间模式;爱德华·索亚将传统西方哲学二元的“非此即彼”的逻辑转变成“亦此亦彼”的逻辑,提出了著名的“第三空间”概念;让·鲍德里亚的研究领域极为多元化,其中最受

①尹保红:《西方马克思主义空间理论及其当代价值》,光明日报出版社 2016 年版,第 3 页。

②汪民安主编:《文化研究关键词》,江苏人民出版社 2007 年版,第 163 页。

关注的是他对消费社会虚幻空间的批判。

空间,作为万事万物的容纳体,既是人类实践展开的场域,也是人类生命寄予的处所,无疑具有多方面的自然和人文意蕴。各位西方马克思主义理论家对空间理论的贡献各不相同,但总的来说都指向一点,即从空间角度关怀人的生存与发展。他们对空间的关注引领着越来越多的学者与专家纷纷开始关注人文生活中的"空间性",把以前给予时间和历史、给予社会及社会关系的青睐,纷纷转移到空间上来,作家就是其中之一。在"空间转向"的影响下,作家们的创造实践也发生了重大变化。表现最为突出的就是,传统的时间叙事纷纷让位于空间叙事。作家越来越注重在小说中通过空间的位移来表现时间的转变与发展,并强调人与空间的互动关系。戈迪默的创作历程与人文社科领域的"空间转向"几乎是同步的,空间自然成为戈迪默高度关注并深入探讨的主题之一,并被她赋予了极其重要的意义。

在戈迪默的长篇小说创作中,她设置了不同层面的空间。首先是精神层面的权力空间、价值空间、心理空间。权力空间主要指涉黑人对权力的争取和白人对所持权力的固守。价值空间主要指涉黑人对白人价值观念的认同与渴求,心理空间指涉黑人在争取权力、争取自由的过程中心理空间的扩展过程。这一类空间是贯穿于戈迪默所有长篇小说的空间类型。其次是物理层面的地理空间。这一层面的空间主要集中在自然地理空间和人文地理空间上。人文地理空间的建构帮助作者塑造了人物形象,自然地理空间的建构则推动了故事情节的发展,理想符号空间的建构提升了作品主题。精神层面与物理层面的空间互为前提、相互作用,共同展现了人对理想空间的追求。

在 1981 年出版的《七月的人民》中,戈迪默就以索维托事件为背景,虚构了一场内战。无处可逃的白人主人在万般无奈之下寻求曾经的黑人奴仆的庇护。地理空间的位移带来的是黑人与白人权力空间与价值空间的置换,以及这种置换所带来的心理空间的重构。戈迪默在小说中建构的部分地理空间并非真实存在,而是带有预言性质的虚构。这些虚构的空间是在南非特定政治背景下的理想空间。但是,她意图展示的不是托马·斯摩尔式的理想空间,而是出于现实的迫切需要,是弗雷德里克·詹姆逊式的后现代设想,是可以成为现实的构想。它既是对现存社会状态的批判,也是对未来美好生活的一种投射。而事实证明,她的这些后现代设想都在慢慢地变成现实。在 1990 年出版的《我儿子的故事》以及 2012 年出版的《空前时代》等小说中,戈迪默再次强调了黑人对白人居住空间的向往,并反思了黑人与白人地理空间置换的有效性。戈迪默通过这两部小说人物的遭遇告诉读者,在不合理的社会现实里,单纯地理空间的转换并不能换得精神空间幻想的满足。在 1994 年种族隔离制度废除后出版的小说《无人伴随我》《家有藏枪》《新生》《空前时代》中，戈迪默还探讨了黑人与白人权力空间转换带来的良莠并存。由此可以窥见以地理空间为表征的物理空间和以精神追求为表征的抽象空间对于人之身份建构的重要性。

第一章　全面异化:无家可归的现代人

异化理论的核心是人道主义,正因作家对于异化及其理论的关注,才会在具体的文学创作中予以反映,例如存在主义作家们全面描写社会的异化状况。作家们在其创作活动中纷纷积极寻求向人道主义复归,纳丁·戈迪默在后期创作中同样如此。戈迪默出于对南非土地上的人们的生存及精神状态的关切,20 世纪 90 年代的小说创作超越前期单纯的对种族隔离制度的控诉,在对南非社会批判的基础之上,呈现贯穿于社会方方面面的异化现象,因此关于戈迪默的具体的文本分析引入一种新的操作方法即异化分析法非常必要。戈迪默的后期小说对异化问题已不再只是西方对“东方”的殖民统治所导致的马克思所说的四种异化的简单直观呈现,而是发现新的社会条件所带来的东方主义的“变异”与深化,即西方群体所采用的“温情”、更易于接受的控制。通过自己的创作,尤其是在后隔离时期的创作,戈迪默始终想通过小说告诉人们,种族隔离制度的废除和黑人当权并不意味着南非从此走上了安定和谐的发展之路。“旧的在消亡,而且不可再生。在这个过渡时期,产生了很多病态特征。”①而众多“病态特征”中最为内化的问题是人的异化。作为社会主体的人的异化主要体现在四种关系的异化上,即人的自我异化、人与他人关系的异化、人与社会关系的异化以及人与自然关系的异化。

一、人与自我关系的异化

人与自我的关系是各种伦理关系中最内在的,也是最难究明的。“文学之所以会有揭示人性、人生的无限深广度,即在于人与自我关系的复杂性。”②精神分析学家弗洛伊德把人的精神领域划分为三大领域或层次,即“本我”(id)、“自我”(ego)、“超我”(superego)。“本我”即本真的我,体现人的自然属性,是人生存的基本条件。“超我”即理想的我,体现出人的社会属性,是人发展的最高境界,以人的道德至善为核心。“自我”即现实的我,处于“本我”和“超我”两者之间,能有

---

①Nadine Gordimer. *Living in the Interregnum*. From *The Essential Gesture*: *Writing*, *Politics*, *Places*, edited by Stephen Clingman. New York: Penguin. 1989, pp. 285-300.

②李定清:《文学伦理学批评与人文精神建构》,载《外国文学研究》,2006 年第 1 期,第 50 页。

效地把两者协调在一起，是理性和机智的代表①。李定清教授认为“在人与自我的关系上，以求圣为切入点，内在地传达着终有一死的人由凡入圣的道德伦理欲求”②。因此，人在一生当中的自我反思、自我改造和自我发展的过程就是一个不断由现实的我向着理想的我靠近的求圣之旅。但是，这个过程并不是一帆风顺的。戈迪默后期作品中的主人公们就不断地在“本我”与“超我”之间徘徊挣扎。在《无人伴随我》一书的封面上有这样一句话：“人的一生是从自我到自我的独自行走。”通过对主人公命运浮沉的描写，作者向我们展示了“自我”的多样性和复杂性，而在人的生命历程中，每个人的自我都是独立的，无人伴随的。这种孤立表现在人与本我之间的疏远对立，“自我”不能很好地协调人与“本我”的关系，人迷失了自我，变得像动物一样生存。

在马克思看来，劳动是人的自觉自由的活动，是有意识的活动。它能丰富人的生活，发挥人的潜力，满足人的物质和精神需求。但在私有制社会，劳动成为人们避而远之的活动。“人（工人）——吃喝、生殖，至多还有居住、修饰等等——的时候，才觉得自己在自由活动，而在运用人的机能时，觉得自己只不过是动物。动物的东西成为人的东西，而人的东西成为动物的东西。”③人与动物的根据区别在于人的类特性是自由自觉的活动。异化劳动使得人把自己与类本质的关系颠倒过来了，致使人“把自己的生命活动，自己的本质变成仅仅维持自己生存的手段”④。人的类特性的丧失导致人与自己的类本质（即自我）相异化。

（一）生物本能的过度释放

《无人伴随我》的第一个主人公维拉就是一个迷失自我的人。从社会属性看，维拉是一名优秀的白人律师。但是，从生物属性来看，维拉却是一个极其放荡，没有家庭责任感的女人。维拉多次婚外恋的根本原因是为了满足她旺盛的性欲。马克思认为，“吃、喝、生殖等等，固然也是真正的人的机能。但是，如果加以抽象使这些机能脱离人的其他活动领域，并成为最后的和唯一的终极目的，那它们就是动物的机能”⑤。“性”是人与动物共有的本能，是本我追求快乐的基本诉求。维拉把对感情生活的追求简单物化为性欲满足，实际上是把自己异化为了动物般的存在。但是，从社会属性来讲，维拉是一名优秀的律师，她不仅同情黑人，支持他们的解放运动，而且利用自己的法律知识和律师身份为黑人们争取土地和生存的权利，甚至在受到生命威胁的时候仍然不放弃自己的事业目标。

---

①柯克：《人格的层次》，李维译，浙江人民出版社1988年版，第138～154页。

②李定清：《文学伦理学批评与人文精神建构》，载《外国文学研究》，2006年第1期，第45页。

③马克思：《1844年经济学哲学手稿》，人民出版社2000年版，第55页。

④马克思、恩格斯：《马克思恩格斯全集》（第30卷），人民出版社2002年版，第273页。

⑤马克思、恩格斯：《马克思恩格斯全集》（第30卷），人民出版社2002年版，第271页。

她对事业追求的忘我投入彰显了她至高的道德追求，是向“超我”的不断靠近。由此可以看出，在“本我”的快乐诉求和“超我”的至高召唤之间，“自我”并没有很好地平衡二者的关系，导致人在“本我”与“超我”之间兜兜转转，这是自我异化的直接体现。萨特认为，人有选择的自由。作为一个女人，维拉按照自己的意愿自由地选择。但是，对男性伴侣的一次次选择并没有帮助维拉找到想要的自我。“异化被掩盖在生活表层之下，人们在新的虚假状态中，自认为占有了本质，自认为扬弃了异化，自认为获得了自由，同时却更深地丧失了自我。”①

（二）功利主义的目标取向

《无人伴随我》中另一个主人公赛莉是一个在感情上与维拉形成鲜明对比的角色。赛莉与丈夫迪迪穆斯同为革命工作者，他们被迫流亡国外。运动成功之后，夫妻二人回到国内，准备开始全新的生活。赛莉非常不满意组织上安排给他们的住处，她认为以他们现在的身份，“必须要有像样的地方居住”②。和好朋友维拉一起吃饭时，赛莉得意地向维拉炫耀自己的伦敦靴，并有意询问菜单上没有的东西。神圣的革命被赛莉物化为满足物质需求的一种途径。对物质享受的追求、消费品的占有成为赛莉当下生活的重要内容。

对物的过度依赖必然导致“商品拜物教”“金钱拜物教”的普遍流行，进而使得人的追求功利化。对于曾经的革命者赛莉而言，获取物质利益的方式就是权力占有。在解放运动胜利后，赛莉如愿入选为高层领导，获得了极大的心理满足。人物理想的褪色源于权力的诱惑。作为一种强势的支配性力量，权力的诱惑力在于它和利益的密切结合。作为曾经的革命者，赛莉的革命目标是黑人权利与自由的实现，体现了至高的道德追求。但是作为新社会的一员，她的追求则是物质享受和精神满足。曾经对“超我”的追求转换为“本我”需求的满足，这种转换展现的是赛莉的自我异化。

在《新生》中，主人公保罗对“超我”的追求也存在着明显的悖论。作为一名生态学家，保罗的职业目标是保护大自然，为人类的可持续发展而努力。即便是在病痛中，他也仍然坚持工作。保罗的职业目标体现了他崇高的道德追求，是向超我的不断靠近。为了更好地体现自身价值，他和同事们一起成功地阻止了一个又一个项目的实施。最终，他们胜利了，“爆发出有几分凯旋意味的大笑”③。人所追求的超我应该是“我”的思想和行为对自身有着积极向上的意义、作用和影响，并“有利于他人、集体、社会、自然和全球，并非鼓吹个人主义、自我中心、自

---

①车玉玲：《总体性与人的存在》，黑龙江人民出版社2001年版，第87页。

②戈迪默：《无人伴随我》，金明译，译林出版社2006年版，第41页。

③戈迪默：《新生》，赵苏苏译，人民文学出版社2010年版，第204页。

我膨胀”[①]。正如马克思所说，“在选择职业时，我们应该遵循的主要指针是人类的幸福和我们自身的完美。不应认为，这两种利益是敌对的，互相冲突的。人们只有为同时代人的完美，为他们的幸福而工作，才能使自己达到完美”[②]。保罗为了人类更长久的幸福生活而努力是对自身的完美，即对“超我”的不断追求。但是，不容忽视的事实是，保罗拥有完整的家庭和稳定工作，夫妻俩的收入可以让这个家庭过着体面的生活。更重要的是，他是一个白人。在阻止项目进驻的同时，他也让很多贫困的家庭失去了工作和改善生活质量的机会。因此，从这个角度来看，“他维护自由政策的抱负实际上是把南非的底层人民排除在外的”[③]。那么，我们是否可以据此推断，作为白人的保罗，他并没有体会到底层人民尤其是贫困黑人的艰难处境，他对“超我”的追求是否有霸权意识存在呢？

（三）自我他者化

外在的感官追求，物质占有和权力崇拜导致人的自我异化，而在《偶遇者》中，作者却向我们展示了内在他性所导致的人的自我异化。故事主人公阿卜杜来自一个不知名的阿拉伯国家，接受过高等教育，拥有经济学学位。但是，他并没有留在自己的祖国，利用自己的学识为国家的经济发展贡献一份自己的力量，而是寄希望于在一个新的国度寻找到自己想要的生活。他非法移民到南非，从事体力劳动，赚取微薄的薪水。为了逃避移民机构的检查，他不惜改名换姓，蓄意割裂和改造过去的身份。他的本名为“易卜拉欣”（Ibrahim，意为“先知”），为了留在南非，他把自己的名字改为“阿卜杜”（Abdu，意为“上帝的仆人”），把自己由寓意上的主导身份降为从属身份，实际上是把自我他者化了。

阿卜杜认识朱莉（Julie）以后，朱莉富裕的家庭、舒适轻松的工作和朋友圈子都让他羡慕不已。在收到遣返回国的通知后，他寄希望于朱莉有权势的富裕家庭能够带给他想要的合法身份，甚至想通过和朱莉结婚来获取合法的居留权。当朱莉决定放弃自己的一切，要和他一起离开时，阿卜杜非常愤怒和不解。他的激烈反应源于他对朱莉原有身份和生活的向往。和朱莉一起回国后，阿卜杜开始使用自己的真实姓名——易卜拉欣。但是，姓名的恢复并没有带给他自我意识的回归，他依然坚持不懈地努力申请移民到其他国家。而朱莉却想要留在他的国家，利用叔叔的帮助在沙漠里种植水稻，帮助当地人民改善环境和生活，实现自己的绿色家园梦想。阿卜杜对此嗤之以鼻，认为朱莉的努力是徒劳的。朱

---

①陈文化：《关于可持续发展内涵的思考》，载《科学技术与辩证法》，1999年第2期，第3页。

②马克思、恩格斯：《马克思恩格斯全集》（第40卷），人民出版社1995年版，第7页。

③David Tenenbaum. "*Survival Systems*" in *Nadine Gordimer's Get a Life*. *English Studies in Africa*, 2011, 54(2), p. 49.

莉选择留下,在阿卜杜所不屑的国家寻找自我,她的选择实际上反衬出了阿卜杜的内在他性。他拒绝了叔叔给予的报酬优厚的工作机会,最终如愿获得了去往美国的签证。“被殖民者尤其因为把宗主国的文化价值变为自己的而更要逃离他的穷乡僻壤了。他越是抛弃自己的黑皮肤、自己的穷乡僻壤,便越是白人。”① 阿卜杜一次次地逃离本土,追逐帝国文化,寄希望于通过移民到一个富裕的大国来提升自己的主体地位。但他的努力注定是西西弗斯式的努力,因为在新的国度,他会再次遭受帝国文化的排斥,在夹缝中艰难求生,边缘人的身份依然无法改变。对本土文化的否定和逃离实际上映衬他自我意识的缺失,也即主体身份的自我解构。这种对于文化身份的自我否定实际上体现了一个人的内在他性,而内在他性是主体异化,即自我异化的表征。

(四)非生产性性格的纠缠

在《家有藏枪》中,主人公的非生产性的性格同样体现了现代社会中人的自我异化。弗洛姆认为,“现代人失去了对自身的信念,丧失了个性和自我意识,非创造性性格有增无减”②。娜塔莉(Natalie)没能要回送养的孩子,欲自溺于大海。邓肯(Duncan)救了她、收留她,并请自己的合租朋友卡尔(Carl)帮忙找到了一份适合她的工作。对于这一切,娜塔莉不仅没有感激,反而认为邓肯控制了她的生活,请卡尔找工作也是为了监视她。在他人面前,娜塔莉从来没有表现出对邓肯的好感和关心,取而代之的是讥讽和漠视。为了报复邓肯对自己的拯救,她甚至公然和卡尔,邓肯曾经的同性恋人,旁若无人地在客厅做爱。而她对卡尔死亡的悲痛欲绝和邓肯入狱的漠视让人觉得她才是受害者。自我虐待并虐待他人,怀疑一切并对抗一切,娜塔莉的非生产性性格表现出的攻击性和破坏性实际上体现出了现代人逃避自由的心理机制。人通过自己的攻击性和破坏性行为来逃避自由,是因为“天堂永远地失去了,个人孤独地面对着这个世界——像一个陌生人投入一个无边际而危险的世界。新的自由带来的不安、无权力、怀疑、孤独及焦虑的感觉”③。这种深层次的异化使人的命运变得更加可悲。

二、人与他人关系的异化

人的自我异化必然导致人与他人之间关系的异化。人,总是以群体的形式存在。在社会生活中,每个人都是通过一定角色和身份与他人进行交往并发生各种关系。“从伦理学的角度看,社会对人的每一角色和身份都会有一定的规范

①法农:《黑皮肤,白面具》,万冰译,译林出版社2005年版,第9页。
②衣俊卿:《西方马克思主义概论》,北京大学出版社2013年版,第203页。
③弗罗姆:《逃避自由》,陈学明译,北方文艺出版社1987年版,第35~36页。

和要求，由此构成人的伦理权利和义务。”①每一个伦理主体在享受一定的权利的同时也应该履行一定的义务。在特定伦理关系中，只有伦理主体共同行使自己的权利和义务才能形成相对稳定的伦理关系，双方才能和谐相处。但是随着经济的发展，人们的生活方式逐渐发生变化，人们在物质生活获得满足的同时，精神世界开始荒芜。对物质的过分追求、基本道德感的丧失，无可避免地导致伦理主体之间的权利与义务失衡，最终导致伦理关系的严重疏离。正如马克思指出，“人同自己的劳动产品、自己的生命活动、自己的类本质相异化的直接结果就是人同人相异化。当人同自身相对立的时候，他也同他人相对立”②。换而言之，人与人之间主体间性关系异化为主体-客体关系。这种异化关系体现为人与人之间的疏离、隔膜、相互利用、不平等和缺少沟通。

（一）两性关系的异化

合理的两性关系应当是“男女双方都具有独立、完整的人格，没有交易意识，没有主奴观念。而是在人格对等的情况下，相互付出，相互满足”③。和谐美好的两性关系是人类繁衍的前提，是社会发展的根基。但是在戈迪默以下的四部作品中，两性关系不再单纯美好，而是已经“淹没在利己主义打算的冰水之中”④。

在《无人伴随我》中，因为性吸引，维拉在第一任丈夫服兵役期间与年轻英俊的贝内特发生婚外恋，并因此离婚，却在前夫回家取东西时再次因为性冲动与之发生性关系，致使她与贝内特婚内的第一个孩子是前夫的。贝内特对维拉非常痴迷，以至于没有她就活不下去。为了让维拉过上更加富裕的生活，贝内特放弃了自己喜欢的泥塑艺术，转而经商。丈夫的牺牲和奉献并没有换来维拉的爱。在与贝内特的婚姻存续期间，为了满足性欲，维拉又与奥托发生了婚外恋。在《新生》中，戈迪默刻画了一个与维拉类似的人物琳赛。和维拉一样，琳赛也是一个美丽的白人律师，事业成功。丈夫阿德里安全心全意地爱着自己的妻子，为了支持妻子的事业放弃了自己喜欢的考古。但是琳赛并没有安于稳定的家庭生活，因为丈夫在性生活方面的力不从心，她与一个同行发展了一段长达四年的婚外恋。这两位女性角色婚外情的动机无一不是和性欲有关。两性之间应有美好的爱情作为维系关系的基础，但是这些主人公都将应有的爱欲降格为单纯的性欲。马尔库塞认为，“过去，人恰恰是在其(性欲)满足中，特别是在其性欲满足中，才成为了一种高级存在物，并遵从高级的价值标准，性欲因爱获得了尊

①朱海林:《论伦理关系的特殊本质》，载《道德与文明》，2008年第4期，第35页。

②马克思:《1844年经济学哲学手稿》，人民出版社2000年版，第59页。

③赵合俊:《伊甸审判:性爱的异化与理化》，花城出版社1993年版，第42～43页。

④马克思、恩格斯:《马克思恩格斯全集》(第1卷)，人民出版社1995年版，第275页。

严”[①]。但是在工具理性和技术理性泛滥的工业社会里，“本我”的快乐原则把前生殖器的泛化的爱欲转变为“生殖器至上的性欲”，这是异化的深层机制。

《偶遇者》中阿卜杜和朱莉的交往也难免和物质利益扯上关系。“资本主义制度下，人的群体关系恶化，……人们的相互关系失去了道德义务感和情感特征，从而变得靠单一的经济利益来维持。所有的人际关系都基于物质利益。”[②]由于朱莉家庭富裕，阿卜杜希望她能帮助自己合法留在南非，从而帮助自己过上想要的富裕生活。朱莉不仅没有帮助他留下，反而要抛弃一切去追随他。阿卜杜的愤怒更多的是表达了他对利用朱莉获取想要的物质利益却失败的失望感。全球化背景下经济发展不平衡和种族关系不对称致使本应美好的两性关系异化为纯粹的利用与被利用关系。

在《家有藏枪》中，娜塔莉对邓肯没有丝毫的关爱、尊重和忠诚，二人的感情是“灾难性地相互选择”[③]。她从感情上虐待邓肯，视邓肯为敌。恩格斯说，“一句话，每一个人都把别人看作必须设法除掉的敌人，或者最多也不过把别人看作一种可以供自己利用的工具”[④]。娜塔莉把邓肯当作自我放逐的工具，邓肯同样把她当作体现自我价值的工具。邓肯给娜塔莉取了另外一个名字——娜斯塔西娅（Nastasya），这个名字来自他读过的陀思妥耶夫斯基（Dostoevsky）的《白痴》（*The Idiot*，1868）。在《白痴》中，被人们视为白痴的年轻公爵梅诗金愿意无条件娶受尽屈辱与磨难的娜斯塔西娅·菲里波芙娜为妻，让她深受感动。作者引用了《白痴》中的一段话来描述邓肯的潜台词，“如果没有我，她早都淹死了”[⑤]。按照自己的喜好给娜塔莉重新命名，邓肯“展现了他的性别特权”[⑥]：把自己比作拯救可怜女人的年轻公爵。邓肯把娜塔莉构建成了一个弱势的他者。在之后二人的共同生活中，邓肯对娜塔莉的忍让和帮助实际上体现了他的英雄主义和自我利他主义。他的助人行为是为了减轻内心的紧张和不安，使自己感到有力量，体会到一种自我价值。这种自我服务的动机是导致他与娜塔莉关系异化的根本原因。

故事中的受害者卡尔是一名同性恋者，他生前频繁更换自己的性伙伴，并以此为荣。卡尔曾经和邓肯有过一段同性恋，后来又与邓肯的女朋友发生性关系，

---

①马尔库塞：《爱欲与文明》，黄勇等译，上海译文出版社1987年版，第147页。

②蒋承勇：《现代文化视野中的西方文学》，上海社会科学院出版社2000年版，第26页。

③Nadine Gordimer. *The House Gun*. London: Bloomsbury Publishing, 1999, p. 153.

④马克思、恩格斯：《马克思恩格斯全集》（第2卷），人民出版社1995年版，第454页。

⑤Nadine Gordimer. *The House Gun*. London: Bloomsbury Publishing, 1999, p. 153.

⑥Cheryl Stobie. *Representations of "the Other Side" in Nadine Gordimer's The House Gun*. *Scrutiny 2: Issues in English Studies in Southern Africa*, 2007, 12(1), p. 71.

且对此不以为然。他的这种不负责任的态度最终导致了自己的死亡。不管是作为同性伴侣,还是兄弟,卡尔没有表现出基本的道德原则。可以说,卡尔也是自己的受害者。他对伦理道德的漠视和性自由的滥用导致了自己与他人关系的异化。

《新生》中保罗夫妻的关系从疏离到缓和的变化过程也给予了人们反思的机会。保罗是生态学家,受聘于一家基金会,从事自然资源保育和环境控制方面的工作。他妻子贝雷妮丝却是国际广告公司的高管,专门为那些砍伐森林、破坏生态的客户们做广告宣传。两个人的工作性质截然相反。即便在一起生活了五年,两人之间仍然有陌生感,"虽然不乏一些事情要谈论,……但是却总有陌生者的成分,双方都在用第三只眼睛,用别人的眼睛,来看待事情"①。两人工作目标的背道而驰导致了夫妻二人渐行渐远。夫妻在生活中本应该互相扶持,但是不同的人生观和价值观导致了双方关系的异化。在这里,我们无法用伦理权利与义务来考量二人之间的伦理关系。二人工作性质的巨大差别实际源于经济发展与自然资源的保护永远是一对难解的矛盾。此外,二人关系的疏离也是一道难题。琳赛和保罗在谈话中提到关于阿德里安放弃考古赚钱养家的时候提到过,"像你这样心中只怀有……一种先天下之忧而忧的使命,这个使命是第一位的,……几乎没谁有你这样的运气"②。其中的潜台词不言而喻。保罗之所以能全身心投入环保事业,关键的保障是妻子的丰厚收入让他没有养家糊口的顾虑。但夫妻二人关系的疏离使得他不止一次有过离婚的念头。由此我们可以看出,事业方向的相悖确实是二人关系恶化的一个诱因,但是保罗内心深处的个人主义却是他们二人婚姻危机的根本原因。保罗生病期间的隔离给了他自我反思的机会,夫妻关系得到了缓和,而新生儿的降生标志着他们夫妻关系新的开始。

(二)族裔间关系的异化

南非在 1991 年从法律上废除了种族隔离制度,黑人开始当家作主。但在戈迪默的后期作品中,我们发现,虽然法律上的种族隔离政策废除了,但人们心里的隔离仍在,少数族裔和黑人仍然摆脱不了被他者化的境遇。

《无人伴随我》中维拉与奥托的婚外恋不仅仅是因为性欲,更因为奥托是一个犹太孤儿,一个"希特勒婴孩"。比奥托大 15 岁的维拉把他当作"一个被驱逐的婴儿,赤裸着躺在这个世界上","她要弥补他儿童时期的匮乏。……她要给他玩具和糖果"③。因此即便是自己经济条件不宽裕,维拉还是给奥托买了他喜欢

①戈迪默:《新生》,赵苏苏译,人民文学出版社 2010 年版,第 6 页。

②戈迪默:《新生》,赵苏苏译,人民文学出版社 2010 年版,第 133 页。

③戈迪默:《无人伴随我》,金明译,译林出版社 2006 年版,第 58 页。

的法国衬衣、意大利领带和黄金砝码。无视自己家庭的物质需求,转而努力满足情人的奢侈消费需求,维拉享受的是给予他人时的自我满足感。她的被需要使她体会到了自己的价值和主体地位。这与邓肯的自我利他主义如出一辙。没有发自内心的爱,而是对一个身世凄惨的小男孩的怜悯,维拉实际上把奥托他者化了。通过他者奥托的衬托,维拉彰显了自己的主体身份。

《偶遇者》中主人公朱莉和阿卜杜的关系同样异化为他者的相互构建。朱莉与阿卜杜因为修车相识,进而发展为恋人关系。吸引白人朱莉的不是有色人阿卜杜的某一个优点,而是他神秘的东方血统。朱莉把阿卜杜想象成了一位神秘的东方王子,把她对东方的幻想投射到了阿卜杜身上。在与阿卜杜的交往中,朱莉总是刻意保护着阿卜杜的自尊,不希望阿卜杜在与自己、与她朋友的交往中有任何种族主义和阶级主义带来的不适感。这种"刻意"体现出了她作为优势主体的优越感和对阿卜杜的他者化。朱莉不惜抛弃舒适的生活,跟随阿卜杜远赴他乡并有志于在沙漠地带种植水稻,从而改善当地的环境和经济状况。但是她的水稻计划却是寄希望于通过自己叔叔的关系获得某大国基金的资金扶持。利用第一世界的资金和自由贸易来发展前殖民地国家的经济,从而实现自己的绿色家园梦想,构建新的自我。不得不说,朱莉的种族移情仍然是在彰显自己的优势主体身份,凸显来自前殖民地国家的阿卜杜的他者地位。

作者对于二人交往细节的描写从来没有表现出他们如何相互爱恋,而是聚焦于他们的性行为和去留问题。对于一个非法逗留的贫穷有色人而言,爱情是阿卜杜承受不起的奢侈品。他对朱莉的爱恋很大一部分源于一个弱势主体对主控权的渴望。虽然在南非,黑白通婚的禁忌早已随着种族隔离制度的结束而成为历史。但是,作为一个弱势男人,阿卜杜对于这样一个优势女人身体的占有可以帮助他树立男性的权威并提升自己的种族地位,因为,"人家把我当作白人来爱"①。阿卜杜想利用自己的男性身份把朱莉构建为他者,却不明白这种想法本身就体现了自己的他性。黑白两性的他者相互建构给了读者一种暗示:和谐共存的种族关系还有很长的路要走。

《家有藏枪》中白人邓肯杀人后,自己通过朋友介绍请了一位律师——黑人汉密尔顿(Hamilton),其父母哈拉德(Harald)和克劳迪娅(Claudia)对儿子的辩护律师却没有应有的信任。克劳迪娅认为,儿子的辩护律师应该由少数族裔的人来担当,比如犹太人或者印第安人,而黑人没有律师应有的聪明智慧。因为儿子的坚持,她没能更换儿子的律师。哈拉德通过私人关系去打听汉密尔顿的情况,通过他人对律师的肯定才对他半信半疑。邓肯的案件进入庭审程序后,克劳

---

①法农:《黑皮肤,白面具》,万冰译,译林出版社 2005 年版,第 46 页。

迪娅转而寄希望于由一位黑人法官来审理儿子的案件。这种期许并不是因为她对黑人的信任，而是因为她认为白人不会轻易采纳一个黑人的辩护，相同种族的人才会彼此认同。作为一名给人治疗伤痛的医生，克劳迪娅深知黑人白人的血肉是一样的，但是对儿子律师的质疑体现出了她作为一名白人中产阶级，对黑人根深蒂固的种族歧视。虽然夫妻二人在自己的工作中也会力所能及地帮助黑人，但是，“他们的自由信仰和平日的善举只不过是他们种族主义的一种掩饰和优越感的体现”①。这种自我优越感和对黑人的种族歧视致使不同种族的人民之间关系的疏远和隔离，即异化。

在《新生》中，我们却看到了黑人和白人关系的亲近。在这个故事中，男主人公保罗的父母——阿德里安夫妇家里有一个黑人保姆普里姆罗斯，阿德里安夫妇俩为保姆的孩子支付学费，帮助她支付建房子的订金。在保罗到父母家休养之前，夫妇俩还计划着如何在保护保姆自尊的情况下说服她暂时离开，为的是不让她暴露在辐射之下。雇主如此贴心地对待一个家庭保姆，而作为保姆，她本可以享受带薪假期，还可以远离辐射的危害，但是她却选择了留下来，和雇主一起尽心尽力地照顾保罗。在这对主仆身上，我们看到了如今的南非社会中黑人和白人亲密无间的一面。故事中另外一个黑人是保罗的同事塔佩洛，作为保罗的同事，他深知辐射的危害，但是他却经常来看望保罗，毫无顾忌地和保罗在花园里聊天喝茶。来看保罗时，他竟然“张开双臂，要来一个非洲人的碰肩式拥抱，保罗却向后退开，这种拥抱是黑人对为争取自由而并肩战斗过的战友的一种表达”②。两个黑人对待保罗的态度和白人对待保罗的态度截然不同。白人们在采取各种专业的措施隔离保罗的同时，黑人们却无视保罗的病情和他正常交往，甚至是身体接触。为什么呢？“这两个人怎么竟然都不害怕呢；若是归于情感，那就未免太简单了，保罗是个白人，是有历史沿袭性的，这个历史相信黑人更坏，然而显而易见的则是，这两个人都是黑人，却更好。”③曾经的种族隔离政策让南非的黑人们的身心都遭受重创，如今的黑人们却没有因此活在仇恨里，而是与白人们相互支持和关怀。经历过太多伤痛的黑人们似乎无惧任何威胁，包括辐射。正如凯思林·瓦格纳(Kathryn Wagner)所说：“黑人世界被压迫的越无情，他们的最终回归将越坚定。”④两个黑人展现出的勇敢无畏也象征着如今的黑人在南

---

①Cheryl Stobie. *Representations of "the Other Side" in Nadine Gordimer's The House Gun*. *Scrutiny 2: Issues in English Studies in Southern Africa*, 2007, 12(1), p. 71.

②戈迪默：《新生》，赵苏苏译，人民文学出版社 2010 年版，第 65 页。

③戈迪默：《新生》，赵苏苏译，人民文学出版社 2010 年版，第 66 页。

④Kathryn Wagner. *Rereading Nadine Gordimer*. Bloomington: Indiana University Press, 1994, p. 93.

非的主人翁姿态，“在宣告，这里是他的土地，而不是一个暂住居民的家”[①]。黑人主体身份的回归也为白人和黑人关系的进一步融合奠定了基础。

（三）亲子关系的异化

家庭是每个人休憩身心的港湾，是每个人心里最温暖的终点。父母与子女的关系应该是所有人际关系中最纯粹、最真实、最温暖的。而在戈迪默的小说中，几乎没有关于家人相亲相爱的细致描写，取而代之的是冷静客观的外化描写。在她后期的几部作品中，父母与子女之间的关系大都疏远冷漠。

在《无人伴随我》中，主人公维拉对“性欲的要求超过了对孩子们的爱”[②]。为了实现性自由，追寻自我，她对孩子缺乏应有的关心和爱。每次从情人那里尽性而归时，她总会看到自己的孩子一个人孤零零地在厨房餐桌旁做作业。女儿从寄宿学校写信回来哭诉自己连买牙膏和基本穿着的钱都没有时，维拉却在花钱给情人买丝绸衬衫、领带和黄金砝码。对孩子长期的漠视导致了她与子女关系的疏离。维拉对性爱的迷恋和频繁的婚外恋致使两个孩子都没能树立正确的婚恋观和家庭观。女儿成年后因为讨厌男人，成了同性恋。儿子伊凡与妻子离婚，与情人分开后也没有再婚，而是与被离婚的父亲一样过起了单身汉的生活。伊凡希望父母能帮助照顾自己叛逆的儿子亚当一段时间，维拉非常不情愿，她觉得自己的自由生活被打扰了。孙子亚当最终的离去让她觉得自由和放松。本该和睦幸福的家庭关系因为维拉的自我追寻而分崩离析。

维拉虽然有自己的家庭，却一直把自己置于家庭之外，孤独地寻找自我。这种自我隔绝最终带来的后果是毁灭性的。马克思主义文化批评家雷蒙·威廉斯（Raymond Williams）认为，“性爱和母婴关系……打破了作为个性全部内容的个人孤独，对它构成了威胁”[③]。对于维拉而言，孩子成了她追寻孤独自我的威胁。这同萨特的个人主义自由观“他人即地狱”不谋而合。相似的母子关系在《新生》中也有体现，夫妻二人在儿子患病期间刻意与儿子保持的空间距离说明了他们之间关系的疏远。造成这种疏离的原因一方面是交流的缺乏，另一方面源于琳赛曾经的婚外恋对孩子心理的隐形伤害。

《家有藏枪》故事的开端就是邓肯的同事朱利安（Julian）登门告知哈拉德与克劳迪娅夫妇他们儿子的被捕。关于自己的案件，邓肯对父母只字不提，反而对自己的律师毫无保留。因此夫妻二人只能通过律师和儿子的朋友来了解儿子的案情。自始至终，他们对儿子的案件都只能观望，不能有一丝的参与。夫妇俩甚

---

①Christopher Heywood. *Nadine Gordimer*. Windsor: Profile Books, 1983, p. 158.

②戈迪默：《无人伴随我》，金明译，译林出版社 2006 年版，第 144 页。

③威廉斯：《现代悲剧》，丁尔苏译，译林出版社 2007 年版，第 107 页。

至想通过看儿子写给朋友的信来了解他。父母与孩子之间仅有的交流和瞬间的真情流露也只发生在探监时的会客室里。造成这种局面不仅仅是因为他们法律知识的缺失,更重要的是长期以来,他们只给予了儿子物质上的满足,却忽略了情感交流。这使得孩子与父母之间越来越疏远隔离。

三、人与社会关系的异化

不健全的社会导致了人的自我异化以及人与他人关系的异化,这两种关系的异化导致人不能融入他所生活的时代和社会,因而人与社会异化了。马克思认为,“社会是个人彼此发生的那些联系和关系的总和”[①],“是人们交互作用的产物”[②],而人“是只有在社会中才能独立的动物”[③]。人的生存和发展离不开他所存在的社会。相互关联的人形成了社会,社会塑造了人。弗洛姆认为,“一个健全的社会使人能够爱他人,进行创造性的劳动,开拓自己的理性和客观认识,在体验到自己的生产性力量的基础上建立一种自我意识。一个不健全的社会使人相互憎恨和不信任,使人变成为人所用和为我所用的工具,使人变成了他人的附庸或机械,从而剥夺了人的自我意识”[④]。在戈迪默的作品中,人与社会关系的异化体现在以下四个方面。

(一)自由被滥用

种族隔离制度下的黑人饱受苦难,寄希望于早日结束隔离制度,过上自由民主的新生活。种族隔离制度结束后,黑人当选总统,人民确实自由了,但是人们在享受自由的同时并没有得到相应的教育支持和合理引导,使得自由被滥用。《无人伴随我》中维拉对性自由的追求和《新生》中琳赛的“偶然之爱”都给自己的家庭带来了毁灭性的打击。在《家有藏枪》中,卡尔和邓肯都是双性恋。卡尔与他人交往随性且不负责任,伦理关系混乱。亚当·马尔斯·琼斯(Adam Mars-Jones)认为,“卡尔对待性的随意态度体现了他的虚无主义”[⑤]。虚无主义是一种全盘否定各种传统的价值观念甚至道德真理的态度。它的产生源于人对社会现实的不满。从另一方面来说,“双性恋体现了人的焦虑”[⑥],这种焦虑源于人在社

①马克思、恩格斯:《马克思恩格斯全集》(第30卷),人民出版社2002年版,第221页。

②马克思、恩格斯:《马克思恩格斯全集》(第27卷),人民出版社2002年版,第447页。

③马克思、恩格斯:《马克思恩格斯全集》(第30卷),人民出版社2002年版,第25页。

④弗洛姆:《健全的社会》,欧阳谦译,中国文联出版公司1988年版,第204页。

⑤Adam Mars-Jones. *Murder Most Secondary to Everything Else*. Guardian unlimited online. Updated on Feb. 15, 1998. Downloaded on June 6, 2015. http://books.guardian.co.uk/reviews/generalfiction/0,98558,00.html.

⑥Cheryl Stobie. *Representations of "the Other Side" in Nadine Gordimer's The House Gun*. *Scrutiny 2: Issues in English Studies in Southern Africa*, 2007, 12(1), p. 71.

会中的不安全感。邓肯被卡尔抛弃,他未能从同性的伴侣关系中获取安全感,转而寄情于娜塔莉,希望从与娜塔莉的伴侣关系中寻求安慰。而娜塔莉与卡尔的性行为断送了邓肯对两性关系的最后的期许,于是就有了他枪杀卡尔的过激行为。虽然同性恋得到了法律的认可,但是在故事中,合租房内的同性恋被视为一种时尚,而不是真正的心理需求——性自由被滥用。此外,枪是整个故事的导火索。法律规定家庭可以持有枪支,用以维护人身安全。原本人性的法律目标却因为没有得到合理的管控使得持枪自由被扭曲——保护生命的工具却成了残害生命的凶器。因此,卡尔的死和邓肯的犯罪与病态社会不无关系。

(二)权力分配不公

黑人赋权造就了少数权力暴发户,曾经的革命功臣却找不到自己的归属。《无人伴随我》中的迪迪穆斯是为争取政治权利而开展黑人解放运动的领导人之一。为了革命,他和妻子长期流亡国外,过着颠沛流离的生活。曾经的假死经历使得迪迪穆斯被神化了,他成了一位圣者。戈迪默曾经在《必要姿态》中非常有洞察力地指出:"历史人物到神化角色的转换意味着一种投资,但是这种投资伴随着巨大的社会损失。"①革命成功后,回到祖国的迪迪穆斯坚持不要组织上给他安排的待遇。但是他的自我牺牲并没有获得国家的认同,反而被黑人政权当作自我反思的反面教材。曾经的革命积极分子却在革命成功后无法参与他为之奋斗的事业,而且还成了革命的牺牲品,成了一个彻底的政治旁观者,失去了与他人共享革命成果的机会。

与迪迪穆斯类似的一个角色是《空前时代》中的史蒂夫。白人史蒂夫与黑人妻子杰布莉莉在反种族隔离的战斗中成了流亡者。斗争胜利之后,他们满怀希望地回到国内,憧憬着过上自由民主平静的新生活,不想却看到暴力泛滥、犯罪频发、政治腐败、贫富差距加大、艾滋病流行等社会问题层出不穷。在本应是人际关系和谐、经济繁荣发展的空前美好时代里,新社会的疾病让曾经的革命战士手足无措,找不到自己的归属。马塞拉·科尔内霍(Marcela Cornejo)曾指出:"流亡暗示并要求流亡者在东道国的社会文化再植入,在这个过程中,流亡者需要改变和适应新的生活方式、社会关系、社会地位和个人经历等。"②在流亡过程中,外来者的身份使得他们无法真正融入东道国的文化,而回归后的他们却成了本土的异乡人。"夹在两种文化、两个世界之间,经验到了两种文化在某种意义

①Nadine Gordimer. *Living in the Interregnum*. From *The Essential Gesture: Writing, Politics, Places*, edited by Stephen Clingman. New York: Penguin. 1989, p. 75.

②Marcela Cornejo. *Political Exile and the Construction of Identity: A Life Stories Approach*. *Journal of Community & Applied Social Psychology*. 2008, 18(4), p. 335.

上分别自圆其说的现实和思维方式，而又很难彻底融入其中任何一个或与之达到较深刻的和谐。"[①]无所适从的他们计划移民到澳大利亚。曾经的流亡者在革命成功后却踏上了移民之路，寄希望于在一个新的国度重新构建自己的身份。这是对现实社会的最大讽刺。

（三）暴力横行

政治制度的不完善和经济发展的不平衡致使南非各种社会问题层出不穷。"对于国家本身来说，过渡时期的焦虑在于过去的财产权是应该被分散还是应该继续留置，进而威胁新社会。"[②]为了发展经济，政府把大量土地卖给投机商或者开发商，却没有相应的安置措施来保障当地民众尤其是黑人的生活。为了获得白人的支持，政府对占有资源较多的白人态度暧昧。黑人们越来越穷，很多黑人不得不走上了犯罪的道路，甚至诉诸暴力。《无人伴随我》中维拉的大部分工作内容就是从政府争取支持，力争从富裕的白人农场主手上为普通黑人争取土地。但是她却在一次外出调查时遭到了一群黑人的抢劫和袭击，黑人奥帕因此丧命。曾经惺惺相惜的黑人在革命成功后为了活命互相残杀，这种悲剧不是个人的，而是社会的。在《新生》中，琳赛差点在自家的院子里遭到暴力袭击。在《空前时代》中，作者也描述了令人发指的校园暴力。在《家有藏枪》中，"死人新闻如同天气预报一样平常"[③]。象征暴力伤害的枪成了一件普通的家庭用品，如同小猫或者烟灰缸一样，渗入人们生活的每一个角落。此外，很多南非人认为外来的人口抢占了他们的工作机会和发展资源，继而仇视甚至暴力伤害外国人。频发的排外暴力给南非的发展带来了很大的负面影响，这在《空前时代》和《偶遇者》中都有体现。比如在《偶遇者》中，阿卜杜打工的那家汽修店老板就是典型代表。他不仅给阿卜杜极低的工资，还骂他是"油猢狲"。

（四）犬儒主义泛滥

问题重重、暴力频发的社会容易导致犬儒主义的泛滥，表现为人缺乏应有的关爱意识、法律意识和责任意识，内心不再完整、温暖和敏感。在《家有藏枪》中，邓肯枪杀卡尔后并没有多么惊慌或者去警察局自首，而是回到自己的房间睡觉，直到警察破门而入。在案件的调查和审理阶段，邓肯承认自己杀死了卡尔，却从来没有表示出悔恨和歉疚，似乎这件事情和他无关，他只是机械地配合案件的进展。作者在书中如此陈述："在一个暴力泛滥的社会里，抵制暴力的道德贬值

---

①查建英：《关于"边缘人"的通信》，载《小说界》，1988年第5期，第132页。

②David Medalie. *The Context of the Awful Event: Nadine Gordimer's The House Gun*. *Journal of Southern African Studies*. 1999, 25(4), p. 638.

③Nadine Gordimer. *The House Gun*. London: Bloomsbury Publishing, 1999, p. 49.

了。”[①]“施害者和受害者互为一体。”[②]因此邓肯的律师在为他辩护时说，邓肯对生命的漠视不是因为个体本性的残暴，而是暴力风气使得他体会不到生命的可贵，意识不到暴力带给他人的伤害。正如徐曙玉所说，“社会力量无形之中束缚着人、制约着人、残害着人。人在这个强大的社会力量面前变得如此软弱、渺小，以至不能主宰自己的命运，变的可怜和悲哀”[③]。法农曾经把后殖民时期的中产阶级比作“旧时殖民主义和新时政府共同宠坏的孩子”[④]。曾经的优越感加上新政府的有意偏袒使得中产阶级成了极度缺乏社会责任感的阶级，邓肯的父母就是这样的典型代表。他们有着不错的职业和收入，但是他们只关注自己的生活，对社会缺乏应有的责任感。关注社会灾难只是他们闲暇时光的消遣。因为与他人缺乏交流，无法和他人、和社会建立起和谐的互动关系，夫妻俩身在社会却不是社会的一部分。为了让夫妻俩与他人有更多的联系，融入社会，律师有意邀请他们参与邓肯案件的调查过程，并且邀请他们去自己家里做客。慢慢地，夫妻俩才意识到人不可能脱离社会而存在，“灾难是他们生命中的一部分”[⑤]。

四、人与自然关系的异化

人与自然的伦理关系作为人之存在的本源性关系始终是各种伦理关系的核心内容，因此，“从道德意义上探讨人与自然的关系，应该是当代伦理学的重要任务之一”[⑥]。经过漫长的进化过程，人类终于实现了和自然的分离，随之而来的是人类自然属性的丧失。自此，人与自然的关系陷入异化的泥沼。人究竟应该害怕自然、利用自然，还是与自然和谐相处？在南非，这样一个急需发展的第三世界国家，人与自然的矛盾非常尖锐。一方面，南非有良好的丰富的自然资源可以利用；另一方面，因为特殊的历史原因，南非经济的发展并不能实现普通民众想要改善生活的愿望。但是经济发展必然会导致自然资源的被利用和自然环境的被破坏。这个时候，探索如何处理人与自然的关系显得尤为重要。在小说《新生》中，戈迪默就着重探讨了人与自然的相处之道。

《新生》讲述的家庭故事源于保罗罹患甲状腺癌，之后发生的所有事情都围绕着他的疾病展开。“人创造环境，同样，环境也创造人。”[⑦]疾病标志着自然环

①Nadine Gordimer. *The House Gun*. London: Bloomsbury Publishing, 1999, p. 226.
②Nadine Gordimer. *The House Gun*. London: Bloomsbury Publishing, 1999, p. 282.
③徐曙玉、边国恩:《20 世纪西方现代主义文学》，百花文艺出版社 2001 年版，第 10～11 页。
④Frantz Fanon. *The Wretched of the Earth*. New York: Grove, 1963, p. 48.
⑤Nadine Gordimer. *The House Gun*. London: Bloomsbury Publishing, 1999, p. 28.
⑥马永庆:《论人与自然之间存在的伦理关系》，载《齐鲁学刊》，2004 年第 2 期，第 17 页。
⑦马克思、恩格斯:《马克思恩格斯全集》(第 1 卷)，人民出版社 1995 年版，第 22 页。

境受到了某种伤害后对人类身体的惩罚,是大自然对人类无序利用自然的报复。正如作者在文中所说:“发生在保罗身上的事情就像是上帝的愤怒。”①只是,这个“上帝”是大自然。保罗为了治疗甲状腺癌症,不得不在术后服用放射性碘液来杀死身体里残留的癌细胞。他的身体也随之变成了一个辐射源,凡与他接触的人都会受到辐射的威胁。但是他的亲人并没有因此遗弃他。为了不给他的妻儿造成危害,他的父母把他接回自己家精心照顾。他的妈妈琳赛为他专门布置了“隔离区”,而且“……使他,也使阿德里安以及她本人尽量不感到尴尬,并尽可能少地意识到它的存在”②。父母每天探望他时只能“鬼鬼祟祟”地挤在门口跟他说话。他的妻儿来看他时也只能隔着栏杆远远地和他说话。尽管家人对他的隔离让保罗感觉自己像是一个在送往国外前需要隔离豢养几个月的“可怜狗狗”③,但是他对此却无能为力。家人的自我保护和“隔离”措施是人类面对自然伤害时的本能反应,显示出了人类的脆弱。

“过分地掠夺自然界,实质是切断了人同自然相统一的纽带。”④因此,保护大自然成了生态学家保罗的职业追求。政府要让一家澳大利亚公司到“非洲伊甸园”奥卡万戈和蓬多兰地区开发修建高速公路、大坝、核电站和沙丘采矿的项目,保罗的环保组织配合国际环保组织成功地阻止了该项目的实施。环保主义者们胜利了,但是项目的搁浅使得当地人民想要获得工作机会、改善生活困境的梦想破灭了。不仅如此,因为没能修建“十个大坝”,当地人民不得不饱受洪水之苦。一方面,人类在保护自然的同时需要舍弃自己的利益追求,但是,另一方面,“在人与自然的伦理关系中,自然也不是完全被动的,一定条件下自然也以积极的方式反作用于人”⑤。“洪水”在毁坏人们的家园的同时帮助受淹地区的土地进入一个新的轮回,帮助“这个名叫奥卡万戈的整个的有机体进行着自我更新”⑥。

保护自然是为了让人们更好地存活,那么“实现工业化”“不正是利用我们丰富的资源,来发展我们的经济,提高穷人的收入吗?如果贫穷不结束,那么还有什么能存活下来?”⑦戈迪默没有给出一个明晰的解决方案。但是通过公园中的鹰的故事,我们依稀可以读懂作者的意图。一般来讲,鹰一窝只孵两个蛋,雏鹰

①戈迪默:《新生》,赵苏苏译,人民文学出版社2010年版,第9页。

②戈迪默:《新生》,赵苏苏译,人民文学出版社2010年版,第14页。

③戈迪默:《新生》,赵苏苏译,人民文学出版社2010年版,第16页。

④张之沧:《西方马克思主义伦理思想研究》,南京师范大学出版社2009年版,第239页。

⑤马永庆:《论人与自然之间存在的伦理关系》,载《齐鲁学报》,2004年第2期,第19页。

⑥戈迪默:《新生》,赵苏苏译,人民文学出版社2010年版,第198页。

⑦戈迪默:《新生》,赵苏苏译,人民文学出版社2010年版,第183页。

出壳后会互相竞争。为了更好地存活,其中的一只雏鹰"亚伯"会把另外一只雏鹰"该隐"杀死,扔出巢外。活下来的那只鹰会得到父母的喂养直到成年。因此,作者提出自己的问题:"如果亚伯必须被该隐扔出巢外,那不也是为了一种更大意义的存活吗?"[①]如果连人类的基本生活需求都不能满足,生命无法延续,那么保护自然的目的又是什么呢?因此,为了让人们更好地存活,仅有保护是不够的。而作者对鹰巢的描写有着更深层次的隐喻意义。崖缝间的鹰巢空间局促,似乎根本不可能容纳下鹰硕大威武的身体,为了降落在巢穴里,它需要收拢、折叠自己的身体,"主动使自己适合家居","把自己安置在了它那树枝铺成的普洛克路斯忒斯之床上"[②]。普洛克路斯忒斯之床源于希腊神话。强盗普洛克路斯忒斯把人放在一张铁床上,如果身体比床长,他就砍去多余的部分;如果身体比床短,他就用力把身体拉长,使之与床齐。作者把鹰巢比作普洛克路斯忒斯之床,其用意不言而喻。鹰,生命的象征,尚且知道如何收拢自己的身体去适应有限的自然环境,那么人类更应该规范自身的行为去适应自然,合理利用自然,从而维持人与自然的和谐关系。

通过对戈迪默小说中异化主题的研究,我们可以感知作者细致入微的观察力和悲天悯人的人文情怀。套用弗兰克·科莫德(Frank Kermode)的话说,戈迪默"试图用小说来发现和记录人类世界,这才是小说的真实目的"[③]。社会在发展,生活在继续,异化还会以新的方式呈现。克服异化是现代人永久的生存主题。马克思指出,异化的根除取决于资本主义私有制的废除;而卢卡奇则认为,异化的扬弃在于人的物化意识的消除。社会制度的革新和人的意识革命都是一个漫长的历史过程。作为社会主体,人的异化产生的主观原因是人把自己的需求放在第一位,忽视了自己同他人、同社会的关联性。因此,卢卡奇建议,扬弃异化的首要任务是人要在意识上恢复总体性认识,"强调总体是具体的,是社会和历史的各种要素的辩证统一体,无论是生产过程,还是社会进程的各组成部分及各种要素,都只有放在社会历史的总体性关联之中才有意义"[④]。因此,人只有规范自己、尊重他人、融入社会,做一个有道德感和高度社会责任感的公民才能克服异化,"最终,在全部的社会生活中,人成为自己生命的主人"[⑤]。文学巨匠戈迪默在她的后期小说中通过异化主题的表现,留给世人的警世恒言应该得到我们的重点关注。

---

①戈迪默:《新生》,赵苏苏译,人民文学出版社 2010 年版,第 183 页。

②戈迪默:《新生》,赵苏苏译,人民文学出版社 2010 年版,第 177 页。

③Nadine Gordimer. *Writing and Being*. Cambridge: Harvard University Press, 1995, p. 19.

④衣俊卿:《西方马克思主义概论》,北京大学出版社 2013 年版,第 30 页。

⑤张一兵:《西方马克思主义哲学概论》,北京师范大学出版集团 2010 年版,第 149 页。

从马克思的异化理论到西方马克思的异化理论实际上是从劳动异化或者是物的异化到人性异化，即从政治经济领域转向社会文化意识形态。但是异化学说的本质是不变的，那就是对各种异化现象的发现与分析的最终目的是要实现某种复归，因此异化学说也包括复归理论，而最重要的就是对人性的复归。文学批评在关注文学创作的主题思想和艺术特征之时，文本和文学现象中所出现的“悖谬”“断裂”之处也应当同样引起注意。并且，接受者们应当正确看待作品中关于问题和黑暗面的暴露，从中发现超出时代和地域的人类共同的情感诉求。因而在对文本和文学现象进行批评时，分析异化现象从而实现向人性和人道主义的复归便成了文学研究的重要操作手段和旨归。

值得关注的是，在这些小说中，作家不再单纯地叙写殖民地时期非洲大陆上的人们所遭受的不公正待遇，而是从关于异化现象的书写中发现她对南非及其人民所面临的新的时代危机的焦虑，以手中之笔传递自己对于时代的关切，使得文学文本的书写向着人道主义复归，并激发读者思考。

第二章 “他者”与自我：触不可及的主体性

“他者”是西方哲学中的一个概念。它的核心是主体性，因此，它作为形而上学的一个基本问题出现，并被应用于反主体性——反中心主义、反霸权主义、反本质主义等话语中。后殖民主义理论家也将被殖民者与殖民者联系起来。它“表示与主体性不相关的、与主体性相对立的或否定的事物”①。一旦规定了一种权威的支配地位，就必须有另一种权威被认为是“缺乏权力”和低下的，是需要控制的。后殖民主义理论家发现，对于殖民主义和父权制来说，为白人对黑人的统治和男性对女性的统治辩护，对方的想象和建构同样重要。戈迪默充分意识到黑人和其他有色人种所受的苦难是由他们所扮演的角色，以及其他压迫手段的破坏性影响造成的。她还试图帮助他们纠正“他性”，表达他们的反抗。本章就以戈迪默代表性作品之一《我儿子的故事》为例，探讨白人与黑人、黑人自身，以及黑人之间、男女之间“他者”形象的建构与颠覆。《我儿子的故事》是戈迪默在种族隔离制度被废除前夕创作的一部长篇小说，讲述了一个和睦的黑人家庭在种族隔离制度下走向解体的悲剧故事，揭示了种族隔离制度的罪恶和黑人的生存困境。故事中的黑人们，为了生存、为了自由而不懈努力。然而，身心遭受隔离制度双重重创的黑人们不断地走入误区，在自由斗争中有意无意地对他人或自己进行着“他者”形象的构建。

一、“他者”形象的相互建构

“他者”是一个相对的概念。没有绝对的主体，也没有绝对的他物。没有“他者”的存在就没有主体。也就是说，一个人的主体性不能脱离另一个人的他性。《我儿子的故事》中的白人汉娜（Hannah）和黑人索尼（Sonny）为了寻找“自我”，体现自己的“主体性”，互相把对方建构为“他者”。作为白人的汉娜踏进了黑人的生活，带着白人的优越感，她把索尼以及他的家庭看成需要她的“他者”。而作为黑人男性的索尼也把自己生活中的白人女性汉娜放在“他者”位置之上，由此

①Elleke Boehmer. *Colonial and Postcolonial literature: Migrant Metaphors*. New York: Oxford University Press, 1995, p. 21.

来证明他的“主体性”。他们互为“他者”,“因此在他的心中,也在她的心中……一种强烈而大胆的欲望在萌动:让人们瞧瞧他们彼此属于对方”①。他们以拥有对方为荣。正如拉康所说:“一个‘我’对于相互主体的共同尺度的参照,或者可以说就被当作是他者的他者,即他们相互是他者。”②

(一)白人主体的“他者”建构

白人只占南非总人口的13%,却对占全国总人口87%的其他人种实行种族主义统治③。其中最典型的“他者化”“成果”就是“星期六市场”(Saturday Market)。只有在星期六,黑人们才能进城,用他们辛苦赚来的钱购买一个星期所需的生活用品。而在星期六以外的日子里,那些黑压压的人群便会从城里消失,温顺地被逐回镇外专供他们栖身的地区。“就像某种称王称霸的野兽划定自己的捕猎与嬉乐范围,不许别的野兽进来一样,市政当局好像也用某种警告的气味——某种不变的权威的气味划出了一个势力范围,禁止星期六的人们进入其中。”④西方中心主义用一种帝国主义居高临下的傲慢眼光拒绝非西方的人,因此可怜的黑人便被迫远离白人生活的区域,并与所有贬义词画上了等号。有着慈悲心肠的戈迪默在《我儿子的故事》中就为黑人鸣不平,“黑人们在社会中扮演的角色,无非是叫卖土豆、洋葱,修筑栅栏,挖掘沟渠,或者是在比小学教师(指索尼)家更富有的那些家庭中洗晾衣服而已”⑤。有如萧伯纳简要形容的:“美国的白人贬黜黑人到擦皮鞋的地位;结果这些白人的论调是:黑人什么事情都做不好,只会擦皮鞋。”⑥

西方文化从确立之日起,就一直在寻求作为确立主体的对立面的那个意识中的或想象中的“他者”。西方国家早期的疯狂扩张造成无数殖民地和无数的“贱民”。在殖民者的眼中,黑人是肮脏的、下贱的,他们“酗酒,吸毒,打老婆,狂呼乱跳,厚颜乞讨”⑦。他们不配和白人享有同等的权利。西方人自视优越,正是因为把殖民地的人民看作没有力量,没有自我意识,没有思考和统治能力的。

①戈迪默:《我儿子的故事》,莫雅平译,译林出版社2008年版,第60页。

②拉康:《拉康选集》,褚孝泉译,上海三联书店2001年版,第219页。

③库格勒,等:《今日南非》,王新译,中国电力出版社2005年版,第5页。此数据为当时的人口比例。2019年,南非人口统计结果显示,白人占总人口的7.9%,而黑人、有色人、亚洲人和印度裔占比分别为80.7%、8.8%、2.6%。信息引自南非华人网2019年7月30日的报道“最新人口普查——目前南非人口为5880万”。

④戈迪默:《我儿子的故事》,莫雅平译,译林出版社2008年版,第8页。

⑤戈迪默:《我儿子的故事》,莫雅平译,译林出版社2008年版,第16页。

⑥转引自波娃:《第二性——女人》,桑竹影等译,湖南文艺出版社1986年版,第13页。

⑦戈迪默:《我儿子的故事》,莫雅平译,译林出版社2008年版,第9页。

正如霍米·巴巴(Homi K. Bhabha)在《他者问题:陈规与殖民话语》中陈述的:“殖民话语的目的,是要把被殖民者分析为在种族根源上是退化的人群,以便证明征服是合理的,并建立起行政和指导体系。”[①]用一个术语来描述殖民者的行径就是“他者化”。

后殖民理论家将“他者化”视为殖民化过程中的根本性的问题。“被殖民民族总是被表现为次等的:不那么像人,不那么开化,是小孩子,是原始人,是野人,是野兽,或者是乌合之众。而作为其参照的总是高等的扩张中的欧洲”,这是帝国扩张的“自我合法化机制”[②]。《我儿子的故事》中的威尔(Will)把殖民者的这种“他者化”具体为“法律的影响所致”,“法律决定了我们是什么,而她们——那些金发碧眼的人又是什么。结果,我们这类人都成了病毒携带者,血液中带有病毒,本人也许并未发病,却能把病毒传给别人…… ”[③]在西方文化中,黑人总是被描述为低人一等的人,他们是“沉默的、感性的、女性的、非理性的、落后的”,而西方人的特点是积极的,如“阳刚、民主、理性、道德、活力和进步”[④]。黑人总是被白人定型。因此,在西方传统的影视和文学中,白人不是把来自非西方的人塑造为龌龊的负面角色,就是把他们塑造为白人社会里的次要角色。例如,丹尼尔·笛福(Daniel Defoe)笔下的黑人奴仆“星期五”(Friday),对他的白人新主子百依百顺。黑人女性的典型形象就是勤劳温驯的保姆,如米切尔·玛格丽特(Margaret Mitchell)的《飘》(*Gone with the Wind*)中的嬷嬷——她高兴地接受了自己的位置,并且很称职地为白人家庭服务。虽然其作者希望通过这些人物塑造以表现白人对黑人的接受,但是从另一方面我们可以看出黑人的形象还是没有逃脱白人的思维定势。

对应地,黑人为了反抗和表达反抗种族压迫的愿望,也开始对白人进行消极的刻画书写。在黑人作家的作品中,白人总是被描述成令人厌恶、鬼鬼祟祟、丑陋的人,而黑人形象则是诚实的,以家庭为中心,以群体为中心。例如,托尼·莫里森(Toni Morrison)的《宠儿》(*Beloved*),小说中的学校教师被描写成白人特权阶级的不人道帮凶和奴隶制度的代表。但并不是所有的白人在黑人的作品中都是坏人。我们还可以用另一个词来形容白人:伪善。伪善的白人善良并同情黑人,视黑人为朋友,为黑人的教育和发展提供经济援助;有些人甚至参加了黑人的人权运动,却在面对黑人时仍然自觉或不自觉地表现出优越感。《我儿子的

---

①巴巴:《他者问题:陈规与殖民话语》,载阎嘉:《文学理论精粹读本》,北京:中国人民大学出版社2006年版,第321页。

②转引自王先霈、王又平:《文学批评术语汇释》,北京:高等教育出版社,2006年,第753页。

③戈迪默:《我儿子的故事》,莫雅平译,译林出版社2008年版,第10页。

④Bart Moore Gilbert. *Postcolonial Criticism*. London & New York: Longman, 1997, p. 23.

故事》中的白人妇女汉娜就是一个很好的例子。

汉娜是一名人权工作者。她的任务是负责监督对政治犯的拘留和审判，帮助黑人运动中的参与者和他们的家庭。她不敌视黑人，她的家族和黑人的渊源可以追溯到她的外公那一代。作为白人牧师的外公就曾经为了“拯救黑人的灵魂”而工作。汉娜对黑人的态度和情感很显然就有外公的影子。她的生活经历并不顺利，妈妈未婚生下她，之后再婚，而她自己的婚姻也以丈夫的移情别恋而夭折。受政治斗争的诱惑和吸引，她选择来到南非。分析其根本的心理原因，她对职业的选择还是基于作为白人面对黑人时的优越心态。没有幸福的过去和家庭，但是在面对黑人们的苦难时她可以得到某种满足。因此，这个“金发碧眼”的女人在去索尼家时“露出的是去救助别人的人所表现的那种表示歉意却又自以为是的神情”[1]。她是一个女权主义者，很关心男女两性问题，但是她却踏进了黑人运动激进分子索尼的家庭生活，把索尼的妻子艾拉推到了一个尴尬无语的境地。然而她却“把艾拉看作一个平等的人，而不是一个被击败的敌手”[2]，她对索尼的爱没有排他性，也就没有嫉妒。“亲近他也就是亲近黑人运动。”[3]因此作为黑人的情人，她满足了自己的情欲，同时她实现了自己作为人权代表“平等”对待黑人的政治理想，但这都是她牺牲别人的家庭幸福而得到的。当第一次去被拘留的索尼的家，她看到索尼的妻子很美，而且举止得当，穿着长袜和高跟鞋时，“这一切的效果使汉娜感到并未打扰对方，但是来访纯属多余”[4]。很明显，汉娜带着救世主的神情去给黑人家庭提供帮助。在她的想象中，黑人应该是以苦难、卑微，甚至乞求的虔诚面孔来恭候她的到来。美丽的艾拉让她的心理产生了巨大的落差。她心目中的“他者”镜像模糊了。伴随索尼权力的丢失，加上自己被任命为难民委员会驻非洲特派员，汉娜最终离开了索尼，离开了她的“他者”对照。

在汉娜的身上，我们看到了西方中心主义情结和白人优越论的影子。西方的殖民者就是这样不断地确认和巩固其自我属性和个性的。在这里，我们不禁要疑惑，作家戈迪默为什么不同于其他白人作家，没有拔高汉娜的白人形象，反而把她塑造成了一个“第三者”呢？身为白人作家，戈迪默这样做显然是为了颠覆西方中心论者的关于“他者”的论调，间接为黑人们的自由运动呐喊助威。

（二）黑人男性的“他者”构建

---

①戈迪默：《我儿子的故事》，莫雅平译，译林出版社2008年版，第10页。

②戈迪默：《我儿子的故事》，莫雅平译，译林出版社2008年版，第56页。

③戈迪默：《我儿子的故事》，莫雅平译，译林出版社2008年版，第163页。

④戈迪默：《我儿子的故事》，莫雅平译，译林出版社2008年版，第76页。

博埃默指出:“他者可以指代一切,从不可阻遏的愉悦到社会所拒斥或不稳定的事物,到道德污染、梦魇,到梅毒。”“在大量的文化语境中,自我属性建立在自我与被认定为非我的区分之上”,“而在不同的语境中,这一对立面的形式也不同,可以是女人或奴隶、仆人或野兽;随着殖民化浪潮的到来,它变成了被殖民者,后者又吸纳了表示差异的其他形式而成为一个描写范畴”[①]。没有意识中的“他者”,“本我”的主体意识就不能确立。只有通过“他者”的参照,人才能确立自己的方位并向他人描述自己的主体性。汉娜把索尼当作实现政治主张的“他者”。与此同时,索尼也把汉娜定位为展现自我、体现自己“主体性”的工具。汉娜是索尼的“他者”。

索尼和艾拉之间的爱情故事是小说的起因。表面上看,是他们之间的感情问题加速了这个家庭的破裂,但在深层意义上,正是种族隔离制度和父权制导致了这场悲剧。严酷的种族隔离制度将黑人推入惨痛的黑暗中,同时导致大众形成一种黑白对立的思维定式。“白人应该是富有的,是统治者,黑人应该贫穷并成为工人。这几乎已经成为一种自然的秩序。”[②]戈迪默在早期小说《陌生人的世界》中想要表现的也是这样一种现实:黑人与白人生活在同一个国度里,却活在天壤之别的境遇里,是两个陌生的世界。正如弗朗茨·法农(Frantz Fanon)曾言:“殖民世界是一个一分为二的世界。”[③]黑人是社会中的他者,白人是社会中的佼佼者。长期以来备受压抑的黑人们找不到出路,生活中没有新鲜的空气。正如索尼在为死难兄弟扫墓时所说,黑人的劳动只是为全国13%的那部分白人提供世界上最高水准的生活,而同时全国的其他大多数人却养不活他们的孩子[④]。辛苦劳作了一天后,他们被送回位于自己国内的却被冠以种族名称,被称作“外国”的郊外贫民窟。统治者们瓦解了黑人们的一切,把黑人贬黜到社会最底层,因此黑人对白人的仇视和反抗是顺理成章的事情。索尼的生命中一直有这种反抗意识。他努力学习,提高自身的素质,成了一名小学教师,是他们家族中的佼佼者。他迷恋莎士比亚,解读卡夫卡,“不相信把人们弄得如此无能为力的强权只存在于人们自己的屈服之中”[⑤]。由于索尼带领学生们去游行示威,因此被教育局革除教职,他不能再当小学教师了。参加黑人运动,抵制白人的种族隔离制度,成了他的职业。为了表明自己的立场,也为了家人能更加舒适地生

①王先霈、王又平:《文学批评术语汇释》,高等教育出版社2006年版,第753页。

②Stephen Clingman. *The Novels of Nadine Gordimer: History from the Inside*. London: Allen & Unwin Ltd., 1986, p. 30.

③Frantz Fanon. *The Wretched of the World*. New York: Grove Press, 2004, p. 3.

④戈迪默:《我儿子的故事》,莫雅平译,译林出版社2008年版,第96页。

⑤戈迪默:《我儿子的故事》,莫雅平译,译林出版社2008年版,第13页。

活，索尼在白人区买了房子。他教导自己的孩子对住在同一条街上的白人要以礼相待但不要害怕他们，"因为害怕意味着承认我们无权和他们住在一起"[①]。他用自己的实际行动向种族隔离制度提出了强烈的抗议。

在以白人为中心的社会里，白人无所不能，尤其是白人男性。他们可以做他们想做的任何事情。如果他们愿意，他们可以同时拥有白人女性和黑人女性。但是黑人不能享受这种特权。因此，他们讨厌这种不合理的种族隔离制度，同时又欣赏白人的特权。索尼和他的儿子威尔就是典型代表。索尼的儿子对破坏他们家庭的汉娜非常抵触，但是在男孩的青春梦中，他却总是梦见自己向金发碧眼的白种女人泄欲。他坦言是法律的影响所致。这是为了向白人泄恨，还是为了实现某种难以实现的渴望呢？恐怕两者兼而有之。对得不到的东西，你会恨它，同时又想得到它。种族隔离制度让黑人对白人恨之入骨，但是白人的优越感和统治者心态却让黑人们对他们又心生羡慕。威尔在一定程度上就表现了这种矛盾心理。索尼的潜意识里也有这种东西，但是与威尔不同，他的行为更具对抗性。

索尼与汉娜发生婚外恋，不仅仅是因为她是他政治上的知音和战友，最根本的原因是她是一个白人。暂且不谈索尼的婚外恋引发的道德思考，单是在被隔离的生活环境里面，有一个白人情人，对一个黑人来说就是莫大的鼓舞和挑战。谁说白人高贵，黑人下贱？黑人男人照样可以和白人女人同床共枕。作为黑人运动领袖的索尼，他的这种行为在某种意义上是对种族隔离制度的挑战和否定，也是在向白人当局宣战。在这里我们可以进一步剖析索尼的心理，索尼一方面是黑人国度里的一个合法公民，另一方面他是个男人。对于索尼来说，白人汉娜是作为"他者"出现的。和汉娜在一起，他"充满了感激"，"没有负罪感"[②]，因为汉娜"帮助索尼发现了他自己"[③]。在和汉娜的交往中，他找到了一个黑人男人的自主性，感觉到了他作为一个主体的存在。他征服了一个白人，他找到了自我存在的价值。因为艾拉不是索尼事业上的伙伴，所以，索尼并不觉得自己在夫妻感情上背叛了妻子。而汉娜也不认为这种不合法的两性关系对艾拉构成了任何伤害，因为汉娜是白人，而且单身。当汉娜和艾拉同时出现在某个场合时，索尼非但没有泾渭分明地在内心把那两个女人分开，反而以同时占有两个女人为傲，"让那两个女人同时出现给他带来莫大的性兴奋，这种亢奋就像从杯子缭绕而上的水蒸气一样令人陶醉"[④]。两个女人的在场，映照出了他的主体地位，内心的

①戈迪默：《我儿子的故事》，莫雅平译，译林出版社2008年版，第40页。
②戈迪默：《我儿子的故事》，莫雅平译，译林出版社2008年版，第56页。
③戈迪默：《我儿子的故事》，莫雅平译，译林出版社2008年版，第57页。
④戈迪默：《我儿子的故事》，莫雅平译，译林出版社2008年版，第78页。

主体意识被激发，他变得更加雄辩了，从来没有那么有力地表达过自己的观点。

汉娜回国后，一个白人男青年带着汉娜和索尼两人才用的秘密口令来找索尼，并住进了汉娜的房子。索尼并不友好，而且还很“沮丧”。我们不难从中看出索尼的失落。他害怕失去他的白人情妇汉娜，进而失去人生坐标。另一个白人的介入让索尼感到恐慌。而汉娜的归来又让他无比的兴奋，并且破天荒的为汉娜收拾屋子。在索尼身上，我们看到了男人对女人的性占有欲，也看到了作为弱势群体的他者的“他者”构建。他在模仿白人的“他者化”行为，他没有把汉娜当成一个和他一样有自主性、有人格、有自尊的生命个体，而是一个可以看到“自我”的参照物，一个“他者”。他“在看自己的时候也是以他者的眼睛来看自己，因为如果没有作为他者的形象，他不能看到自己”①。

作为一个同情黑人的白人作家，戈迪默没有拔高白人汉娜的形象，也没有一味歌颂将自己的生命置之度外，争取黑人自由平等的黑人活动家索尼，而是把他置于婚外恋的矛盾漩涡中，使他过着一种小心谨慎、处处留心的双重甚至三重生活。她把黑人内心深处的潜意识和压抑的变态欲望表现得淋漓尽致，从而让读者窥见种族隔离制度下黑人生活的困窘、心灵的扭曲和寻找“自我”的艰辛。

二、“他者”形象的自我构建

当黑人索尼和白人汉娜试图将彼此建构为“他者”，并表现出对“他者”的支配与控制时，我们能看出，黑人对白人的感情是矛盾的。一方面，他们深受种族主义统治之苦，努力推翻白人的统治；另一方面，他们珍惜白人的怜悯之情，渴望接近白人并模仿他们。在《我儿子的故事》中，当坐有白人的车开向埋葬黑人运动受害者的墓地时，旁边的黑人变得疯狂。他们视白人为来自另一个世界的天使，甚至试图通过触摸白人的手来获得安慰和勇气，以此寻求身份认同。但事实上，他们是在潜意识中把自己塑造成依靠白人解放国家、获取自由的“他者”。而故事中的男性主人公索尼和威尔就是这样的典型，他们对“他者”形象的自我建构表现为与社区关系的异化，对白人文化的认同，寻求白人的肯定，以及对黑人女性同胞的边缘化。

(一)与社区关系的异化

异化的概念有着悠久而复杂的历史。我们曾在本书第一章中对异化的理论演化作了详细的介绍，此处再提一点作补充。在拉丁语中，异化最初指的是“所有权的转移”、“精神障碍”和“人际关系的疏远”，后来演变成一个通用的定义：

①拉康：《拉康选集》，褚孝泉译，上海三联书店2001年版，第408页。

“变成一个外国人或陌生人……移情,使厌恶或敌视,或不受欢迎”[①]。黑格尔认为异化是一种意识现象,它涉及人作为主体和客体的内在分离。在他看来,“自我疏离不仅仅是主体与客体、精神与自然之间的一种距离感,而且是人意识到自己无法通过自己的努力实现自己的精神目标”[②]。索尼与社区关系的疏离是黑人自我异化的证据之一。

如同威尔所说,“法律决定了我们是什么,而她们——那些金发碧眼的人又是什么”[③],种族划分使得黑白对立的意识明朗化,并发展为根深蒂固的观念。人们的世界观,甚至是对自己的看法,很大程度上都是基于这样的二元对立:白人是杰出的、优越的,而黑人“生来就低人一等”[④]。在霍米·巴巴(Homi K. Bhabha)看来,“皮肤作为文化和种族差异的关键意符是……公认的‘常识’”[⑤]。没有任何证据可以证明索尼祖先的血统,也没有任何证据可以证明他的血统。口传家史已随先人入土,唯一可能与他的祖先有关的是一张无名的钻石矿黑人矿工的照片,照片中白人工头旁“那张没有几颗牙齿的微笑的脸和小学教师有点像”[⑥]。不仅如此,索尼也没有具体姓氏和居住地址。他是一个“无根”的人,脱离了过去,被排除在历史之外。对索尼来说,作为黑人后代的身份是他自卑的根源。

为了改变身份与地位,从上学开始,索尼就一直努力通过学习白人文明以“提高自己”[⑦]。他是家里第一个出生的男性,第一个离开泥土、水泥、木头和木棉,拿起笔和书的人,他也是第一个完成学业的人。为了提高自己家庭的地位,他热情采用了西方特有的思维机制,为自己的家人画出了一个魔法圈,使自己和家人的生活呈现出资产阶级精英特质。正如儿子观察到的,“他并不向我们隐瞒有些地方我们不能去,有些事情我们不能做的事实;但他从未试图把我们带向这样的地方,相反,他代之以很多我们能做的事情”[⑧]。他不允许自己的孩子们与贫穷的黑人混在一起,而是让孩子参加高端的中产阶级白人活动——女儿上舞蹈课,儿子上象棋课。索尼还试图通

---

①Richard Schacht. *Alienation*. New York: Doubleday & Company, 1970, p. 70.

②Nicholas Chruchich. *Marxism and Alienation*. Rutherford: Fairleigh Dickinson University Press, 1990, p. 307.

③戈迪默:《我儿子的故事》,莫雅平译,译林出版社2008年版,第10页。

④Frantz Fanon. *The Wretched of the World*. New York: Grove Press, 2004, xxxviii.

⑤Homi K. Bhabha. "*The Other Question*." *Contemporary Postcolonial Theory: A Reader*. New York: Arnold, 1996, p. 48.

⑥戈迪默:《我儿子的故事》,莫雅平译,译林出版社2008年版,第3页。

⑦戈迪默:《我儿子的故事》,莫雅平译,译林出版社2008年版,第11页。

⑧戈迪默:《我儿子的故事》,莫雅平译,译林出版社2008年版,第15页。

过对孩子们的英语教育来维持“魔法圈”。他给孩子们看来自英国的儿童读物,给儿子讲述勇敢的战斗机飞行员和亚瑟王圆桌的故事,给女儿讲述浪漫的童话故事。至于他自己,他上函授课程。通过这种生活方式,索尼将他自己以及家庭与社区里的其他人区分开来。

小说中,索尼一家搬进白人居住区极具象征意义。索尼把它视为“提高”,过上有尊严的生活。他没有掩饰自己的兴奋之情,因为他可以在新房子里为家人建立一个更加具体的“魔法圈”,让家人可以像白人一样享有自己的居住空间。这种非法的搬迁被视为向种族主义的挑战。然而,这所房子的搬迁标志着他们与原先居住的贫民窟的分离。因此,“提高”象征着从他的社区和他的根中脱离出来。

对索尼来说,“提高”的目标无疑是以白人的标准来衡量的。他想要脱离他所在的社区可能在他内心形成的文化。正如贝尼塔·帕里(Benita Parry)评论的那样,“人类对了解自己和宇宙的渴望造就了各种信仰体系和行为准则——但也导致了其与本族文化同胞的疏离,因此使他对自己的社会和精神身份产生了更为复杂的困惑”[①]。归属感的缺失致使索尼试图通过西方的生活方式来寻找自己的身份。“长辈们为他而感到骄傲,不仅仅是贫穷和无知之辈的势利——津津乐道某人已升迁并离开他们那个阶层,其中还包含了一种不可避免的悲哀——他已弃他们而去——这种悲哀总是存在的……”[②]与众不同,为他赢得了尊重,也给他带来了悲哀。他奋力挤进了白人社区,却发现,虽然他们拉近了与白人的物理距离,但无法跨越他们与白人之间的无形鸿沟。威尔曾感叹道:“我们的白人邻居们每逢星期天都在其中祈祷他们的上帝,这个上帝不允许我们这类人进入他的殿堂。”[③]他的行为并没有帮助他找到自己的身份,反而加深了他的归属感缺失和与黑人群体的疏离。

索尼所遭受的是法农所描述的“自卑情结”(Inferiority Complex)[④]。法农认为,在一个殖民社会中,被殖民者在心理上被一种自我憎恨和想要变成白人的愿望所束缚。这是文化霸权造成的结果。在殖民地,白人文化的侵蚀使得本土文化成为黑暗与落后的代名词。人们认为,只有放弃本土黑人文化传统,接受白人文化,才能建立自己的主体性,提升自己的身份与地位。在不知不觉中,被殖民的人退去了自身的黑人特质,渴望属于白人的东西。渐渐地,他与本土的文化

---

①Malcolm Bradbury. *Forster: A Collection of Critical Essays*. New Delhi: Prentica-Hall Inc., 1966, p. 160.

②戈迪默:《我儿子的故事》,莫雅平译,译林出版社 2008 年版,第 4 页。

③戈迪默:《我儿子的故事》,莫雅平译,译林出版社 2008 年版,第 220 页。

④Frantz Fanon. *The Wretched of the World*. New York: Grove Press, 2004, p. 116.

和历史脱节了。文化关联的缺失反过来又加深了他的自卑情结。

(二)对西方文化的迷恋

西方的文化霸权在很大程度上是通过教育体系实现的。在《我儿子的故事》中,索尼是西方文化霸权的受害者和载体。他本人接受过英语教育,他用西方的方式教育他的孩子。《逆写帝国》的作者认为:"帝国主义教育体系把都市语言的'标准'版本作为规范,把所有'变体'作为杂质边缘化……语言成为一种媒介,通过这种媒介,权力的等级结构得以延续,'真理'、'秩序'和'现实'的概念得以确立。"①在殖民化过程中,标准英语被确立为一种普遍的规范。南非是大英帝国的殖民地之一。索尼是一个典型的受过英语教育的黑人。他将英语视为交流的规范用语,并吸收了这种语言所代表的西方文化。为了使自己与众不同,索尼努力确保他的家人说正确的英语。正如威尔所观察到的,索尼的亲戚们"不用我们的方式说话(他们怎么可能这样,他们没有一个教师在家里纠正他们的语法错误)"②。当他还是一名教师时,他常常为学生们纠正语法的错误。他的学生参加抗议活动,他们模仿真正的黑人③张贴标语:"我们不要这种垃圾教育种族隔离是奴役警察滚出我们学校。"④这位教师从来没有想过自己与真正的黑人革命有什么实际联系,但在看到学生标语的那一刻,他拿起一支粗笔头的红色马克笔,走到他的孩子们中间,从一张纸板前走到另一张纸板前,修改拼写错误,添加遗漏的介词。为此,索尼教导他的学生:"当你想把某种东西告诉别人,你们必须知道怎样恰当地表述它。"⑤在这里,语言成了索尼有效沟通的唯一手段,以及反抗的媒介。正是这种纠正错误语法的冲动促使索尼参加革命。为此,他被校长开除,成为一名革命者。

除此之外,索尼还痴迷西方文学。他是莎士比亚的爱好者。为了实施他的"提高"计划,他报名参加函授课程。"他选择了比较文学。在莎士比亚之外,他又发现了卡夫卡,另一种超越路径。对卡夫卡的沉迷意味着他可以暂时逃离破旧的教室、星期六的新闻、混乱的薄壁房子,与此同时,也意味着他能够带着一种对当下生活更深刻的理解再次回到现实。"⑥这种哲思宽慰了索尼,西方文学帮

---

①Bill Ashcroft, Gareth Griffiths, Helen Tiffin. *The Empire Writes Back: Theory and Practice in Post-colonial Literatures*. London and New York: Routledge, 1989, p. 7.

②戈迪默:《我儿子的故事》,莫雅平译,译林出版社2008年版,第114页。

③此处所提的"真正的黑人"原文为"real blacks",指的是拥有深黑色皮肤的人,以区别于肤色稍浅的有色人种(coloured people)。

④戈迪默:《我儿子的故事》,莫雅平译,译林出版社2008年版,第20页。

⑤戈迪默:《我儿子的故事》,莫雅平译,译林出版社2008年版,第20页。

⑥戈迪默:《我儿子的故事》,莫雅平译,译林出版社2008年版,第12页。

助他逃离现实世界。此外，西方文学名著往往被视为“品位和价值的试金石”[①]。对西方文学的热爱是他异于同胞的表现之一，也使他获得尊重。

为了表达对莎士比亚的热爱，他用文学大师的名字为自己的儿子命名，希望把儿子的未来和写作联系起来。当亲戚们问他的儿子将来是否会有工作时，索尼替儿子回答了这个问题：“我儿子想当一名作家。”[②]他希望儿子将来成为一名作家，这与他对英语的痴迷有着同样的含义。在种族隔离时期，无论是统治阶级还是被统治阶级都无法克服对平等的渴望。《逆写帝国》一书的作者就这种对平等的渴望发表了评论：“就像白人‘掠夺’土著人的国土一样，学习，及其进入神秘的写作过程的必要开端，是一种对统治力量的假设。具有讽刺意味的是，这一假设得到了殖民者和被殖民者的认同……”[③]对索尼来说，像白人一样学习和写作，是摆脱压迫，进入白人资产阶级文明世界的一种方式。他给儿子起名叫威尔，把自己对白人文化的渴望投射到了儿子身上。

在他的情妇汉娜的房子里，有一幅杰克逊·波洛克（Jackson Pollock）[④]的《追随者》，这幅巨幅油画是她继父送给她的。在索尼的眼里，这是一幅丑陋而毫无意义的画，所有的色彩都是流动的，感觉比看到的更熟悉。由于“缺乏理解这样的作品所需的文化素养，因此他不得不假装他觉得这幅画挺好的（以便维护彼此在对方心目中的形象）”[⑤]。他走进了一个白人女人的生活，他不想表现出他的自卑。他越是想隐藏，暴露得就越多。他想尽力跟上白人汉娜的步伐，但他们之间的差异是无法忽视的。对索尼来说，英语语言、英国文学和欧洲艺术是西方文化的精髓，是引导他进入白人世界的一个渠道。为了接近白人文化，他抛弃了自己的土著文化。他似乎在提高自己和家人的身份，但他的行为实际上却强化了自己的他性。

（三）期待白人的肯定

索尼把汉娜塑造成他者，以显示他作为一个男人对白人女人的权威。但是

---

①Bill Ashcroft, Gareth Griffiths, Helen Tiffin. *The Empire Writes Back: Theory and Practice in Post-colonial Literatures*. London and New York: Routledge, 1989, p. 7.

②戈迪默：《我儿子的故事》，莫雅平译，译林出版社 2008 年版，第 28 页。

③Bill Ashcroft, Gareth Griffiths, Helen Tiffin. *The Empire Writes Back: Theory and Practice in Post-colonial Literatures*. London and New York: Routledge, 1989, p. 85.

④杰克逊·波洛克（Jackson Pollock, 1912—1956），美国画家，抽象表现主义绘画大师，也被公认为是美国现代绘画摆脱欧洲标准、在国际艺坛建立领导地位的第一功臣。其创作不作事先规划，作画没有固定位置，喜欢在画布四周随意走动，以反复的无意识的动作画成复杂难辨、线条错乱的网，人称“行动绘画”。此画法构图设计没有中心，结构无法辨识，具有鲜明的抽象表现主义特征。

⑤戈迪默：《我儿子的故事》，莫雅平译，译林出版社 2008 年版，第 132～133 页。

索尼解释他“需要汉娜”[①]的最合理的理由是汉娜帮助他找到了自我。汉娜的小屋成了无处不在的地方,“她的称赞是照在他脸上的阳光”[②]。这揭示了索尼的“心理错位”[③],一种对压制性国家结构的强迫反应。正如威尔把它比作一种疾病一样,它仍然是种族隔离“自然化”意识形态作用的结果。在殖民主义意识形态和种族隔离制度下,种族间的性行为,特别是白人妇女和黑人男子之间的性行为是被禁止的。这种禁止越发使得黑人对金发女郎产生了强烈的渴望。正如法农所说,对一个黑人男子来说,对一个白人女子的爱等于对白人世界的认可,“她爱我,证明我配得上白人的爱。我像一个白人一样被爱着……她的爱带我走上了通往完全实现的崇高道路……我嫁给了白人文化,白人的美丽,白人的纯洁。当我不安分的手抚摸那些白色的乳房时,它们抓住了白色的文明和尊严,使它们属于我”[④]。这种“心理错位”加剧了索尼对汉娜的需求。“从前一直未获满足,受到抑制、没有明确意识到的一切通过一道道大门径直朝她涌去。”[⑤]因为汉娜的爱帮助索尼找到了他的身份和他需要的东西。在汉娜的肯定下,他的主体性和自我价值得到了确认。

当索尼和汉娜谈论他的妻子时,他颠覆了艾拉带给他的一切。“我们太单纯了。你现在几乎无法想象。住在柏诺奈镇区。那么单纯的一对。又那么年轻。我想,你知道,我们的理解来得太容易了。只是表层的……请你相信就这些,就这么回事。就我个人而言,可以说我当时弄不清我需要什么。”[⑥]这种心理促使他逐渐摆脱了革命的义务和家庭的责任。其结果是,他身上的集体意识逐渐消失,而这种集体意识最终使他在自己的家中和自己的国家里都成了异类。他以革命为掩护,借此逃避家人。当他的女儿试图自杀时,他在和汉娜约会。当他的妻子被捕时,他在和汉娜约会。索尼,因为白人情人,缺席了两次家庭危机。他的缺席,体现了他对家庭的忽视,也预示着这个家庭的最终破裂。

索尼与白人汉娜的婚外恋,使他的革命同志们认为“他不可靠”[⑦]。他在革命活动中逐渐被边缘化,只能做一些次要的工作。在警察袭击参加九名黑人青年葬礼的群众时,索尼的这种不可靠得到了证明。在群众四散逃离的混乱中,索尼看到一个年轻人受了枪伤,虽然他最初的冲动是想救这个人,但索尼还是陪汉

---

①戈迪默:《我儿子的故事》,莫雅平译,译林出版社 2008 年版,第 46 页。

②戈迪默:《我儿子的故事》,莫雅平译,译林出版社 2008 年版,第 53 页。

③Dominic Head. *Nadine Gordimer*. New York: Cambridge University Press, 1994, p. 155.

④Frantz Fanon. *Black Skin, White Mask*. New York: Grove Press, 1967, p. 63.

⑤戈迪默:《我儿子的故事》,莫雅平译,译林出版社 2008 年版,第 56 页。

⑥戈迪默:《我儿子的故事》,莫雅平译,译林出版社 2008 年版,第 56 页。

⑦戈迪默:《我儿子的故事》,莫雅平译,译林出版社 2008 年版,第 162 页。

娜一起逃跑了。索尼的行为破坏了该运动口号"伤害一个人就是伤害所有人"[①]所倡导的集体意识。索尼后来回想起他救汉娜是在救自己："是跑开，还是留下，这是在她和那个倒下的男人之间做选择。谁能说出哪种选择更有价值呢？……她不是一个个人，是不是他的所需呢？救了他自己。"[②]

索尼对汉娜的需要是自私的，而不是革命需要。在对汉娜的痴迷中，索尼构建了一个属于自己的世界，在这个世界中，他平生第一次获得了一种满足感，他找到了自己的主体性。他从来没有像接近汉娜这样接近白人文明。这种自我肯定的错位心理腐蚀了他的革命意志，破坏了他对自己人民和本土文化的集体意识。然而，他在白人世界寻求自我肯定和自我实现的尝试最终也失败了，因为他绝望地感到自己被白人文化排斥在外。索尼曾经把他和汉娜的关系提升到近乎神圣的地位，汉娜成为他精力和快乐的源泉。她租来的房子——一个房间——成了一个充满爱和团结的地方。然而，在他的政治名声消逝后，当他从受伤的战友身边逃离时，索尼产生了一种不属于这个地方的感觉。索尼在白人空间的存在并不是对空间权利的控制，而只是短暂地填补了一个空白。

汉娜的朋友来她房间居住的事情，强化了索尼被排除在白人领地之外的感觉。有一段时间，当汉娜不在的时候，索尼在汉娜的小屋里当家作主。然而，当汉娜把他们两人之间的密语告知给一个白人年轻人作为住进小屋的密码时，索尼被一种边缘化的感觉淹没了。因为对他而言，这句密语是他获得白人爱情的标签。白人青年住进了汉娜的房子，索尼不得不回到他自己的家里。但在遵从汉娜的要求，把唯一的钥匙给那个年轻人之前，他在一家五金店配了另一把钥匙。"一阵缓缓袭上心头的沮丧……"[③]他害怕被白人抛弃，失去领地。小屋的另一把钥匙保证了他在白人世界的存在。当他知道汉娜很快就会回来的时候，他异常兴奋，并破天荒地打扫了房子，扔掉了白人男青年的东西。他的世界又回来了。

索尼把与白人女性的性接触视为融入白人世界的标志。通过描写索尼对汉娜的痴迷，戈迪默向读者展示了一种残酷现实：种族隔离制度不仅摧毁了人们的生活方式和生活状态，也扭曲了他们的思维方式。在这样的制度下，人们错误地将世界划分为白人主宰和黑人主宰。处于被支配地位的非白人因为对白人优越感的渴望产生了一种"自卑情结"。这种"自卑情结"的延续是这个社会的暗伤。

（四）他者形象的内部构建

女权主义创始人西蒙娜·德·波伏娃（Simon de Beauvoir，曾译"波娃"）在

---

①戈迪默：《我儿子的故事》，莫雅平译，译林出版社2008年版，第99页。

②戈迪默：《我儿子的故事》，莫雅平译，译林出版社2008年版，第107～108页。

③戈迪默：《我儿子的故事》，莫雅平译，译林出版社2008年版，第139页。

《第二性——女人》序言中说："如今，女性不再是男性的奴隶，而是男性永远的附庸；这两种不同的性别从来没有平等地分享过这个世界。虽然情况正在缓慢改善，但妇女仍然遭受着很大的痛苦。"①因此，无论在西方还是东方，社会都是父权制的。男人定义了女人，而女人接受了关于她们是谁的错误观念。女人活在不真实的世界里，男人告诉女人她们自己是谁。一切都在男人的掌握之中，男人有权力在不考虑女人的情况下作出决定。根据波伏娃的观点，"她成了他者，一个被社会中占统治地位的男性所定义和解释的对象"②。而在非洲，黑人女性群体的处境更为艰难。一方面，由于种族隔离制度，她们和黑人男性一样生活在西方中心主义者构建的他者族裔中；另一方面，由于根深蒂固的父权制，被边缘化和他者化的黑人男性也在将自己国度的黑人女性他者化和边缘化。

艾勒克·博埃默认为，"他者化"是"殖民主义按所谓文明的需要对他者进行的建构，是用来证明他对本地人的剥夺的合理性的"③。将女性他者化实际上是一种"内部他者化"行为。被内部"他者化"的女性被刻画为是软弱无能的。她们没有能力承担社会责任，只是相夫教子的家庭主妇。被殖民的男性采取了和殖民者一样的他者化策略和从属术语来诠释他生活领域里的女性。在种族、性别和社会阶级中都处于不利地位，黑人女性因此被冠以"双重"甚至"三重"的他者身份。在这部小说中，以索尼为代表的黑人男性们，在将白人女性视为自己精神世界的救世主的同时，也将自己的女性同胞"他者化"了。

在小说的开始部分，索尼的妻子艾拉和女儿贝比不是局限于自己的家庭角色，就是被物化成玩物。结婚后，索尼担负着社会责任，而艾拉肩负着家庭责任。他们共同的交流和活动仅限于家庭事务和私人空间。至于孩子的教育和家庭计划，她总是听从丈夫的意见。一旦涉及政治事件或是在家里召开政治会议，艾拉就自动离开。索尼从来没有鼓励她参与自己的事业。因此，她很难挑战索尼在社会和家庭中所代表的权威。当索尼告诉艾拉要搬家到白人居住区时，艾拉仅仅是通过简单重复丈夫的话来回应他。她沉默是因为父权制牢牢掌握着由语言建构而成的权力象征体系。"由于命名大权操纵在男人手中，因此语言是男人制造的，它传达男人的价值，妇女使用男人制造的语言难免要内化男性的价值。在父权制社会中，语言本身就对妇女构成压迫，它一直使妇女处在沉默中，这即是所谓的女性'失语症'。"④在这里，我们不难理解为什么他们夫妻二人的孩子都

①波娃：《第二性——女人》，桑竹影等译，湖南文艺出版社1986年版，《序言》。

②王先霈、王又平：《文学批评术语汇释》，高等教育出版社2006年版，第146页。

③王先霈、王又平：《文学批评术语汇释》，高等教育出版社2006年版，第753页。

④谢景之：《〈紫颜色〉对女性主体的重建》，载《河南师范大学学报：哲学社会科学版》，2006年第4期，第122页。

由他来命名，而且以他的喜好为基础。丈夫入狱后，她能做的就是为他准备好干净的衣服。在一个父权制社会中，艾拉在革命中的角色仅限于一个默默支持丈夫的家庭主妇。

斯皮瓦克(Gayatri C. Spivak)认为，有一种“次等人中的次等人存在”[①]。“次等人”是安东尼奥·葛兰西(Antonio Gramsci)使用的一个术语，指社会中受统治阶级霸权支配的群体。后殖民研究采用了这个术语。无论作为殖民主义历史编纂的对象，还是作为叛乱的主体，性别的意识形态建构都使男性占主导地位。因为在殖民生产的语境中，次等人没有历史，也不会说话，作为女性的次等人更是处于阴影之中。毫无疑问，以艾拉为代表的次等人中的次等人屈从于殖民主义和父权制的双重压迫，她们并不能被当作和男性一样平等的人对待，而是被剥夺了发言的权利。“妇女没有自己的话语，因而没有能力按照自己的体验重新解释这个世界；不能表达自己的体验或经验，实际上就是把经验压抑在无意识层次而无法言说，这就使她们长期处于沉默的状态。”[②]

索尼对艾拉的看法也深受汉娜所带给他的白人优越感的影响。被监禁时，汉娜的话让他欢欣鼓舞。与此形成鲜明对比的是，对艾拉的沉默和她的信中充斥的家庭琐事，他感到麻木了。因为她没有遵循他的工作方式和思维方式。之后，索尼又用艾拉的沉默和脆弱为自己的出轨辩护。提到艾拉时，他不止一次地重复着“可怜的艾拉”，与频繁的“需要汉娜”形成鲜明对照。对他来说，艾拉是一个跟不上自己步伐的家庭主妇。曾经被他视为美德的艾拉的沉默在他眼中变成了缺点。

威尔珍视妈妈的美，以她的尊贵和美貌为傲，却依然把妈妈视为一个脆弱无力的女性。在他的脑海中，妈妈艾拉是一个穿着高雅、举止得体的漂亮女性，使他们家成为白人邻居眼中的特例。自从在电影院遇到父亲与情人汉娜约会，威尔就被迫成为父亲的同谋。年轻的威尔在内心为母亲感到痛苦，可怜母亲，并把她视为一个被抛弃的人、一个需要保护的人。他担当起了一家之主的责任，想急切地表现自己的男性力量：“假如我不在场，她会感到像是被遗弃了。”[③]在他的眼中，母亲是如此的不堪一击。作为男性家人的威尔必须让她有所依靠，这样她才能生活下去。威尔在表达对母亲的情感的同时，也将母亲建构为男权世界里的“他者”。

---

①Robert J. C. Young. *Postcolonialism: An Historical Introduction*. Oxford: Blackwell Publishing, 2001, p. 357.

②王先霈、王又平：《文学批评术语汇释》，高等教育出版社 2006 年版，第 655 页。

③戈迪默：《我儿子的故事》，莫雅平译，译林出版社 2008 年版，第 113 页。

女儿贝比的名字是索尼取的，意思是“永远长不大的孩子”，也含有“宠儿”的意思。这就说明父亲希望自己的孩子永远是自己的宝贝，永远都是需要保护的小孩。小威尔对姐姐的顺从嗤之以鼻。在他看来，姐姐是被父亲宠坏的孩子，索尼“最喜爱的孩子”。“他的女儿是他的宝贝，他的美人。”①由此看来，贝比只是一个取悦父亲的玩物。贝比从小就深受索尼西式思想的影响，在家庭危机之前，贝比从来没有让父亲失望过，而且头脑中总是充满了贵族式的幻想。小贝比回答大人们的问话时说，她希望成为一个医生，一个美丽女王。在知道父亲的婚外情之前，她对同龄人的反抗运动毫无兴趣，而是醉心于舞蹈课、明星崇拜，以及和知心密友交流。得知一切之后，她采取了沉默的态度。直到她割腕自杀，人们才知道她承受着某种深深的郁闷。

威尔对贝比的沉默感到很恼火，而且怀疑她在“包庇”父亲②，替他遮掩。他对贝比的行为和言语都很挑剔。威尔想象自己的姐姐肯定发生了什么不好的事情，吸大麻，与任何人厮混，而且也许怀孕，将贝比刻画成没有道德的人。威尔无意中在用男人的标准衡量姐姐，当贝比试图解释自己的自杀行为与父亲的婚外恋无关时，威尔尖锐地指出，“多少年来我的父亲一直在努力纠正贝比与其伙伴共犯的语法错误”③。在这句评论中，小威尔不仅鄙视“父亲的贝比”，而且把她降级为一个缺乏口头表达能力的人。威尔认为自己的语法是标准的，认为贝比的语言是无效的。用一种很微妙的方式，威尔把贝比的话语消解为无声，而且成功地将她放在了殖民和父权话语中。

将男性的优越性投射到自己身上时，索尼和威尔将艾拉和贝比这两位女性人物降级到“他者”地位。只要女性始终处于“他者”地位，男性的优越性和统治地位就永远牢固。在殖民和父权话语中，这些处于双重从属地位的女性，将一直以“他者”存在，直到她们认清现实，为自己找到出口。

三、“他者”形象的颠覆

伍尔夫认为，女性必须拒绝社会建构，建立自己的身份认同。妇女必须挑战关于她们性别身份的普遍的、错误的文化观念，发展一种能够准确地描述她们与“现实世界而非男性世界”的关系的女性话语④。和沃尔夫一样，波伏娃认为男权社会中的男性定义了作为人类意味着什么，包括作为女性意味着什么。波伏

①戈迪默：《我儿子的故事》，莫雅平译，译林出版社2008年版，第64页。

②戈迪默：《我儿子的故事》，莫雅平译，译林出版社2008年版，第67页。

③戈迪默：《我儿子的故事》，莫雅平译，译林出版社2008年版，第66页。

④Charles E. Bressler. *Literary Criticism: An Introduction to Theory and Practice*. Beijing: Higher Education Press, Pearson Education, 2004, p. 146.

娃断言，既然女性不是男性，她就成了他者，一个被男性所定义和解释的对象，一个在社会中占主导地位的存在[①]。女性总是从属于男性的，在其文化的主要社会制度中，她发现自己是次要的或不存在的参与者。如果一个女人想要过自己的生活，她必须打破父权制社会的束缚，重新定义自己。因此，所有女性都必须拒绝社会的父权标准，以自己的权力成为人。她必须成为一个“重要的人”，而不是他者。

(一)女性意识的苏醒

在男权社会中，作为女性的自我意识，在漫长的父权制下，是沉睡的、被压抑和被忽视的，“她是被抬举为有透明意识的自然；她是一个有意识的人，但秉性顺从”[②]。波伏娃认为，女性处境的改善的先决条件是女性作为人的主体意识的觉醒。沉默的艾拉也觉醒了。正如苏珊·格巴(Susan Gubar)所说：“沉默包括了所有潜在的声音，白纸包括了所有可能的色彩。”[③]戈迪默同样赋予了沉默另一种含义。处于边缘地位的艾拉把自己的沉默转变成为一种反抗双重压力和重塑自我的策略。在殖民和后殖民话语语境中，沉默具有多重内涵。正如我们在前文所分析的那样，有人把沉默看作一种被动或软弱的表现，而另一些人则认为这是一种特殊的抵抗。也就是说，一方面，被压迫者的沉默可以被看作一种屈服的标志，一种向强加于他们的压迫投降的姿态；另一方面，这种沉默也可以被看作拒绝服从，因此是一种特殊的抵抗方式。克里斯托弗·米勒(Christopher Miller)强调沉默内涵的模糊性，“因为声音仍然是政治机构和权力的中心隐喻。沉默是一种被排除在文学生产方式之外最有力的比喻”。沉默暗示压制，但是“沉默本身也有言外之意，也许是抵抗的策略”[④]。

在小说的开始部分，我们就注意到了艾拉沉默中那种无法解读的成分。其他的男人因为她的安静而感到恼火，认为她的美浪费了。而索尼认为沉默是艾拉拒绝其他男人的唯一方式。但是，与威尔的理解一样，索尼也误读了这种“沉默”。他“没有看到它轻柔地包裹起来的那种意志的力量”[⑤]。与索尼对她的沉默的无法解读相反的是，艾拉有一种和语言无关的洞察力与理解力。这些能力成为她的力量之源。带着这种力量，她认识到了现实和男性权威的不合理。她

---

①Charles E. Bressler. *Literary Criticism: An Introduction to Theory and Practice*. Beijing: Higher Education Press, Pearson Education, 2004, p. 146.

②王先霈、王又平：《文学批评术语汇释》，高等教育出版社 2006 年版，第 644 页。

③王先霈、王又平：《文学批评术语汇释》，高等教育出版社 2006 年版，第 655 页。

④Graham Huggan, Stephen Watson. *Critical Perspectives on J. M. Coetzee*. New York: St. Martin's Press, 1996, p. 43.

⑤戈迪默：《我儿子的故事》，莫雅平译，译林出版社 2008 年版，第 5 页。

开始在沉默中为了自己的地位而奋斗。在很多场景中,艾拉都是以沉默出场的,但她已经学会了不依靠语言来获取信息。安吉丽克·V.尼克松(Angelique V. Nixon)发现,“她的沉默与知识产生共鸣”①。“艾拉理解每一件事,甚至包括他(丈夫索尼)不想立刻全说出来的那些……由于她本人很少说话,因此她不必依赖别人说话为她提供信息。”②她更多的是用无言的方式来认识和了解周围的人和事物,这就是为什么她很早就了解索尼的婚外情和威尔的尴尬。但是最有意义的是,她对此保持沉默。而她的沉默使得这种境况成为对“另一种沉默之上的沉默”③的讽刺。索尼在家中用沉默来掩盖事实,不愿打破这种沉默的艾拉用自己的沉默使男人们的沉默成为他们自己的牢笼,男人们承受着内心的煎熬。直到贝比自杀后,他们才从艾拉的镇静中得知艾拉的沉默是有意为之。这个时候,索尼才意识到艾拉的沉默不再是一种缺点,而是她反抗父权的方式,她此时的镇静是她成功反抗父权的开始。

艾拉和贝比还通过身体言说。自古以来女性的头发总是有着超乎寻常的意义。无论是在东方还是西方,女性的头发都成了美的代名词、女性的象征,而艾拉却将自己美丽的头发剪掉了。没有征求索尼的意见,也没有寻求他的帮助,艾拉自己设法得到了一个护照,出国看望女儿。回来后,艾拉完全变了一个人。优雅美丽的家庭主妇不见了,取而代之的是一个短发、热情大方的女人。精致耳环不见了,优美曲线也没有了,典型的女人特征没有了,艾拉的外观似乎有点倾向男性化。她不再满足于做一个单纯的家庭主妇,活在男性的欣赏和影响之下。她做回了她自己。对戈迪默来说,只有改变之后的艾拉才是一个完整的艾拉。

在外观有了很大变化的同时,艾拉的内在感情的表达方式同样有了很大改变。“我母亲从来没有像那样感情外露过。”④男性心目中的母亲和妻子不复存在了,他们成了最熟悉的陌生人。艾拉已不再是男性期望中的女人,她的受压制的自我被解放了。通过剪发,艾拉的个性得以展示。男性的主导权发生了变化。家里的两个男人因为谎言作茧自缚,艾拉却通过朋友和贝比扩展了自己的生活圈子。她开始按照自己的意愿做事。“她破天荒第一次独自担当起了某种责任。”⑤成了革命者的贝比和一个年轻的革命者结婚了,她坚定有力地告诉家人要对此保密。索尼感到自己受到了伤害,他对家里的事情几乎没有插手的机会,

---

①Angelique V. Nixon. *Symbiosis and Exchange in Multicultural Spaces: A Study of Nadine Gordimer and Joy Harjo*. Florida: Florida Atlantic University, 2002, p. 35.

②戈迪默:《我儿子的故事》,莫雅平译,译林出版社2008年版,第33页。

③戈迪默:《我儿子的故事》,莫雅平译,译林出版社2008年版,第117页。

④戈迪默:《我儿子的故事》,莫雅平译,译林出版社2008年版,第142页。

⑤戈迪默:《我儿子的故事》,莫雅平译,译林出版社2008年版,第145页。

因为在这个家庭里面，主导权和控制权已经由男性转移到了女性身上。艾拉有了决策权。全新艾拉的回归让男性们感到陌生，以至于威尔说：“她再也没有回来过。逃脱了。我的母亲，她永远地离去了。”①

和母亲一样，贝比什么都知道，而且无人知道她们是何时以及如何知道的。她同样采取了一种沉默的态度。贝比不再是索尼的乖女儿了，她化浓妆，跳舞，夜不归宿，努力对抗父亲的权威。深受西式教育影响的索尼给了贝比很多西方思想的熏陶。但是贝比用自己出格的言行和举止否定了这些，她在试图反抗索尼加诸她的西式典范。在同威尔的一次谈话中，她表达了抛开父母影响、独立生活的想法。通过贝比的反叛，戈迪默暗示了索尼和威尔对贝比的他者建构是错误的、无效的。不再做父亲的宠儿，贝比在努力为自己寻找生活的空间。她认为，“家以外还有个广阔的世界”②。和威尔不一样，她拒绝让自己搀合进父亲的婚外恋，虽然让威尔处在了孤立无援的痛苦境地，但是她的沉默使她免于成为父亲的同谋。换言之，她和母亲一样，用自己的沉默来反抗索尼和威尔的父权力量。

女性的弱势地位使得很多女性从一开始就在信念、信心和意识上被迫接受，到后来无意识地接受父权给她们规定的角色，而当她们一旦觉醒，想挣脱这种角色时，她们往往就要付出沉重的代价。贝比不仅将沉默变为表达信息的方式，还用自己的身体说话，她甚至通过割腕自杀来释放自己“深深的郁闷”，摆脱被赋予的他者地位。一位年轻女性竟然通过放弃生命来释放自己的压力，可见女性争取实现自我价值的道路是何其艰辛，它充满着牺牲的痛苦和失败的无奈。康复后，贝比戴上了鲜艳的非洲手镯掩盖伤疤。此举象征着贝比对过去身份的背离和非洲身份的回归，而之后的放逐和革命活动进一步证实了这一点。她们的巨变使沉默有了新的含义。通过将艾拉和贝比刻画为沉默和自主的女性人物，将家庭领导权从男性转移到女性人物身上，戈迪默暗示了殖民和父权话语对女性人物的定位是错误的、不合理的。

（二）女性主体的重构

在家里，索尼和艾拉从来都是职责分明，他也从不让自己家庭的女性加入他们的活动，因此她们形成了自觉回避索尼政治行动的习惯。在男性的心目中，政治运动是属于男性的。女人要做的就是相夫教子。然而，女性要实现自我的话，必须积极地介入生活，凭借独立的行动和选择以及承担责任的勇气，在自我的不断超越中塑造自己的主体性。此外，别无他法。用沉默来表达自我和斗争是她们女

①戈迪默：《我儿子的故事》，莫雅平译，译林出版社 2008 年版，第 144 页。
②戈迪默：《我儿子的故事》，莫雅平译，译林出版社 2008 年版，第 102 页。

性意识苏醒的过程。而她们的革命行动成了她们对“他者”形象的彻底颠覆。

从来都不知革命为何物的贝比放逐自我后成了一个革命者，而且嫁给了一个同为革命者的黑人青年。艾拉带回的这个消息对索尼来说是一个极大的讽刺。它告诉了索尼，女人不仅可以参加革命，而且可以和男人一样出生入死。贝比不仅自己参加革命，她还引导母亲加入了革命行列。曾经的母女关系现在演变为一种革命姐妹关系。而曾经的柔弱母亲也展示了坚强的女性力量。

艾拉因为隐藏武器被捕了，而她之后的表现更是展示了她对父权的抵制。一开始，索尼以为艾拉是因为他的原因被捕，甚至想换回艾拉，为她承担全部责任。艾拉拒绝了。这个时候，威尔清楚地认识到母亲的行为说明了什么。“她入狱了同时又自由了，摆脱了他，也摆脱了我。”①索尼与威尔想依靠权力关系营救她，她还是拒绝了。从监狱保释出来后，她没有告知任何人就放逐了。此举也是艾拉在抵制父权力量为她的辩护。显然，她和索尼的婚姻也走向了终点。但是这场失败的婚姻对于艾拉来说不是悲剧，而是她自我意识觉醒的契机，因为婚姻的失败意味着她作为女性的独立自主的地位的实现。

随着她的政治行为公开化，她们慢慢在家庭和社会领域从边缘地带回归到了中心位置。正如威尔所述：“不仅我们家的生活围绕艾拉旋转，而且现在领导者们的注意力也集中到了艾拉身上。”②在这个父权世界里，女性的力量是如此清晰地呈现在人们眼前。戈迪默向我们展示了一个温顺的家庭主妇是如何成长为一个坚强的革命战士。戏剧性的是，女性人物回到了中心，而索尼却被剥夺了领导权力。通过授权于被双重“他者化”的黑人女性，戈迪默改变了殖民和父权话语建构的女性“他者”形象。

很明显，传统的性别界限和性别分工已经不能限制艾拉和贝比了。通过对殖民和父权力量的抵制，她们打破了种族和性别加之于她们身上的双重限制。她们重新诠释自我、展示自我，不再把自己禁锢于给定的区域。当女人不再甘心扮演父权文化要求她们扮演的角色时，男性和女性之间业已形成的固有关系模式就被改变了，男性也就能用一种更客观的眼光来看待自己和女性了。威尔和索尼这些有着传统观念的人开始重新认识女性，认识他们自己。他们吃惊于女性人物的变化，而且不得不接受和理解这些变化。女性人物的转变不仅意味着旧势力的消亡和人们世界观的改变，还象征被殖民女性——这个被高度边缘化的人群终于颠覆了殖民主义和男权赋予她们的双重“他者”地位，重建了女性主体。家庭本身成为革命力量的源泉。因此，女性转型的意义在于它呼唤着人们

①戈迪默：《我儿子的故事》，莫雅平译，译林出版社2008年版，第194页。

②戈迪默：《我儿子的故事》，莫雅平译，译林出版社2008年版，第205页。

变革世界观。在这个意义上,被殖民的妇女,即最边缘化的妇女,被代表为“大多数自主和强大的妇女,具有创造性和破坏性的力量”①。女性的坚决反抗,显然对革命进步作出了重要贡献。在这里,戈迪默呼吁人们关注黑人女性在革命历史中的作用。

事实上,女性的边缘化在很大程度上是由于历史叙事中的男性霸权所造成的。抵抗运动始终被认为是男性主导的,运动的男性成员经常被鼓励“做自己历史的代理人,自我塑造和控制”②。在这种情况下,男性被认为是领导者,而黑人女性,尽管她们作出了贡献,却往往被忽视或仅仅被描绘成支持者。这意味着在她们努力争取在政治活动中占有一席之地的同时,也面临着被自己的同胞“他者化”的危险。因此,在颠覆旧的“他者”形象的过程中,作为后殖民作家的戈迪默的真正力量不是放在对处于中心地位的男性主人公的刻画上,而是将重点放在对来自边缘的女性的刻画上。她把男性推向边缘,压低男性在女性生活中的价值,审视和批判男性对女性的压制与伤害,从而肯定女性的力量和价值。她将艾拉和贝比的巨大转变用作对殖民和父权力量刻画的双重“他者”形象颠覆过程的一个隐喻。通过展示女性身上男性般的力量,戈迪默授权于女性,把女性推向前台,消解了男性和男性文化的中心地位。通过展示女性的潜在力量,她嘲弄了殖民主义和父权制下的固定的“他者”形象。通过女性的转变,戈迪默模糊了性别之间的界限,重新发现了女性的内在力量。女性们身份与地位的逆转,不是简单的男性和女性之间的接管,而是内在力量的自主迸发与凸显。

更加重要的是,她在作品中展示了弱势民族如何在自我重建中摆脱“他性”并获得主体性的。在《我儿子的故事》中,西方中心主义者们总是那么高高在上、自以为是,肆意践踏非西方的民族文化,将自主独立的民族构建成一个个“他者”,从而显示自身的优越性和“主体性”。然而,非西方民族也在不断地进行着“他者”的“他者”构建,艰难地寻找“自我”,重建主体性。这不由得使读者为南非的社会现实而感到震撼。如此真实的刻画也让我们窥见了作者博大的胸怀、高尚的同情心、敏锐的洞察力和崇高的社会责任感。借用该书译者的话说,戈迪默是希望她的“创作能唤起黑人的信心和白人的良知”③。

---

①Margaret Jolly. *Roger Martin Keesing 1935-1993*[J]. *Australian Journal of Anthropology*. 2010, 4(2), P. 158.

②Elleke Boehmer. *Colonial and Postcolonial Literature: Migrant Metaphors*. New York: Oxford University Press, 1995, p. 224.

③戈迪默:《我儿子的故事》,莫雅平译,译林出版社 2008 年版,译者前言第 13 页。

第三章　自由与责任:家庭伦理的缺失与重建

虽被誉为“南非历史的记录者”,但戈迪默没有采取宏大叙事来记录南非波澜壮阔的历史画面,而是以家庭为切入点,真切再现了南非的社会现实。因为“作为社会变化的反射器和标志物”,“家庭能够为冲突和妥协等主题探讨提供大量素材”①。然而,戈迪默并没有在其小说中事无巨细地描述家庭生活的琐碎日常,而是如画简笔画般,简洁勾勒出在特定社会环境和历史背景下个体在家庭生活中的迷茫与挣扎,揭露异化社会中家庭伦理的缺失,引发人们对重建家庭伦理的思考。本章以戈迪默中后期的长篇小说为例,归纳家庭伦理缺失的症候,并分析戈迪默对于重构家庭伦理作出的探索,探究戈迪默的家庭伦理观。这些小说的发表时间跨越了南非的三个重要历史时期:种族隔离时期、过渡期和后隔离时期,能够全面地反映戈迪默关于家庭伦理缺失与重建的思考。

一、家庭伦理的缺失

家庭是人们在社会中赖以生存的最基本的群体和单位,是“最悠久的社会组织形式和伦理关系,又是人类最现实、最直接的伦理实体”②,因而也是一切社会组织形式中最为稳定的一类。正是在那里,它执行着人类繁衍和发展所必需的各种功能,包括“家政的管理、生育子女、培养子女、教育子女,人口增长和族类界限控制、发展社会交往、照顾老弱病残、资本和其他财产的积累和继承以及决定对职业的选择”③。伦理不仅包含着对人与人、人与社会和人与自然之间关系处理的行为规范,而且也蕴含着依照一定原则来规范行为的深刻道理。家庭伦理是社会伦理的细化,它要求家庭成员之间,如夫妻之间、代际之间有相互忠诚、相互协助与扶持的义务。一个家庭的存续取决于家庭成员对家庭伦理的坚守。戈迪默在其长篇小说中塑造了不同的家庭,但这些家庭最终都无一例外地走向了离散,勉强维持的家庭也面临着种种难题。幸福的家庭都是相似的,不幸福的家

---

①Irene Visser. Introduction. From *Family Fictions: The Family in Contemporary Postcolonial Literatures in English*, edited by Irene Visser, Heidi van den Heuvel-Disler. Groningen: University of Groningen, Centre for Development Studies, 2005, p. 6.

②宋希仁:《家庭伦理新论》,载《中国人民大学学报》,1998 年第 4 期,第 62 页。

③霍克海默:《批判理论》,李小兵译,重庆出版社 1989 年版,第 98 页。

庭各有各的不幸。这些不幸的家庭都指向一个共同症结——家庭伦理缺失,主要表现为两性关系失衡、代际关系扭曲,以及自爱的缺失。

(一)两性关系失衡

“男女两性通过婚姻形式建立被社会确认的夫妻关系,并以此为核心产生家庭。家庭中各成员之间的关系中,以夫妻关系最为重要。它集中反映社会和家庭的道德风貌。”①因此,两性关系是维系婚姻和家庭的纽带,它决定家庭伦理的基本取向,也进一步影响着社会伦理的发展。在婚姻关系中,夫妻双方在享受伦理权利的同时,也应承担相应的义务。权利的实现和义务的履行互为基础,任何一方面的缺失都会导致两性关系的失衡。正是因为伦理权利的过度表达和对伦理义务的忽视,戈迪默中后期小说中的两性关系几乎都处于失衡状态。

1. 个体自由的过度表达

婚外恋是戈迪默作品中两性关系失衡的典型表征。《我儿子的故事》中,黑人索尼在革命运动中结识了白人汉娜,并与之发生了婚外恋。索尼并没有因为自己违背夫妻伦理而对贤妻艾拉心生愧疚,反而试图通过与汉娜的婚外恋来建立自己在两性关系和种族关系中的主体性。异化的社会滋生出了异化的人际交往需求,扭曲的伦理选择必然导致婚姻的失败。《无人伴随我》中的维拉无视丈夫对她的爱和为她做出的牺牲,反而放纵自己的生物性本能,一次次出轨和离婚。和维拉一样,《新生》中的琳赛也有过四年的婚外恋经历。“婚姻的客观出发点则是当事人双方自愿组成为一个人,同意为那一个统一体而抛弃自己自然的和单个的人格。”②也就是说,婚姻的双方自愿放弃自己的个体性,为了共同的生活目标,与对方结成一个统一体。然而,为了追求绝对自由,这些主人公们并没有对自己的婚姻伴侣尽到应有的伦理责任,也即忠诚。从这些婚姻的结局来看,个体的绝对自由与家庭伦理是相互矛盾的,个体自由的过度表达必然导致两性关系的失衡。正如韩少功先生所言:“自由是一种风险投资。社会对婚姻问题的开明,提供了改正错误的自由,也提供了增加错误的自由。”③

戈迪默并没有针对这些主人公的婚外恋作简单的谴责或者颂扬的二元论处理,而是利用故事的情感结构来表达自己的伦理观点。在《我儿子的故事》中,索尼的行为最终导致家庭的离散,情人远走他国,自己的居所也被付之一炬。在《无人伴随我》中,戈迪默陪着任性的维拉探索自我存在的状态。直到晚年,维拉

①黄彩英,等:《简明伦理学词典》,甘肃人民出版社 1987 年版,第 75 页。

②黑格尔:《精神现象学(下)》,贺麟、王玖兴译,商务印书馆 1996 年版,第 9 页。

③韩少功:《性而上的迷失》,山东文艺出版社 2001 年版,第 43 页。

也没有找到自我的完美状态,最后落得形单影只的结局。而在《新生》中,当琳赛意识到家人所受的伤害时,她结束了婚外恋,回归家庭,尽自己所能弥补自己的过错。由此可见,当个体的绝对自由与家庭伦理发生矛盾冲突时,个体的绝对自由应让位于家庭伦理对个体行为的要求。然而,因为墨西哥之行,琳赛从一个婚外恋的施害者变成了丈夫阿德里安婚外恋的受害者。虽然接受了丈夫婚外恋的事实,但是这给琳赛带来的心理伤害让她切实体会到了婚姻关系里彼此忠诚的伦理义务的重要性。这种情感结构安排比任何说教都更有说服力。

2.夫妻关系的物化

夫妻关系的物化是两性关系失衡的另一表征。在《七月的人民》中,曾经衣食无忧的斯迈尔斯一家为躲避内战不得不逃到"黑人家园",在仆人七月的庇护下勉强度日。居住条件的简陋剥夺了夫妻交流的私密空间,生活资料的匮乏使得求生成为第一需求。丈夫巴姆成了一个"一无所有的男人"①。为了寻求依靠,莫琳甚至开始下意识地勾引七月,以维持自己的女主人地位。对于巴姆而言,"她不是'莫琳'。不是'他的妻子'。她是这小屋里无声无息地活着的一个存在物,有着他所不了解的自我意识的一个存在,……因为这里没有可以赋予她具体形态的事情;他对她没有更深层次的认识"②。巴姆以物的拥有和供给来显示自己在夫妻关系中的主导地位,莫琳以获得男性提供的物质条件作为维持两性关系的标准。然而,战争迫使巴姆失去了表征自己主体地位的物质,莫琳也失去了物质依靠。没有了物质条件的参照,夫妻二人都陷入了自我身份的迷失。基于物质的夫妻关系显现出真实的面目,物化的夫妻关系使得他们的婚姻不堪一击。在极度的绝望中,莫琳抛下孩子和丈夫,独自逃走,奔向渺茫的未来。

同样被物化的还有《偶遇者》中朱莉与阿卜杜的婚姻关系。全球化影响的裹挟,身处都市与乡村的两人有着各自不同的身份追求。怀着对彼此生活空间的向往,阿卜杜与朱莉走到了一起。朱莉把嫁给非法移民有色人种阿卜杜当成摆脱自己精神生态失衡的契机,阿卜杜把富家白人小姐朱莉当作改变自己命运的阶梯。都市与乡村的互换并没有缩短两人的心理距离,误打误撞的婚姻也只是形式上的,两人仍在继续着各自离心与向心的人生追求。爱是婚姻关系的基础,唯有以爱为前提的夫妻关系才能持久存续。"爱的本质就是自我与他人的统一,就是不独立。就是在自我与他人的统一中获得和确认自己。"③然而,在物化的婚姻关系里,夫妻并没有把爱作为缔结婚姻的前提并实现与对方的统一,而是把

①戈迪默:《七月的人民》,臧清、臧洁译,漓江出版社1992年版,第138页。

②戈迪默:《七月的人民》,臧清、臧洁译,漓江出版社1992年版,第101页。

③黑格尔:《精神现象学》(下),贺麟、王玖兴译,商务印书馆1996年版,第175页。

对方当作实现自己生活目标的途径。物化的婚姻必定会导致两性关系的失衡。

夫妻关系物化的还有《新生》中的琳赛和阿德里安夫妇。阿德里安年轻时酷爱考古,但是为了支持妻子的事业,为了挣钱养家糊口,他不得不放弃自己的追求,进入公司经商。琳赛是一名民权律师,天生丽质。作为丈夫,阿德里安为了妻子,为了家庭,履行了自己的伦理义务。那么与此同时,他应该享有相应的伦理权利,也就是享受妻子应该为他履行的伦理义务。但是因为受波伏娃的"偶然之爱"观点的影响,琳赛经历了一段长达四年的婚外恋。这给"直接而诚实"的阿德里安造成了很大的伤害。作为妻子,琳赛享受了丈夫对自己的扶持义务,却没有履行自己对丈夫应有的伦理义务,即忠诚。伦理双方权利与义务的不平衡导致夫妻关系出现裂痕。即便是阿德里安在发现妻子的婚外情时采取了隐忍的态度,没有提出离婚,也仍然为日后夫妻关系的破裂埋下隐患。幡然悔悟的琳赛终止了这一段不伦的婚外恋,回归家庭,并尽可能地弥补自己曾经犯下的错。但是,她对丈夫的伤害并没有因为时间的流逝而消失。在他们的儿子保罗病愈后,为了圆丈夫的考古梦,夫妻两人踏上了去墨西哥的旅程。琳赛因为工作上的事情先行离开,丈夫却在她走后爱上了比自己小三十岁的年轻女导游。"如果有谁能够理解的话,那么这个人应该是她。"①琳赛平静地接受了这个事实,因为只有她明白丈夫为了这个家、为了曾经的婚姻牺牲隐忍了多少,他应该追求本真的自己,在生命的最后时光里享受自由选择的快乐。因为自己曾经的背叛,她把丈夫的移情当成自己救赎的苦药。作者对该故事的情感结构安排似乎也是为了告诫读者,任何事情有因必有果。在生命路程中,人需要不断作出自己的伦理选择,而且要为自己的伦理选择承担相应的后果。

(二)代际关系扭曲

代际关系在戈迪默的作品中主要体现为亲子关系。作为一种血缘关系,亲子关系是最为稳固的一种家庭关系。家庭是个体相互关联的系统,家庭中任何事件的发生都会给个体的生存和发展造成不同程度的影响。而父母,作为家庭关系的基础,他们对待孩子的态度决定着亲子关系的形成与孩子个体的发展。在戈迪默的中后期长篇小说中,父母们各自不同的人生追求和对孩子个体需求的忽视,导致本应纯粹温暖的亲子关系变得扭曲。

1. 革命狂热对亲情的消解

在《伯格的女儿》中,父母对革命事业的价值取向是亲子关系扭曲的一大诱因。罗莎的成长始终围绕着父亲莱昂内尔和继母凯西的革命活动,并受其人生

①戈迪默:《新生》,赵苏苏译,人民文学出版社2010年版,第136页。

哲学的支配。双亲因为从事反种族隔离活动时刻面临着被捕危险，罗莎的童年是在心惊胆战中度过的。父母入狱后，年幼的罗莎不仅要照顾自己，还担负起探监、送密信的任务。即便是在独自忍受着月经初潮的疼痛时，她也得冒险探视继母，并传递消息。父母甚至利用罗莎的初恋来传递消息。父母在世时，罗莎始终如一颗棋子般，是父母从事革命事业的工具。因为在这个家，“革命利益才是至高无上的”①。所以，“孩子的自我意志被打碎，自由发展其内在冲动和潜能的天赋愿望，被一种旨在无条件完成义务的内在化了的强制所取代了”②。弗洛姆认为，父母“应以道理和期望来引导孩子，应是忍耐和宽容，而不是威胁和独裁，应让正在成长的孩子感到自主权限的日益增加，并最终允许他成为自己的主人而与父亲的权威相分离”③。而这个故事中，父亲和继母对女儿偏执狂似的占有和压抑性剥夺给罗莎的成长蒙上了一层阴影，使她长期处于痛苦和焦虑中，也使她对革命产生了强烈的排斥心理。

而在《我儿子的故事》中，孩子们却以另一种方式承受着来自父亲的伤害。青春期的儿子威尔无意间撞见了父亲索尼与白人革命者汉娜的约会，从此陷入了一种无法言说的痛苦。父亲的革命英雄身份不再是家人们引以为傲的资本，而成为他婚外恋的光鲜外衣。威尔不想成为父亲的同谋，却又找不到合理的解决办法。矛盾的威尔只能通过抵制父亲和痛恨汉娜来表达对母亲的深深同情。女儿贝比在得知父亲的婚外恋后也陷入了“深深的郁闷”④。她开始化浓妆、跳舞、夜不归宿，甚至是割腕自杀，以出格的行为来表达对父亲的抗拒和不满。父亲的婚外恋导致家庭的离散，也深深影响了威尔。成年后的威尔没有建立起正确的婚恋观，而是频繁更换女朋友，肆意挥霍自己的青春。为了反种族隔离革命的胜利，为了黑人们的自由，革命英雄们作出了难以磨灭的贡献。然而，这两部小说中扭曲的亲子关系从另一个角度反映了种族隔离制度给个体的健康发展与和谐家庭伦理带来的伤害。

2.个体私欲对亲情的背叛

父母对孩子个体需求的忽视是亲子关系扭曲的第二诱因。在《无人伴随我》中，女主人公维拉对“性欲的要求超过了对孩子们的爱”⑤。为了满足自己的性欲，维拉在婚内频繁出轨。为了与情人约会，维拉常常把孩子孤零零地留在家里写作业。当寄宿学校的女儿连买牙膏和衣服的钱都没有时，母亲维拉却在花钱

①Nadine Gordimer. *Burger's Daughter*. Harmondsworth: Penguin Books, Ltd., 1979, p. 68.

②霍克海默：《批判理论》，重庆出版社1989年版，第97页。

③弗洛姆：《爱的艺术》，刘福堂译，广西师范大学出版社2002年版，第36页。

④戈迪默：《我儿子的故事》，莫雅平译，译林出版社2008年版，第56页。

⑤戈迪默：《无人伴随我》，金明译，译林出版社2006年版，第144页。

给情人买丝绸衬衫、领带和黄金砝码。受波伏娃“偶然之爱”观点的影响,为了体验性自由和“体验某种新东西的自由”[①],《新生》中的琳赛与一个同行保持了一段长达四年的婚外恋关系。维拉和琳赛过度自由的选择并没有为她们带来长久的快乐和满足,遭受心理折磨的同时,她们的“自由选择”也给孩子带来了无法弥补的伤害。维拉对孩子的长期忽视导致孩子与其关系的疏远。“本该和睦幸福的家庭关系因为维拉的自我追寻而分崩离析。她虽然有自己的家庭,却一直把自己置于家庭之外,孤独地寻找自我。这种自我隔绝最终带来的后果是毁灭性的。”[②]因为“父母与孩子的关系模式,是孩子与其他人建立关系的基础”[③]。维拉对性爱的痴迷和频繁的婚外恋导致两个孩子也没能建立正确的婚恋观和家庭观,儿子伊凡离婚后与被离婚的父亲一样,过起了单身汉的生活。女儿阿尼克成年后讨厌男性,建立了同性恋家庭。琳赛丈夫阿德里安的隐忍和琳赛的悔悟虽然保全了他们的家庭,但给儿子保罗造成了隐形的伤害,致使儿子与父母尤其是与母亲间长期的心理隔膜。

3.内在他性的羁绊

父母的主体性优越感是导致亲子关系扭曲的第三诱因。在《无人伴随我》中,赛莉与丈夫迪迪穆斯·马库玛长期流亡欧洲,女儿姆福在欧洲出生并在欧洲文化的浸染下长大。跟随父母流亡归来时,姆福已经是一个长相漂亮、身材婀娜的大姑娘了,她说着一口流利的英语,穿衣打扮和思想观念也极为西化。因为父母的关系,姆福结识了黑人奥帕并怀了孕。知道消息的赛莉极力反对女儿与奥帕的恋情,并在奥帕租住的破旧公寓里逼着女儿做人流。姆福不得不承受着身体和心理上的双重痛苦。马库玛夫妇认为奥帕不配拥有姆福,因为他们认为女儿接受的是欧洲的教育,是先进欧洲文化的代表。更重要的是,作为姆福父母的他们有着革命英雄的光环,回归后的他们在享受着国人的赞誉和经济补偿的同时也在渐渐走向权力中心,有着光荣家庭背景的女儿的身份自然是更为高贵。而本土的黑人奥帕仅仅是律师事务所的一名普通职员,社会地位低微,经济状况窘迫。姆福应该拥有一个文化身份、社会地位和经济状况与其匹配的生活伴侣。与《伯格的女儿》中的父亲莱昂内尔和《我儿子的故事》中的父亲索尼一样,马库玛夫妇是积极的革命主义者,为革命事业作出了极大的贡献。但是,与莱昂内尔和索尼不一样的是,享受到革命胜利果实的马库玛夫妻并没有践行他们为之奋斗的自由与平等理念。致力于推翻等级制度的革命者却自恃有着与普通黑人不

---

①戈迪默:《新生》,赵苏苏译,人民文学出版社 2010 年版,第 75 页。

②胡忠青、蔡圣勤:《论戈迪默后期作品的异化主题》,载《湖北社会科学》,2016 年第 1 期,第 145 页。

③武志红:《为何家会伤人——揭示家庭中的心理真相》,世界图书出版公司 2007 年版,第 50 页。

同的主体优越性，以所谓的身份等级为判断依据反对女儿的恋情。他们以女儿的欧洲教育背景为荣，却阻止受西方婚恋观影响的女儿自由恋爱。双重矛盾造成亲子关系紧张的同时，也彰显着马库玛夫妇的内在他性和对革命事业的功利取向。

4.亲子交流的缺失

交流的缺失是造成亲子关系疏离的第四因素。《伯格的女儿》中的父亲莱昂内尔和继母凯西忙于革命，而且时常被捕入狱，没有与女儿交流的闲暇。狂热的革命热情使得他们无暇顾及女儿的感受。年幼的罗莎不仅要照顾自己的生活，还要冒着极大的风险为父母传递密信。在她最需要父母引导与关爱的青春期，父母是缺席的，交流是缺失的。在尼斯，罗莎与生母卡迪娅重逢，母女俩无话不谈，享受着亲密的亲子交流时光。在母亲的温情呵护下，罗莎体验到一种全新的属于自己的生活模式。因此，法国尼斯之行成为她的"'自我'寻找之旅"，"也是对缺失的童年和真正母爱的追寻，更是对其缺乏自我生活的补偿"①。在《家有藏枪》中，哈拉德夫妇与儿子邓肯交流的缺失不仅造成亲子关系的疏离，更是邓肯犯罪的潜在原因。儿子邓肯租住在外，与父母长期的交流缺失使得他们关系淡漠，儿子朋友的来访才给夫妻俩带来了儿子杀人被捕的消息。关于自己的犯罪行为，邓肯对父母只字不提。夫妻二人没有一丝参与儿子生活的机会，只能通过儿子朋友和律师来了解儿子的案情，夫妻俩甚至想通过儿子写给朋友的信件来了解他。"因为与他人缺乏交流，无法和他人、和社会建立和谐的互动关系，夫妻俩身在社会却不是社会的一部分。"②哈拉德夫妻与他人交流的缺失导致其社会责任感淡薄，也间接影响了儿子邓肯对他人生命的态度，最终酿成了杀人惨案。

（三）自爱的缺失

弗洛姆认为，自爱是"对自己的生活、幸福、成长以及自由的肯定，是以爱的能力为基础的"③。只有拥有爱的能力的人才会关怀人、尊重人，有责任心，了解人。"《圣经》中'爱他人如同爱自己'的说法说明了对自己的完整性和独特性的尊重，爱自己，理解自己同尊重、爱和谅解别人是不可分割的。爱我同爱另一个生命是紧密相连的。"④因此，自爱和他爱是统一的，自爱是建立和谐家庭伦理关系的基础，自爱的缺失必然导致人与他人伦理关系的失常。《家有藏枪》中的娜

---

①沈艳燕：《年寄话语与青春诗学：论〈伯格的女儿〉中的文化病理学意蕴》，载《当代外国文学》，2009年第3期，第61页。

②胡忠青、蔡圣勤：《论戈迪默后期作品的异化主题》，载《湖北社会科学》，2016年第1期，第147页。

③弗洛姆：《爱的艺术》，李建鸣译，上海译文出版社2013年版，第55页。

④弗洛姆：《爱的艺术》，李建鸣译，上海译文出版社2013年版，第54页。

塔莉就是一个典型的自爱缺失的人。

厌世是娜塔莉自爱缺失的典型病兆。感情受挫后的娜塔莉把自己的孩子送给他人抚养,后来又想要回自己的孩子,未果后万念俱灰的娜塔莉想以跳海的方式结束自己的生命。邓肯救了她,收留她,并请自己的合租好友帮忙为她找到了一份合适的工作。后来,娜塔莉成了邓肯的女友。"缺乏对自己的爱和关心表明了这个人内心缺少生命力,并使他感到空虚和失望。在必要时这个不幸和胆怯的人会通过各种其他的满足来弥补他失去的幸福。"[①]因为自爱能力的缺失,娜塔莉以"自我虐待并虐待他人、怀疑一切并对抗一切"[②]的方式排遣内心的空虚和对人生的失望。她既没有对救过她并帮助她的邓肯表示自己的感激之情,也没有对男友邓肯表现出应有的关怀和尊重,反而把自己的厌世情绪发泄在邓肯身上。她嘲讽、漠视邓肯,认为邓肯控制了她的生活,帮助她找工作也是为了监视她。为了达到报复邓肯的目的,娜塔莉甚至公然在客厅和邓肯以前的同性恋人卡尔做爱。娜塔莉的行为激怒了邓肯,最终导致了卡尔的死亡和邓肯的被捕。

"你若爱己,那就会爱所有的人如爱己。"[③]哲学家、神学家爱克哈特的这句格言精辟地总结了关于自爱的重要性。自爱是形成人与人和谐伦理关系的基本要素。因为自爱的缺失,娜塔莉无法与周围的人建立正常的人际关系。出格的行为举止造成她与他人伦理关系的混乱,直接导致自己以及他人的人生悲剧。

二、家庭伦理的重建

霍克海默指出,婚姻是随着社会发展而不断发生变化的社会现象。随着政治经济的飞速发展,人的家庭观发生巨变。家长,尤其是父亲的权威急剧减弱,导致婚姻原有的功能丧失,与旧模式相伴的家庭悲剧将越来越少,这是一个不可以逆转的趋势。因此,他主张"今日的家庭应该鼓励人们建立新型的家庭关系和社会关系,拒绝世界的整体非人化的作用和力量,反对集权主义和父权主义,反对家庭中对纯属真实人性和感官快乐的贬低"[④],即主张重建家庭伦理。家庭伦理是社会伦理的基础,和谐家庭伦理对于和谐社会伦理的形成有着至关重要的影响。家庭伦理的缺失必然导致人际关系的异化,进而阻碍个体的生存与发展。然而,戈迪默并没有在小说中针对家庭伦理的缺失进行道德训诫与说教,而是尝试重建家庭伦理,帮助人们走出伦理困境,进而助力社会伦理的形成。

---

①弗洛姆:《爱的艺术》,李建鸣译,上海译文出版社 2013 年版,第 56 页。

②胡忠青、蔡圣勤:《论戈迪默后期作品的异化主题》,载《湖北社会科学》,2016 年第 1 期,第 143 页。

③转引自弗洛姆:《爱的艺术》,李建鸣译,上海译文出版社 2013 年版,第 58 页。原文引自:爱克哈特:《德意志传道书和传单》,德国慕尼黑,1955 年,第 214 页(传道书第 13 页)。

④张之沧:《西方马克思主义伦理思想研究》,南京师范大学出版社 2009 年版,第 56～57 页。

(一)家庭模式的多元化

多元化的家庭模式是戈迪默重建家庭伦理的首要尝试。在本章讨论的七部小说中,戈迪默刻画的家庭以传统家庭模式为主,如核心家庭和主干家庭。此外,戈迪默在其小说中创造性地建构了诸如“偶合家庭”、跨种族家庭、同性恋家庭和共居家庭等非传统家庭模式。

1.传统家庭模式的坚守

几乎戈迪默所有长篇小说中人物的初始家庭都是传统家庭,其中以核心家庭占绝大多数。核心家庭的特点是家庭成员简单,都是由一对夫妻和一个或者两个子女构成。戈迪默对传统核心家庭的偏好,一方面与她自身在核心家庭长大的经历有关,另一方面也与戈迪默简洁明快的创作风格有关。简单的人物设置更能凸显厚重的现实主题,从而避免小说落入家庭小说的窠臼。另外一种传统家庭模式是主干家庭。《偶遇者》中阿卜杜在沙漠村庄的大家庭就是典型的主干家庭,即兄弟姐妹结婚后不分家,仍与父母同住。在阿卜杜一心要逃离的同时,朱莉却坚定地留在了这个贫穷的大家庭。朱莉要融入这个大家庭的决心和努力也说明了戈迪默对大家庭的认同。在《家有藏枪》中,哈拉德夫妇应邀去律师家拜访,律师家热闹的大家庭与夫妻俩形成鲜明对比。从家庭成员的构成来看,这两部作品中的大家庭基本上都是代际同堂的共生模式。此外,南非《习惯婚姻承认法》明确规定一个丈夫可以有多个妻子。然而,在戈迪默刻画的传统大家庭模式当中并没有一个丈夫拥有两个以上妻子的现象存在。一夫多妻制是男女社会、经济地位极度不平等的产物。这种婚姻制度虽然有其特定的社会土壤,但是其存在影响和谐夫妻伦理关系的形成,导致家庭伦理问题的产生。因此,戈迪默对传统家庭模式的塑造从侧面体现了她对这种不平等婚姻制度的抵制和对和谐家庭伦理的期望。

2.新兴家庭模式的设想

在《七月的人民》中,戈迪默虚构了一个处于政权交替的内战时期。原本养尊处优的白人主人斯迈尔斯一家被迫逃离到“黑人家园”,寄居在曾经的仆人七月家,与七月一家人组成了一个“偶合家庭”。陈光兵把这种家庭描述为在外力左右下组合而成的家庭,“它既没有家族公共价值作为依托,也没有个人肉体自由作为根据,更没有信仰的依据。它呈现为一种虚伪的无根状态”①。作为特定政治经济环境下的产物,这种家庭模式极具偶然性和脆弱性。主客体身份的转变使得原本相处融洽的主仆开始互相猜忌和戒备。碍于曾经的主仆关系和目前

①陈光兵:《论陀思妥耶夫斯基作品中的儿童主题》,南京师范大学,2008年。

的尴尬处境，两家的成人在勉强维持表面和谐关系的同时进行着控制与反控制的较量。斯迈尔斯夫妇在无望的挣扎中勉强度日，而他们的孩子却快速地适应了“黑人家园”的生活，学习起黑人的文化与习俗。但最终莫琳的逃离为这种家庭模式的设想打上了一个问号。

在《大自然的运动》中，戈迪默虚构了一个跨种族家庭。白人姑娘海丽娜在成年之际逃离了供养她的白人家庭，背弃了两位阿姨将她培养为有钱白人的妻子的人生设定，转而嫁给了黑人革命者，并成为丈夫政治事业上的坚定支持者。该作品发表于 1987 年。而实际上，在 1991 年南非从法律上种族隔离政策废除以前，黑人和白人通婚是违法的。戈迪默对这种家庭模式的设想极具预言现实主义特色。在种族隔离制度废除后，戈迪默曾经的预言成为现实，其作品中跨种族家庭模式成为一种常态，如《无人伴随我》中阿尼克和露收养了一个黑人弃婴，《偶遇者》中白人朱莉和有色人种阿卜杜的家庭，《新生》中白人律师琳赛收养黑人女孩，在《空前时代》中黑人杰布莉莉和白人史蒂夫的家庭。这种家庭模式的构想不仅指涉家庭伦理的构建，而且隐含着作者对多种族共存的社会伦理构建的期待。然而，这种家庭模式中的成员在身份认同上还存有障碍。在《偶遇者》中，朱莉把阿卜杜当成神秘的东方王子，而阿卜杜把朱莉当成实现自己梦想的阶梯。在《空前时代》中，黑人杰布莉莉只是白人丈夫的姓氏后“附加的后缀‘太太’”①。由此可见，跨种族家庭和谐伦理的构建还要经历一个漫长的过程。

在戈迪默第十一部长篇小说《无人伴随我》中，阿尼克与同性伴侣露组成了一个温馨和谐的同性恋家庭，并收养了一个黑人弃婴。在阿尼克家，维拉见证了阿尼克与露相亲相爱的家庭生活，和她们对彼此、对孩子满满的爱。维拉“和阿尼克交换了位置”，成为“宁静的家庭生活的旁观者”。“她已离开家，而阿尼克正在构筑一个完全新型的家。”②值得注意的是，该作品发表于 1994 年，而直到 2006 年 11 月 30 日，南非国会才通过了同性婚姻法，在法律上承认了这一婚姻形式。对同性恋家庭的超前认同不仅折射出戈迪默多元的婚恋观，而且表现了戈迪默对于家庭伦理构建的前瞻性。在 1998 年发表的《家有藏枪》里，戈迪默再次使用同性恋来表现主题。然而，和《无人伴随我》不同的是，《家有藏枪》中的同性恋表现的是人对自由的滥用和人精神的空虚。由此可见，戈迪默认同同性恋婚姻，但对恋爱自由的过度表达持反对意见。

在《家有藏枪》中，戈迪默建构了一种包容性更强的共居家庭。不同种族、不同国家、不同经济背景甚至不同性取向的人共同租住在一栋房子里。他们有各

---

①Nadine Gordimer. *No Time Like the Present*. New York: Farrar, Straus and Giroux, 2013, p. 1.
②戈迪默：《无人伴随我》，金明译，译林出版社 2006 年版，第 280 页。

自独立的房间,也有公共活动区域,成员之间互相关心、互相帮助。虽然小说中主人公邓肯的犯罪导致这个共居家庭走向解体,但是戈迪默对于这种共居家庭模式的设想已经在慢慢成为现实。

家庭模式决定着家庭成员的生活范围,也影响着家庭成员间的关系状态。虽然每种家庭模式都有其局限性,但不同的家庭模式折射出不同的伦理需求。戈迪默对多元化家庭模式的设想,尤其是对非传统家庭模式的设想,不仅展现了她的前瞻意识,而且表达了她对建设开放包容、兼容并蓄的和谐社会的美好构想。

(二)女性主体的重构

《伯格的女儿》中罗莎被父母工具般地利用,《七月的人民》中莫琳成为物一般的存在,《我儿子的故事》中艾拉和贝比是弱势的双重他者,《家有藏枪》中邓肯把娜塔莉当作实现自己英雄主义的工具,《偶遇者》中朱莉成为阿卜杜改变其经济、社会地位的跳板……在这些小说中,几乎所有的女性都被男性物化为证明男性价值、体现男性地位的工具,在家庭中是附属物般地存在。家庭中不平等的男女关系源于男权的压制和女性自我意识的丧失。因此,女性主体的重构是重建家庭伦理的根本。"她们必须积极地介入生活,凭借独立的行动和选择,以及承担责任的勇气,在自我的不断超越中塑造自己的主体性。"①

1. 女性自我意识的回归

在长期的父权制影响下,女性"是一个有意识的人,但秉性顺从"②。女性的自我意识是沉睡的、被压抑的和被忽视的。在南非,女性不仅要承受来自男性和种族的双重压制,而且受制于特定的社会需求。当"个体自由和政治自由冲突和交织"③时,女性的主体建构就更难实现。《伯格的女儿》中罗莎艰难的主体性重建之路就是最好的例证。在成长过程中,伯格的女儿罗莎没有自主选择的权利。直到父亲和继母去世,罗莎才终于摆脱了被动革命者的身份。"现在你终于自由了。"④罗莎的自言自语表达了她重获自主选择权的欣喜。她换了住所,换了工作,并刻意远离父母亲的交际圈子,尝试开始一种全新的、远离政治的生活。法国尼斯之行,罗莎尽情享受着生活的快乐。但是,在尽享个体自由的同时,罗莎渐渐意识到,她无法隔断过去、逃避现实。"她想要获得自我主体性,必须在自己

①胡忠青:《"他者"形象的颠覆与女性主体的重构》,载《作家》,2008 年第 1 期,第 94 页。

②王先霈、王又平:《文学理论批评术语汇释》,高等教育出版社 2006 年版,第 644 页。

③Dominic Head. *Nadine Gordimer*. Cambridge: Cambridge University Press, 1994, p. 114.

④Nadine Gordimer. *Burger's Daughter*. Harmondsworth: Penguin Books, Ltd., 1979, p. 40.

的过去、现在和未来之间协调。”[①]站在革命的圈子之外重新审视祖国的顽疾和父母曾不惜牺牲生命为之奋斗的革命事业,罗莎自主自觉地认识到了革命的必要性和紧迫性,她选择回国继续父母未竟的事业。从被动顺从到自主选择,罗莎在内心接受了革命。

与罗莎一样,《我儿子的故事》中的女性艾拉和贝比也在革命背景下经历了从顺从到自主决策的主体建构过程。身为黑人运动领袖的妻子,艾拉所能做的就是配合索尼的革命和生活需求,毫无保留地接受索尼所有决策,甚至是孩子的名字也仅表达了一家之主索尼的愿望和价值追求。女儿贝比也一直由内而外地迎合父亲的愿望,努力成为“他的美人”[②]。直到索尼的婚外情曝光,艾拉和贝比的自我意识才渐渐苏醒。苏醒后的她们不再顺从,而是选择由外而内地改变,成为自己生活的主人。

同样,在全球化的背景下,《偶遇者》中朱莉经历了由自我迷失到重建主体性的历程。为了摆脱金融家父亲的影响,她搬离父亲的豪华别墅,拒绝父亲的经济支援,努力成为一名自食其力者。与阿卜杜相恋后,阿卜杜把朱莉当成是改变其经济状况和社会地位的工具。然而,朱莉选择放弃优越生活,要求跟随阿卜杜远走他乡,阿卜杜的愿望落空。最终,阿卜杜获得移民美国的许可。作为他的妻子,朱莉可以跟随丈夫一同去往美国。但是,她拒绝顺从丈夫的意愿,而是遵从自己的内心,选择留守在沙漠村庄,继续自己的绿色家园之梦。通过一次次的自主选择,朱莉成功摆脱了两个男性对她的角色设定,实现了主体性的重建。

2. 身体欲望的自由表达

在父权制的辖制下,“妇女没有自己的话语,因为没有能力按照自己的体验重新解释这个世界:不能表达自己的体验或经验,实际上就是把经验压抑在无意识层次而无法言说,这就使她们长期处于沉默的状态”[③]。因此,处于劣势地位的女性的情感表达总是受男性力量的左右,女性性欲表达也被限定于满足男性的需要。然而,戈迪默笔下的女性们却通过自由表达情感与性欲建立了自己的主体性。《伯格的女儿》中,罗莎在情窦初开时,父亲利用她年轻女性的身份为战友诺埃尔传递密信。在传递消息的过程中,罗莎对诺埃尔产生了爱恋之情。可她的情感需求却被父母有意忽略了,罗莎只能把自己的情感压抑在内心深处。然而,“自由对于人的个性发展就像满足物质资料的需要一样重要”[④]。父亲去

---

①沈艳燕:《对〈伯格的女儿〉中罗莎成长故事的解读》,载《韶关学院学报》,2007 年第 2 期,第 23 页。

②戈迪默:《我儿子的故事》,莫雅平译,译林出版社 2008 年版,第 70 页。

③王先霈、王又平:《文学理论批评术语汇释》,高等教育出版社 2006 年版,第 655 页。

④马克思、恩格斯:《马克思恩格斯选集》(第 1 卷),人民出版社 1995 年版,第 167 页。

世后，极度压抑的罗莎迅速卖掉父亲的房子，迫不及待地想要逃离父亲对自己的压制与忽视。法国尼斯之旅，罗莎与生母亲密交流，尽情徜徉在法国浪漫的人文环境中，享受了作为一名女性的自由。她与一位已婚教授的恋爱使其长期压抑的情感得到了宣泄。

与罗莎一样，《我儿子的故事》中艾拉的情感也是被压抑的。自我意识苏醒后的艾拉不仅改变了自己外表，而且改变了自己内在感情的表达方式。看望贝比归来时，她热情拥抱了儿子，并"欣悦地大笑起来"，以至于威尔说，"我母亲从来没有像那样感情外露过"[①]。艾拉通过内外双重改变确立了自己的主体性。然而，为了体验性自由，彰显自己的主体性，《无人伴随我》中的维拉和《新生》中的琳赛都与别人发生了婚外恋。维拉的婚外恋导致家庭的离散，琳赛的婚外恋也给家人带来隐性伤害。此外，《家有藏枪》中娜塔莉肆意而为的性行为直接导致了卡尔的死亡和邓肯的入狱。通过这些女主人公的经历，我们可以看出，性欲的自由表达是重构女性主体性的一种方式，但是不顾伦理约束的过度表达只会带给家人无尽的伤害。

通过女性人物的主体性重建之路，戈迪默展示了女性的潜在力量。戈迪默在帮助女性建立主体性的同时，弱化了男性的地位，使他们处于失语或者权力退场的状态：如《伯格的女儿》中父亲惨死狱中；《我儿子的故事》中索尼失去政治权力；《无人伴随我》中迪迪慕斯成了新政权的牺牲品；《偶遇者》中阿卜杜依靠他人实现自己移民美国的梦想，其父亲在家中也处于失语状态；《新生》中阿德里安客死他乡；等等。戈迪默在作品中把女性推到"前台"，把男性推向边缘，消解了男性的中心地位，女性主体性的重构因而具有家庭层面和社会层面的双重意义。

三、自由与责任的有机统一

个体自由的过度表达导致夫妻关系异化、亲子关系扭曲。自由并不意味着个人的为所欲为，而是标志着社会关系中公民的权利和行为的量度。"自由是人在不损害他人权利的条件下从事任何事情的权利，或者像1791年《人权宣言》所说的，'自由就是做一切对他人没有害处的事情的权利'。"[②]由此可见，"自由绝不是个人的权利或一种自私自利的行为，而是与社会文明和历史进程密切相关的一个道德范畴和伦理概念，它承载着社会的责任与义务"[③]。对家庭责任的忽视导致家庭伦理的缺失。与此同时，作为社会中的个体，人的发展与社会的发展

①戈迪默：《我儿子的故事》，莫雅平译，译林出版社2008年版，第153页。

②马克思、恩格斯：《马克思恩格斯选集》(第1卷)，人民出版社1972年版，第438页。

③张之沧：《西方马克思主义伦理思想研究》，南京师范大学出版社2009年版，第100～101页。

是相辅相成的。只有积极融入社会,承担相应的社会责任,个体才能最终确立自己的社会属性。家庭责任和社会责任相辅相成,家庭伦理与社会伦理互为依存。戈迪默长篇小说中的主人公们用自己的实际行动阐释了积极承担家庭责任和社会责任对于建立和谐家庭伦理关系的重要性。

(一)主动承担家庭责任

在《无人伴随我》中,维拉利用自己的律师身份努力为黑人争取利益。然而,在积极承担社会责任的同时,她没能给予孩子足够的母爱,没有承担起母亲应尽的抚养和教育责任。作为母亲,她是失职的。女儿阿尼克与同性伴侣露组成了一个同性恋家庭,并收养了一个弃婴,形成了新的家庭伦理关系。与维拉形成鲜明对照的是,这对同性恋夫妻对彼此付出了对等的关爱与支持,对收养的孩子倾注了全部的爱。她俩轮流在家照顾孩子,确保给予孩子尽可能多的陪伴。她们在意"孩子生活的每一个细节"①,并乐意与他人分享养育孩子的快乐。暮年之际,形单影只的维拉见证了女儿温馨美好的家庭生活。阿尼克用自己的实际行动向母亲证明了积极承担家庭责任对于和谐家庭伦理关系形成的重要性。

和维拉一样,《新生》中的琳赛也曾通过婚外恋体验个体自由。与维拉不同的是,琳赛并没有因此放弃自己的婚姻,而是主动结束了婚外恋,并通过积极承担家庭责任来弥补自己给家人造成的伤害。年轻时候的琳赛漂亮能干,为了实现"本真的我",追求自己的快乐,她和自己的一个同行曾维持了一段长达四年的婚外恋。她本以为自己掩饰得很好,却不知丈夫早已知晓此事并忍受了巨大的痛苦。婚外恋是琳赛的自由选择。虽然每个人都有选择的自由,但是在享受自由的同时,却不能逃避道德责任和社会道义。人终将要为自己的选择负责,琳赛的自由选择给他人造成了很大的伤害,也使自己一直承受着巨大的心理折磨。由于对本我的过分追求,琳赛受到了应有的惩罚。悔悟后的琳赛开始反思自己曾经犯下的错误,并努力弥补。她的"求圣之旅"也自此展开。先行离开旅游地的她在家里收集了一大摞丈夫爱看的杂志和报纸,满怀希望地等待丈夫的归来,可是,她等来的是丈夫移情别恋的消息。她非常震惊,但是她"不气愤,也无权气愤"②。因为她知道,一方面,如同她自己曾经有过的自由选择一样,尽管这种自由选择不符合伦理道德规范,但是丈夫阿德里安也有权选择做本真的自己。另外一方面,她知道,有些伤害是永远无法挽回和弥补的。丈夫对她的原谅并不代表她对夫妻感情的伤害已经消失不见了。琳赛要为自己曾经的错误选择承担后果。"过去的一切不是消失了,沉寂了,而是令人尴尬地顽固存在着,它将不断回

①戈迪默:《无人伴随我》,金明译,译林出版社 2006 年版,第 275 页。

②戈迪默:《新生》,赵苏苏译,人民文学出版社 2010 年版,第 144 页。

过头来纠缠我们,除非我们彻底解决一切。”①

琳赛接受了丈夫移情别恋的事实,没有选择离婚,而是继续与丈夫保持通信。与此同时,琳赛在同事家的宴会上认识了一个已退休的同行,她没有排斥这个同行对自己的追求。开放式的故事结局并没有告诉我们琳赛最终是否接受了这份感情,但是至少说明,琳赛并没有因为丈夫的移情而自怨自艾,而是开始接受新的感情,坚强地过着独立自主的生活。最终,丈夫在挪威的斯塔万格离世,她没有运回他的尸体,因为“家。从斯塔万格,重新开始,从坟墓中”,“找到了归宿”②。她替丈夫做了最后的选择,帮助他实现最终的本我。从容淡定地面对丈夫的背叛,勇敢地担当一个监护人的职责,并且开始追求自己崭新的个人幸福,琳赛用行动证明了自己的勇敢无畏和独立自强。

另外一个主人公阿德里安的情感历程展现了一个男人在家庭生活中的责任和担当。婚姻生活开始的时候,为了支持妻子对事业的追求,为了养家,他毅然放弃了自己热爱的考古,转而从商。阿德里安发现了妻子的婚外恋,作为丈夫的他没有勃然大怒或者暴力相向,而是等待妻子主动坦白。从妻子口中得到证实后,阿德里安说了一句话,“我以为你要告诉我你要走呢”③。他没有强迫妻子做出任何决定,而是让妻子自由选择。尽管妻子琳赛的婚外恋给他们的家庭生活蒙上了一层永远也无法抹去的阴影,他依然选择原谅妻子,并用自己的实际行动维持着一如往常的家庭生活。在儿子患病康复期间,阿德里安和妻子一起担负着照顾儿子的责任。作为丈夫,作为父亲,阿德里安扮演着不同的家庭角色。对于他来说,“面具、角色之下的真实的自我的表达开始变得如此艰难,自我内心的真实世界与社会赋予的角色之间充满着矛盾和冲突”④。为了家庭,痛苦的阿德里安选择了隐忍和宽容。他给予妻子的无私支持、选择自由和体贴原谅,体现了一个男人至高无上的道德追求。

退休之后的阿德里安为了实现年轻时候的考古梦想,决定和妻子一起去墨西哥旅行。他的决定得到了家人的支持,他们都有“一种共同的,觉得阿德里安有权利进行他那机缘到来的考古冒险”,因为“人有自己的爱好完全是应该的”⑤。这个“可怜的顾家男人”⑥开始了对自由的追求之旅。他在旅行途中爱上了自己的导游。这一次,他放弃了自己的家庭角色,选择满足自己对自由的渴

①图图:《没有宽恕就没有未来》,江红译,上海文艺出版社 1998 年版,第 31 页。

②戈迪默:《新生》,赵苏苏译,人民文学出版社 2010 年版,第 192 页。

③戈迪默:《无人伴随我》,金明译,译林出版社 2006 年版,第 79 页。

④刘晓春:《个人本真性的建构》,载《文化研究》,2011 年第 4 期,第 53 页。

⑤戈迪默:《无人伴随我》,金明译,译林出版社 2006 年版,第 132 页。

⑥戈迪默:《无人伴随我》,金明译,译林出版社 2006 年版,第 133 页。

望。正因如此,琳赛认为"对他,对我,……这件事有一种乐意的成分,愿意进入它,进入这一状态,即使它一方面是疏远,而另一方面也是一种实现"①。阿德里安"疏远"的是作为丈夫的责任,而"实现"的则是自己对自由的期待。在一个远离家人的地方爱上了另外一个人,阿德里安没有选择隐瞒,而是完全向妻子坦白,因为"他想要像他自己一向的那样,对她直接而诚实"②。一直以来,阿德里安对妻子都是真诚的。真诚,对于人来说,意味着什么呢?"我能够变成真诚的:这是我的责任和我对真诚的努力所意味着的东西。"③真诚对于阿德里安来说是一种责任,一种努力的方向。他在坚持自己的个体自由的同时,也在捍卫着琳赛的自由,因为"人只有通过捍卫他人的自由才能拓展个体的自由,才能本真地实现自身"④。和妻子的婚外恋一样,阿德里安的移情超越了伦理道德所允许的范围,但是这却是他实现自由的一种方式。在给妻子的信中,阿德里安称自己的移情别恋为"老年人的最后放纵"⑤。"最后的放纵"意味着他知道生命即将终结,也表达了他对死亡的恐惧。"在这种恐惧中,人们还是可以进行各种各样生存的选择,逃避此种害怕的东西或通过努力重新获得失去的东西,甚至可以改变心态,不再害怕此种东西,或移情别恋,不再喜欢这一东西。"⑥对死亡的恐惧促使他决定在生命的最后做回本真的自己,这实际上体现出了他"向死而生"的生存观。既然死亡一开始就已存在于生命的终点,那就勇敢面对死亡,积极地生活。而他最终的平静去世恰恰印证了这一点。

(二)积极承担社会责任

《伯格的女儿》中的罗莎因为父母在革命斗争过程中对其工具般的利用而对革命心生恐惧,父母的去世使她终于有机会摆脱革命对个人自由的影响。然而,黑人们悲惨的生活处境和对白人的抵触使她认识到,作为国家的公民,作为革命者的后代,她有责任继承父母未竟的事业,为建设平等自由的国家而努力。于是,罗莎回到自己的国家,用自己的医疗技术为"索韦托事件"的受害者治病。她要"像所有人一样","尽自己的所能"⑦。从抵触革命到主动回归革命,承担起应有的社会责任,罗莎在重建自我的同时确认了自己的社会属性。

在《我儿子的故事》中,沉默的艾拉总是或主动或被动地避开索尼的政治活

---

①戈迪默:《无人伴随我》,金明译,译林出版社 2006 年版,第 138 页。

②戈迪默:《无人伴随我》,金明译,译林出版社 2006 年版,第 136 页。

③萨特:《存在与虚无》,陈宣良译,生活·读书·新知三联书店 2007 年版,第 92 页。

④刘晓春:《个人本真性的建构》,载《文化研究》,2011 年第 4 期,第 57 页。

⑤戈迪默:《无人伴随我》,金明译,译林出版社 2006 年版,第 137 页。

⑥刘瑞享:《生的沉思及死的默想》,载《江西教育学院学报》,2002 年第 2 期,第 80 页。

⑦Nadine Gordimer. *Burger's Daughter*. Harmondsworth: Penguin Books, Ltd., 1979, p. 332.

动，女儿贝比也对同龄人的反抗运动毫无兴趣。母女被革命的洪流裹挟前行，却有意无意地成了革命的旁观者。索尼的婚外恋使母女俩从虚假幸福的自我沉醉中清醒过来。在放逐中，贝比成了革命者，并与一名黑人革命者组成了家庭。在贝比的影响下，沉默美丽的艾拉最终也变成了一个有主见、热情开朗的革命者。通过积极承担社会责任，母女俩有了明确的生活目标，并有了积极生活的力量。这种变化不仅改变了母女俩的生活态度，而且改变了家里男人们对她们的态度，两性关系得以修正。

《新生》中的琳赛也在重新承担家庭责任的同时，积极承担社会责任。她领养了一个曾被人强奸，患有艾滋病并被人遗弃的黑人小女孩。至此，一个身心遭受巨大创伤的黑人女孩进入了琳赛的生活。琳赛没有告知大家小女孩应该如何称呼她。不管是奶奶还是母亲，作为小姑娘的合法监护人，她满足了小姑娘的一切需求，包括物质需求和精神需求。遭到丈夫背叛的琳赛在此时作出的这种选择其实是在原谅丈夫的同时，想要全身心地为一个急需关怀的人付出她能给予的一切。与一个身心俱伤的社会边缘人建立一种新的伦理关系，并且担负起相应的伦理责任，是她重建和谐家庭伦理关系的开始。此外，不容忽视的是，阿尼克和琳赛通过领养行为重建家庭伦理的过程也是帮助弱小者建立人的主体性的过程。积极承担家庭责任的同时，阿尼克和琳赛用实际行动彰显了她们强烈的社会责任感。

戈迪默在长篇小说中采取的外聚焦的叙事方式增加了读者对其作品的理解难度，也增加了读者对其家庭伦理观及情感张力的感知难度。但是，作者的家庭伦理观是渗透在字里行间的。两性关系的异化、代际关系的扭曲和自爱的缺失是导致家庭伦理缺失的主要原因。重建家庭伦理不仅有赖于家庭模式的多样化，而且有赖于女性主体性的建立和个体积极承担家庭及社会责任。家庭伦理的缺失与重建交织展现，既体现了戈迪默作品中家庭问题与社会问题的互文关系，又体现了戈迪默对于建立性灵结合的两性关系和慈孝互动的亲子关系的期待。如戈迪默所言："写作永远且同时是对自我和世界的双重探索。既是对个体的探索，也是对集体存在的探索。"①在积极探索建立和谐家庭伦理关系的同时，戈迪默也在思考如何处理个体自由与家庭伦理的关系。家庭伦理的重建不能以牺牲个人的自由为代价，然而自由的过度表达必然导致家庭伦理的缺失。"从心所欲不逾矩"，这应该是对戈迪默自由观的最好概括了。

---

①戈迪默：受奖演说《写作与存在》，傅浩译，载《七月的人民》，莫雅平译，漓江出版社1992年版，第426页。

第四章　空间与身份:如何重建“在家”感

在“空间转向”的影响下,作家们的创造实践发生了重大变化,其中表现最为突出的就是传统的时间叙事纷纷让位于空间叙事。作家越来越注重在小说中通过空间的位移来表现时间的变化与发展,并强调人与空间的互动关系。戈迪默的创作历程与人文社科领域的“空间转向”几乎是同步的,空间主题自然成为戈迪默高度关注并深入探讨的主题之一,并被她赋予极其重要的意义。出版于2001年的《偶遇者》就是典型代表。这是戈迪默的第十三部长篇小说,被评价为是一部令人惊叹之作、戈迪默最好的小说之一。该小说以经济全球化为背景,讲述了一个很有代表性的移民故事。成长于南非的白人富家千金朱莉毅然跟随非法入境的有色人贫民阿卜杜重返阿卜杜的故乡,去建立自己的梦想家园,而阿卜杜却千方百计地要移民他国去追求自己心仪的生活。《偶遇者》生动再现了经济全球化时代南非和一个边缘小国的社会图景,巧妙揭示了现代人的精神失衡。在小说中,戈迪默将社会背景、人物内心思想、多元文化以及全球化带来的影响都融入了地理空间叙事中。人文地理空间的建构帮助作者塑造了人物形象,自然地理空间建构推动了故事情节的发展,理想符号空间的建构提升了作品主题。在这部小说中,戈迪默建构的不同空间隐喻了当下的社会问题和人们所面临的各种难题。

一、人文地理空间与身份焦虑

邹建军教授认为:“文学作品中的地理空间建构,往往体现了作家的审美倾向与审美个性,以及他的创作理想与创作目标。”①与此同时,杨欣欣、杜明业认为,“地理空间还往往是作为一种精神建构而存在,是关于地理空间建构与生活表征意义的观念形态”②。而戈迪默借助于对人文地理空间的塑造,表现了主人公的身份焦虑。《偶遇者》的主人公朱莉和阿卜杜分别来自两个国家。故事的前半部分发生在朱莉的家乡——国际都市约翰内斯堡,故事的后半部分发生在阿卜杜的家乡——一个贫穷的地处边远的阿拉伯沙漠村庄。天壤之别的两大空间

---

①邹建军:《文学地理学研究的主要领域》,载《世界文学评论》,2009年第1期,第42页。

②杨欣欣、杜明业:《论小说中的地理空间建构》,载《社会科学家》,2011年第6期,第143页。

并置,形成鲜明对比。戈迪默通过主人公的生活轨迹呈现了三组对比的人文地理空间:以街道为表征的城市空间成为社会图景的缩影;以咖啡馆为表征的公共空间成为主人公矛盾心境的象征;以家屋为表征的私密空间成为主人公逃离与皈依的起点。这些空间的建构共同表现了朱莉对自我身份的焦虑。

(一)城市空间:社会图景的缩影

作为南非的经济文化中心,约翰内斯堡吸引了世界各地特别是周边其他非洲国家劳动力在此聚集。人口的大量聚集在促进城市发展的同时,也衍生出诸多社会问题。例如,约翰内斯堡因为其居高不下的犯罪率被称为世界"恐怖之都"。戈迪默在《偶遇者》中并没有对约翰内斯堡这个城市作任何评价,但是她在小说中对城市街道的刻画,几乎囊括了全球化时代这个国际大都市存在的所有社会问题。约翰内斯堡的街道成为南非社会图景的缩影。

故事的开篇始于街道。"捕食者团团围住猎物。那是一辆小轿车,里面坐着一个年轻女子。"[①]小说的第一句话就已经概括了朱莉孤立无援的处境。事实是,朱莉的车因为电池失灵抛锚在大街中央,各种车辆挤成一团,一群交通暴民的肆意辱骂让场面更加失控。在一个靠给人找停车位谋生的黑人的帮助下,朱莉的车被推到路边,问题暂时解决。心有余悸的朱莉"感觉到了冰冷的鼻子,呼出的热气还有闪亮的牙齿就在她的脸旁"[②]。"猎物"的切实感受形象表现了她孤立无援、没有归属的生存境地,把朱莉比喻为猎物,围观的人群比喻为捕食者。作者用自然纪录片一样的表现手法描述此时嘈杂失控的场景,暗喻这个城市好似丛林般生机勃勃却又危机四伏。

这是一条极具嬉皮士风格的国际化街道,所呈现的林林总总都是新的,是年轻人享受自由、展示个性与爱好的最好去处。在这里,他们可以率性而为,打破旧的禁忌,肆意挥洒自己的青春。同时,这条街上仍然居住着"一些老去的嬉皮士和左派犹太人,一些20年代移民至此却没有发迹成为中产阶级的祖父辈"[③]。这条街道上有希腊人开的小店,还有各种以西方文字命名的商店,处处都有西方文化的烙印。这里有白人,有黑人,有来自沙漠小国的非法移民,有从乡村地区流入行乞队伍的农民,还有来自刚果和塞内加尔的妓女。混杂多元的街道居民、消磨时光的年轻人、淘金的异乡人,以及他们所隐喻的贫富悬殊、失业、色情、犯罪等社会问题,共同构成了后种族隔离时期南非的社会图景。作为前殖民国家

---

①戈迪默:《偶遇者》,梁永安译,漓江出版社2015年版,第1页。

②Nadine Gordimer. *The Pickup*. New York: Farrar, Straus and Giroux, 2001, p. 6.

③戈迪默:《偶遇者》,梁永安译,漓江出版社2015年版,第2页。

的经济文化中心，全球性与本土性在这里冲突与融合，多元、混杂的文化在此共存。这个完全异质性的城市空间可被视为帝国的表征。

故事的后半部分发生在一个边远的无名小国——一个容易滋生恐怖主义者和艾滋病病毒携带者的地方。按照阿卜杜的说法，他的国家是一个归属不明确、政治体制不明确的国家。但是，这并不妨碍朱莉对他的迷恋以及对他的国家的向往。如同一个异域游人对阿拉伯国家的美好遐想，朱莉想象阿卜杜的家乡有“棕榈树、骆驼，两边挂满地毯、摆满铜器皿的小街，独桅三角帆船”①。她的幻想来自她儿时看过的故事书《一千零一夜》中的插图，旖旎的伊斯兰风貌，充满异域风情。朱莉的幻想代表了西方世界对阿拉伯国家的构想，凸显了朱莉典型的消费者心态。然而，到达阿卜杜家所在的村庄后，朱莉没有看到自己想象的美好画面。在村里唯一一段铺着柏油的街道上，她看到的是单坡屋、斑驳的墙壁、脏兮兮的盆栽、靠墙的脚踏车、吐着废气的汽车、废弃的学校运动场和“公共会堂”、歪歪斜斜的店铺、年久失修的医院、吐着浓烟的烟囱，她甚至看到了废墟般的民宅和躺在路上的死羊尸体，不难想象朱莉承受着怎样的心理落差。而阿卜杜因为让朱莉看到了自己真实的家乡而羞愧和愤恨。在市集日，看到满地随意摆放的廉价商品，朱莉笑着对阿卜杜说：“好精彩的拼凑艺术。”②此刻的朱莉仍然是以游人的心态看待自己的见闻，她没有体会到这个边远小国穷人生活的艰辛。

杨欣欣、杜明业认为，“文学作品中地理空间的建构问题绝不仅仅是提供一个描述和反映意义上的地点，它对情节结构的设置和人物性格复杂性内涵及悲剧命运的展示都具有推进和渲染的作用，此外，地理空间还往往是作为一种精神建构而存在，是关于地理空间建构与生活表征意义的观念形态”③。从繁华都市到破落小村，外部地理空间与想象地理空间的巨大落差带给朱莉极大的心理冲击。对陌生环境的猎奇感消失后，朱莉的心态开始发生变化。当朱莉看到街上出售的破旧衣服、太阳镜和大哥大时，她开始质疑：“为什么我们只把这样的狗屎卖到这里来？”④她把这一切都归咎到自己身上，是“我们”把这些破旧的东西当作商品倾销到这个贫穷的国家，是家境优渥的白人代表的优势经济文化霸权造成了这里的贫穷与落后。

作者把地理空间叙述从一个发达的现代国际都会区转移到了亟待发展的落后贫穷的阿拉伯小村庄，巨大的地理空间反差突出了白人所代表的欧洲殖民者

①戈迪默：《偶遇者》，梁永安译，漓江出版社2015年版，第22页。

②戈迪默：《偶遇者》，梁永安译，漓江出版社2015年版，第107页。

③杨欣欣、杜明业：《论小说中的地理空间建构》，载《社会科学家》，2011年第6期，第143页。

④戈迪默：《偶遇者》，梁永安译，漓江出版社2015年版，第108页。

所谓的优越性与文明性，以及经济全球化对弱小国家的影响。正如尹保红所言，空间“被分割的实际情况，一定与社会财富、政治权力的阶级占有状况一致，因而空间也是体现社会深层次利益纷争的明镜，折射出来的是资本主义的空间逻辑、资本主义的生理机制”①。朱莉在努力摆脱帝国文化与经济投射给她的身份的同时，也在努力反思这个沙漠小国在全球化中所受的冲击，以及作为优势主体应该承担的责任。这成为她向心之旅的开端。

（二）公共空间：矛盾心境的象征

L. A. 咖啡馆极具嬉皮士风格，是朱莉和她的朋友们日常聚集的地方。“L. A. ”是 Los Angeles 的缩写。但是从这条街走过的人都不知道这个店名的真实含义，以为这家店和街角的希腊商店主人一样，把自己的名字缩写篆刻在店门上，骄傲地宣示自己得来不易的奋斗成果。店老板取这个名字或许是为了让客人体会到与自己生活相称的异域风格。如果店主想表达自己咖啡店的嬉皮士风格的话，那他肯定是把洛杉矶和旧金山弄混了，因为两地有其各自不同的历史。旧金山曾经是美国历史上最具嬉皮士精神的城市，而洛杉矶则要拘谨许多。店名与咖啡店主题的混淆表现了部分南非人想要融入国际，体现时代感，却对相应的文化背景一知半解。然而，咖啡馆名称的含混不清并不妨碍它成为各种人群聚集的地方。除了年轻人，一些老去的嬉皮士、左派犹太人或者来此淘金的老移民也是这里的常客。

“圆桌帮”是作者对朱莉和她的一帮朋友们的称呼，因为他们总是在闲暇时聚集在咖啡馆里的一个圆桌旁消磨时光。圆桌意象在故事中一再被提及，它的物质特性有着深刻寓意。首先，圆形意味着平等与对话。“圆桌帮”是一个容量无限的圈子，总有新人加入他们，也有一些人会好久不见。但是较为稳固的成员有朱莉、同样来自“市郊区”的艾滋病患者、女佛教徒、失业的新闻记者、专为群众集会或流行音乐会喷横幅的男女、从未发表过诗歌的老诗人等。这些不同种族、不同阶层、不同职业、不同年龄的男男女女们有一个共性，那就是他们“都是一些想与自己的过去和家人疏远的人——不管他们的父母是仍然住在旧隔离区的黑人，还是住在‘市郊区’的白人”②。他们一贯谈论的话题也都是类似于反对种族歧视、权力分配不公、性别歧视等社会问题，从不会针对具体的个人，更不会干涉各自的生活，总是以开放的心态迎接每一个新成员的加入和老成员的离开。“向偶遇者敞开——这是她和一票朋友的信念，也是他们认为生活值得继续的部分

①尹保红：《西方马克思主义空间理论及其当代价值》，光明日报出版社 2016 年版，第 6 页。

②戈迪默：《偶遇者》，梁永安译，漓江出版社 2015 年版，第 20 页。

原因。”对朱莉和她的朋友们而言,向陌生人敞开自己不仅表现了自己的阶级与种族立场,也是一种肯定生活价值的尺度。然而,敞开也代表着没有归属,人的内心是空白的,任何可能性都有可能发生。任何外在的因素都有可能改变一个人的生活轨迹和情感走向。这成了朱莉与阿卜杜故事的一个引子。其二,圆桌意味着循环。“圆桌帮”的谈话没有特定的说话者,而且话语与心理独白交叉进行。任何人都可以随时加入,一起“喋喋不休”地重复着“熟悉的蠢话”①。而话题的循环重复意味着他们所诟病的社会问题的解决是一个漫长的过程。

与朱莉钟爱的 L. A. 咖啡馆相对应,在阿卜杜家所在的阿拉伯小村庄也有一处伪装为咖啡馆模样的酒吧。之所以需要伪装,是因为在这个国家,酒吧是违禁场所。时不时地还会有穿便装的保安警察坐在暗处,进行监视。一群受过教育,期望改变现实的年轻人是这里的常客。尽管不能享受如同“圆桌帮”一样的言论自由,这里年轻人并没有像“圆桌帮”一样醉生梦死、消磨时间或者嘲讽社会,而是积极商讨适合自己国家的发展方法。他们都期待自己的国家能在政治上有所改变,建议国家政府利用网络扩大影响力,从而在国际上占有一席之地。阿卜杜经常参加与朋友在酒吧的聚会,却又担心自己会被朋友的慷慨言论激发斗志,“让他想要加入他们,一起密谋、一起进行煽动、一起去冒险,好改变这个地方——这个沙漠”②。作为一个当地少有的拥有大学学位的年轻人,阿卜杜同感于国家的落后与贫穷,却又努力逃避作为国民所应承担的责任与义务,把逃离这个国家当作自己的奋斗目标③。

大卫·哈维认为,咖啡馆既可以是公共空间,也可以是完全的私人空间。要进入这一空间,必须要经过商业与消费主义的淘选④。作为一个开放的社会向心空间,L. A. 咖啡馆似乎可以接纳所有人,却用自己含混的店名宣告了自己的嬉皮士主题,无声地标示了自己的排他性。要进入这个咖啡馆的人不仅要有消费能力与消费意愿,而且还要有对特定区域亚文化的认同。“圆桌帮”在咖啡馆圆桌旁平等共处、惺惺相惜,却仍然找不到彼此想要的温暖。他们批判社会,却不采取任何实际行动来改变现状。双重矛盾囊括了南非的社会全貌,讽刺了大行其道的犬儒主义。而在阿拉伯小村庄,表里不一的酒吧与阿卜杜的矛盾心情互为映衬,成为阿卜杜内在心境的象征。

---

①戈迪默:《偶遇者》,梁永安译,漓江出版社 2015 年版,第 55 页。

②戈迪默:《偶遇者》,梁永安译,漓江出版社 2015 年版,第 153 页。

③哈维:《巴黎城记:现代性之都的诞生》,黄煜文译,广西师范大学出版社 2010 年版,第 228 页。

④刘进、李长生:《空间转向与当代西方马克思主义文学批评研究》,社会科学文献出版社 2015 年版,第 291 页。

(三)私密空间:逃离与皈依的起点

“圆桌帮”的成员们在少年时代或者年轻时代都经历过种族隔离之痛,也见证过南非的历史剧变:第一次黑人当权,第一次自由选举等。他们在享受和平政治环境与经济发展带来的安逸生活和充分自由时,却有意无意地疏远了自己的原生家庭,把 L. A. 咖啡馆当作自己的“家”,把“一群玩游戏的人”[①]当作自己的兄弟姐妹,互相安慰,一起在这样一个极具嬉皮士精神的咖啡馆里消磨时间,嘲讽社会。但是在朋友那里,朱莉也没能找到自己想要的家庭温暖。如 Emma Hunt 所言,“在全球化的城市里,尽管可以通过各种方式与他人产生交集,人与他人之间却失去了一种联系感”[②]。“在家”,却又“无家可归”,是身处大都市的年轻人的普遍感受。

“在工具理性主导的现代社会里,人与包括自然万物的世界——本真的‘在家’关系被扭曲,人们处于一种‘畏’的茫然失其所在的‘非在家’状态。”[③]“畏”说明“无家可归”是一种异化社会中的本源性存在,是人之为人而与生俱来的。在现代社会各种因素的统治与冲击之下,这种“无家可归”之感就会显得愈加强烈。因此,海德格尔认为:“无家可归指在世的基本方式,只是这种方式日常被掩蔽着。”[④]如何帮助人们重建“家园意识”,从而摆脱“无家可归”之感?海德格尔的建议是“泰然处之”。他认为我们应该树立生态整体观,牢牢立足于大地之上。同时,我们应该在保留自身独立于技术对象的位置的前提下合理利用技术对象[⑤]。故事中的朱莉正沿着这个方向走向她的家园重建之路。

加斯东·巴什拉在《空间诗学》里把住宅称为“家屋”。他认为:“在人类的生命中,家屋尽力把偶然事故推到一旁,无时无刻不在维护延续性。如果没有家庭,人就如同失根浮萍。家屋为人抵御天上的风暴和人生的风暴。它既是身体,又是灵魂,是人类存在的最初世界。”[⑥]家屋因此有了两层含义,包括有形的物理空间和无形的心理空间。物理空间的疏远和心理空间的隔膜相互作用,共同造就了“圆桌帮”的“无家可归”。朱莉的父母早已离婚:母亲改嫁给了一个美国的赌场老板,父亲与年轻漂亮的新妻子住在富人聚集的“市郊区”。他们的别墅里

---

①戈迪默:《偶遇者》,梁永安译,漓江出版社 2015 年版,第 141 页。

②Emma Hunt. *Post-Apartheid Johannesburg and Global Mobility in Nadine Gordimer's The Pickup and Phaswane Mpe's Welcome to Our Hillbrow*. *Ariel*, 2006, Vol. 37 (No. 4), p. 111.

③曾繁仁:《生态美学导论》,商务印书馆 2010 年版,第 326 页。

④海德格尔:《存在与时间》,陈嘉映、王庆节译,生活·读书·新知三联书店 2006 年版,第 318 页。

⑤孙周兴选编:《海德格尔选集》,上海三联书店 1996 年版,第 1234~1235 页。

⑥巴什拉:《空间诗学》,龚卓军、王静慧译,世界图书出版公司 2017 年版,第 31 页。

有遮阳的露天平台,有各种用途的厅室,家里装饰着花卉、高级家具与油画,有权贵聚集的高雅社交活动以及各式美酒和美食。原本可以衣食无忧的朱莉却"决绝"地搬离了这个家。带着阿卜杜造访父亲的豪宅时,朱莉仍然会"陷入一种熟悉的沮丧心情中"[①]。"她打量过一个个房间,没有一个是她的;墙壁上没有她少女时代的明星海报,床上也没有父亲从机场给她买回来的长毛绒大熊猫。她现在所游荡、停顿与聆听自己心声的地方,已不是从前的房子。"[②]父亲的豪宅里没有真正属于朱莉的承载她生活体验的独特空间。"地域和空间的独特性是居住者文化的独特性,也是居住者本身的独特性。"[③]父亲豪宅房间的单调、雷同、结构一致性根除了朱莉在这个家里的独特性,整齐划一的现代化居住空间形式毁掉了人的家园感,使人的身体和空间发生错置关系,空间隔膜由此产生。

汪民安认为,"理性化的城市设计,摧毁了地方的感受,摧毁了对人的认同感,摧毁了情感原则,摧毁了人们对环境的责任"[④]。正因如此,搬家变成了一件毫不犹豫的事情,居住空间可以随意更换。朱莉从父亲家搬离后,租住在一个装潢成小村屋的仆役小屋里,小屋就在主屋的旁边,是花园的一部分。小屋内空间不大,家具很少,并在有意无意地证明:闲适不一定要靠奢侈家具才能营造。正如英国人文地理学家蒂姆·克勒斯威尔(Tim Cresswell)所指出的:"我们或许会想借由安排布置房间的家具,让房间在实际和体验上都舒适宜人,来使我们新近购买或承租的房间,对我们产生意义。"[⑤]朱莉在努力营造属于自己的,有独特意义的居住空间。但是即便如此,朱莉仍然缺少对这个小屋的归属感,她的家务活有专门的清洁工定时来做。这个房子不算是她的家屋,只是一个供她停留、歇息的居住空间。

朱莉一心想要逃离自己在南非的富裕家庭,却慢慢在阿卜杜的贫困家庭里找到了家的归属感。这种归属感的表现方式就是她与空间的良性互动。内尔·伊文登(Neil Evernden)认为,重建家园的情感与美学意义的"位置感"密切相关,"位置感"是指对一特殊地区的认识和归属感[⑥]。这种情感源于"空间亲密感,认知理

---

①戈迪默:《偶遇者》,梁永安译,漓江出版社2015年版,第35页。

②戈迪默:《偶遇者》,梁永安译,漓江出版社2015年版,第39页。

③汪民安:《身体、空间与后现代性》,江苏人民出版社2015年版,第129~130页。

④汪民安:《身体、空间与后现代性》,江苏人民出版社2015年版,第129~130页。

⑤克勒斯威尔:《地方:记忆、想象和认同》,徐苔玲、王志弘译,群学出版有限公司2006年版,第16页。

⑥Neil Evernden. "Beyond Ecology: Self, Place, and the Pathetic Fallacy", Cheryll Glotfelty and Harold Fromm ed., *The Eco-criticism Reader: Landmarks in Literary Ecology*. Athens and London: The University of Georgia Press, 1996, p. 100.

解，情感依恋以及责任与关怀伦理"①，是地理认同和精神皈依的合二为一。朱莉与阿卜杜居住在主屋旁边的单坡小偏房里，房间条件简陋，仅有一张吱呀作响的铁床和一个洗脸盆。这个局促的居住空间与朱莉父亲的别墅和她曾经租住的装修精致的仆役小屋形成鲜明对比。然而，朱莉欣然接受了这里有限的居住条件，把自己的东西整理得井井有条。此外，朱莉还努力争取在厨房帮忙的机会，并以此作为融入这个新家的契机。在文学批评领域，厨房空间一向是被解读为女性低下地位的表征空间。然而，在《偶遇者》中，厨房却成为家庭权威的象征。在这个穆斯林家庭里，父亲的角色是失语的，母亲则是家里的权威，她主导着家里的日常生活和家庭氛围。每天，母亲带领着家里的女人们在厨房为全家人烹制饭菜。朱莉想要进厨房帮忙，却遭到了母亲的拒绝。为了找到与母亲交流的突破口，获得母亲的认同，朱莉甚至花高价从国外邮购了《古兰经》，并认真学习母亲常常诵读的经文。她的努力为她赢得了进入厨房帮厨的机会。通过与厨房空间的良性互动，朱莉获得阿卜杜家人的认同，并慢慢找到家的归属感。在这里，厨房空间成为母亲家庭主导地位的表征空间。

马克思认为，劳动是人的自觉自由的活动，是有意识的活动。它能丰富人的生活，发挥人的潜力，满足人的物质和精神需求。但在私有制社会，劳动是人们避而远之的活动。人们只有在满足自己生理需求时才觉得自己在自由活动。"而在运用人的机能时，觉得自己只不过是动物。动物的东西成为人的东西，而人的东西成为动物的东西。"②异化劳动使得人"把自己的生命活动，自己的本质变成仅仅维持自己生存的手段。"③人们体会不到劳动的快乐，他们把劳动当成了谋生的手段。因此，梦想不劳而获、一夜暴富的大有人在，成为人人追捧的明星更是很多人的终极梦想。朱莉的工作恰恰和明星有关，她的工作是为明星们安排各种演出活动，然而朱莉却并不向往明星们的光鲜亮丽，衣食无忧的她逃离了这种浮华生活。她找不到想要的归属，也感受不到工作的快乐。相反，在这个无名小国的新家里，她重新找回了劳动的快乐。"她从来没有像这样毫无保留地劳动过。总是乐意尝试各种事情，也很清楚在什么时候她可以去哪里做什么事情。并不是为了让人满意。像只快乐忙碌的蚂蚁。"④劳动不再是谋生的手段，不是为了让他人满意，也不是为了获得自我满足感，而是朱莉自觉自愿的事情。朱莉在融入新家的同时也走出了异化劳动导致的自我迷失，她的精神生态趋向

---

①Ursula K. Heise. *Sense of Place and Sense of Planet: The Environmental Imagination of the Global*. New York: Oxford University Press, 2008, p. 33.

②马克思：《1844年经济学哲学手稿》，人民出版社2000年版，第55页。

③马克思、恩格斯：《马克思恩格斯全集》(第30卷)，人民出版社2002年版，第273页。

④戈迪默：《偶遇者》，梁永安译，漓江出版社2015年版，第95页。

平衡。而她想要在沙漠中种植水稻的愿望更加体现了她的生态整体观。“我把自己居住的那处风景定义为我的家。这种‘兴趣’导致我关心它的完整、稳定和美丽。”①她完全融入了这个新家,并且想要把它变得更好。因为她知道,一个人想要重建家园就必须植根大地,与大地建立亲密的共生关系。正如同约翰·彼德·海贝尔所说:“我们是植物,不管我们愿意承认与否,必须连根从大地中成长起来,为的是能够在天穹中开花结果。”②因此,即便是丈夫阿卜杜移民去了美国,她依然选择留下,继续自己的梦想。

朱莉逃离了父亲的豪宅,也毫不犹豫地离开了装潢精致的仆役小屋,却格外珍惜这个贫困简陋的新家。朱莉对舒适居所的逃离和对简陋住所的珍视并不是对物理意义上居住空间的简单抗拒和接受,而是心理意义上的疏离与皈依。朱莉在这个沙漠村庄的住所因此有了家屋的含义。巴什拉认为,大城市里的房子缺乏纵深的私密价值,也缺乏辽阔的宇宙感。“因为在这里,房子已经不再是盖在自然的环境里,空间与家屋之间的关系,变成一种人工关系。跟房子有关的所有事情,都变成机械性的,因为私密的居住生活,从每个角落逃逸。”③相较而言,乡村生活被家族权威和宗教品质所铭刻,“被安静地束缚在一片固定的土地上,人们根据这片土地确定自己的认同,确定自己的语言、风俗和起源”④。对于朱莉而言,被家族权威和宗教品质所铭刻的乡村居所既是物理意义上的家屋所在,也是心理意义上的家屋空间。阿卜杜家的居所才是她的家屋。不仅如此,朱莉还通过教授英语、参加妇女聚会等方式加强和当地人的文化交流与融合。她用自己对这个村庄生态环境的认同和主动的人文交流行动表达了她对它的认知和亲近感。

二、自然地理空间与身份建构

自然生态是生态文明的根基,人类赖以生存的一切都来自自然,离开了自然生态,一切事物都将是空中楼阁。然而,经过漫长的进化过程,人类在实现了和自然的分离之后,随之而来的是人类自然属性的丧失。同时,经济形态的变化与发展导致了工具理性的膨胀,“人类中心主义”泛滥。人类享受着驾驭自然、掠取自然的虚假胜利,走进了人类文明越发展生态破坏越严重的“二律背反”的怪圈。关于自然生态的各种研究不胜枚举,更有大量的生态主义作家致力于通过文学

---

①伯林特:《环境与艺术:环境美学的多维视角》,刘悦笛等译,重庆出版社 2007 年版,第 167 页。

②孙周兴:《海德格尔选集》,上海三联书店 1996 年版,第 1305 页。

③巴什拉:《空间诗学》,龚卓军、王静慧译,世界图书出版公司 2017 年版,第 54 页。

④汪民安:《身体、空间与后现代性》,江苏人民出版社 2015 年版,第 124～125 页。

作品来反映自然生态现状，呼吁人们关注自然生态的维护与发展。虽不是生态作家，戈迪默同样具有极强的生态意识。但是她在作品中表现出来的对自然生态的关注并没有停留在对类似于保护自然的简单呼吁上，而是将小说人物置身于特定的自然地理空间，由此凸显人与自然地理空间良性互动的重要性。《偶遇者》中的自然地理空间就成了朱莉身份建构的重要诱因。

（一）人与自然地理空间的疏离

《偶遇者》以全球化为背景。特定的背景注定了这个故事并不轻松且美好。飞速发展的全球经济一方面导致不同国家和地区经济发展不平衡，另一方面也导致人与自然关系的疏离、人对自然的无知。在故事的开端，朱莉的车抛锚在了南非约翰内斯堡的街上。作者把围观的人群形容为"一群捕食者团团围住猎物"①。"她感觉到了冰冷的鼻子，呼出的热气还有闪亮的牙齿就在她的脸旁。"②作者用自然纪录片一样的表现手法来描述此时的场景，首先就反映了南非的自然生态现实。南非自然资源丰富，大面积的荒野及其生态发展成了国内外各种生态研究的首选目的地。而在该小说中，作者更想表明的是朱莉孤立无援、没有归属的生存境地，同时暗示着南非的社会并不是和谐美好的人类社会。认识阿卜杜并爱上他，朱莉把他当作充满异域气质的东方王子，把自己对东方的神秘幻想投射到了阿卜杜身上。朱莉对阿卜杜的爱更多的是源自她对异域风情的向往。把对陌生环境的向往转化对一个人的感情，不得不说，朱莉所谓的爱情是盲目且肤浅的。

"人类既是他的环境的创造物，又是他的环境塑造者，环境给予人以维持生存的东西，并给他提供了在智力、道德、社会和精神等方面获得发展的机会。"③对于身份悬殊的黑白恋人来说，唯有自然才能让他们真正拥有平等的时空。在朱莉的朋友圈中，阿卜杜一直都是一个处于失语状态的聆听者。和阿卜杜在一起时，朱莉时刻注意不让阿卜杜感觉到他们之间的身份差异，"她尽量不走在这个汽车修理工的前面，就像他是一个仆人一样"④。刻意维持的表面的平等并没有真正实现两人之间的平等，两人的交流更多的是生理上的，而不是心理上的。

与朋友外出野营的荒野为两人提供了交流的机会。美国杜克大学教授卫斯理·科特把类似于荒野这样的人类社会空间建构中遗留的剩余空间（space left

---

①Nadine Gordimer . *The Pickup*. New York: Farrar, Straus and Giroux, 2001:3.

②戈迪默：《偶遇者》，梁永安译，漓江出版社 2015 年版，第 1 页。

③《人类环境宣言——联合国人类环境会议》第一条，引自刘彦顺：《生态美学读本》，北京大学出版社 2011 年版，第 23 页。

④戈迪默：《偶遇者》，梁永安译，漓江出版社 2015 年版，第 7 页。

over in planning)[①]归为边界地带。他认为，各类边界地带的不断出现为构建新型的人与地点关系提供了各种可能性，因为“它是被边沿化了的空间，介于纯粹的自然空间和社会空间之间的边界地带，是人与自然及社会双向关系的纽带，既是最富于张力的空间地带，也是最容易产生新质的空间。”[②]在荒野上，“他们会散步，卧看浮云飞鸟，交换所见所感，并像普通的情侣一样，对彼此所见所感的巨大落差感到差异和有趣”[③]。在这里，阿卜杜抛弃了宗教戒律，“双重身份消失”[④]，两人平等交流，相互分享过往生活的点点滴滴，享受着难得的亲密时光。在自然地理空间内，没有如 L. A. 咖啡馆那样人文地理空间的无形排斥，也没有“圆桌帮”的无声排挤，朱莉和阿卜杜开始对彼此有了更多的了解，也在心理上相互靠近。旷野，这样既不在此又不在彼的阈限空间成了二人存在的理想空间。正如丹娜·C. 蒙特(Dana C. Mount)所言：“绿地给两个爱人一个抛弃城市差异的机会，也暗示着新的平等的可能性。”[⑤]

在这里，朱莉与阿卜杜心理距离拉近了，然而这并不能改变两人身份的差异。他们在草原上阅读。朱莉会带着自己喜欢的作家的书，这些作家都是阿卜杜在大学课堂上没有听说过的。阿卜杜会读报纸，“而且会抱着批判的精神琢磨报纸上报道的事实”[⑥]。相较而言，阿卜杜的阅读更加务实，朱莉的阅读纯粹是为了消遣或者文学欣赏。两人生活境遇的差异导致阅读内容的迥异。朱莉在草原上体会到了她从来没有体会过的“寂静之声”，然而附近高速公路上传来的隐隐的车流声无形中否定了朱莉的判断。在阿卜杜看来，只有沙漠才是真正寂静的。实际上，朱莉眼中的“大草原”并不是真正意义上的草原，而是她对绿草地与山上的概称。这不仅意味着以朱莉为代表的南非年轻人与自然的疏离，也意味着在高度现代化的今天，人类很难真正享有纯粹的自然地理空间。

此外，这里的荒野也并非纯粹意义的荒野。他们选择野营的地点在高速公路附近。远处不时传来车辆的噪音打破了这里的宁静。而朱莉却仍沉醉其中：

---

①转引自颜红菲：《叙事理论的新视角：评科特的〈现代小说的地点与空间〉》，载《外国文学研究》，2012 年第 3 期，第 165 页。原文出自 Wesley A. Kort. *Place and Space in Modern Fiction*. Gainesville: University Press of Florida, 2004, p. 152.

②颜红菲：《叙事理论的新视角：评科特的〈现代小说的地点与空间〉》，载《外国文学研究》，2012 年第 3 期，第 165 页。

③戈迪默：《偶遇者》，梁永安译，漓江出版社 2015 年版，第 29 页。

④戈迪默：《偶遇者》，梁永安译，漓江出版社 2015 年版，第 30 页。

⑤Dana C. Mount. *Playing at Home: An Ecocritical Reading of Nadine Gordimer's The Pickup*. *A Review of International English Literature*, 2014, Vol. 45, Issue 3, p. 106.

⑥戈迪默：《偶遇者》，梁永安译，漓江出版社 2015 年版，第 30 页。

"听！寂静！我们从来没有体会到过。"[①]朱莉的惊讶回应了自己先前对寂静的无知，阿卜杜却有自己的想法。"对他来说，这不是寂静。车流噪音是朱莉的摇篮曲。寂静是荒野，是沙漠。"[②]阿卜杜的现实主义反衬了朱莉及其朋友们的肤浅，也暗示着他们在这里无法找到真正的宁静。由此可以看出身处都市的年轻人们对自然的无知以及人与自然疏离后的无奈。

(二)人与自然地理空间的亲近

龙迪勇认为，"空间是我们行动和意识的定位之所"，它"必须被人感知和使用，被人意识到，才能成为活的空间，才能进入意义和情感的领域"[③]。在阿卜杜看来，家乡的沙漠代表着绝望，是他一心想要逃离的无用空间。但是，对朱莉而言，沙漠帮助她找到自己的定位，是充满希望的阈限空间。霍尔姆斯·罗尔斯顿认为："荒野自然是人与自然的交会之地，我们不是要走到那里去行动，而是要到那里去沉思；不是把它纳入我们的存在秩序中，而是把我们自己纳入它的存在秩序中。"[④]朱莉对沙漠的迷恋与决意改变也正是因为她真正走向了荒野自然，体会到了荒野自然带给她的力量。初到异乡的朱莉兴致勃勃地想去这个小国的首都，去满足她对这个阿拉伯小国的好奇心，但是旷野的沉静让她很快就平复了那种好奇的冲动。在这个无名小国里，朱莉用心体会到了"荒野概念"，"以及(荒野带给她的)一种全新的、本土的，人与地球和谐共处的希望"[⑤]。

在沙漠里，朱莉体验到了从来没有体验过的宁静。朱莉经常一个人在清晨和黄昏之际散步到沙漠。坐在一处废墟上凝视沙漠，享受沙漠带给她的宁静。沙漠"不分枯荣之季。只有昼夜无尽的交替。游离于时间之外……难以用空间衡量……天空与地面浑然一体，沙漠是永恒"[⑥]。她之所以选择在清晨与黄昏，即黑夜与白天交替的时间点去沙漠，是因为沙漠的时间维度和空间维度不存在真正的分野，它是时间性和空间性交融存在的。"在荒野，时间沉重，时间滞缓，时间静止，时间消失——时间就是空间，空间就是时间，时间和空间也因此获得了永恒。"[⑦]也正因为如此，朱莉在空间上寻找荒野，在情感中体验荒野。在时间的维度中，荒野是人类生命的根系，是来路，也是归宿。在一个阈限时间去往一

---

①戈迪默：《偶遇者》，梁永安译，漓江出版社2015年版，第34页。

②戈迪默：《偶遇者》，梁永安译，漓江出版社2015年版，第34页。

③龙迪勇：《空间叙事研究》，生活·读书·新知三联书店2014年版，第27页。

④罗尔斯顿：《环境伦理学》，杨通进译，中国社会科学出版社2000年版，第53～54页。

⑤Greg Garaard. *Ecocriticism*. New York: Routledge, 2004, p. 66.

⑥戈迪默：《偶遇者》，梁永安译，漓江出版社2015年版，第172页。

⑦王惠：《论荒野的美学价值》，载《江苏大学学报：社会科学版》，2006年第4期，第21页。

个阈限空间，特殊的时空给了朱莉冥想的机会，她告别过去，寻找自己真正的归属。她欣然接受了当地恶劣的自然环境，努力融入这个新家，慢慢获得家人的认同和接受。在南非时，她逃避与父亲的联系，企图用朋友代替家人，最终也没能获得她想要的亲情与归属感。但在与阿卜杜家人的相处中，她慢慢体会到：“人与人之间有着一种……——一种很重要的东西，不，应该说不可少的东西。”[①]朱莉找到了久违的亲情和对家的归属感。“不仅如此，朱莉还通过教授英语、参加妇女聚会等方式加强和当地人的文化交流与融合。她用自己对这个村庄生态环境的认同和主动的人文交流行动表达了她对这个沙漠村庄的认知和亲近感”[②]，是地理空间认同和精神皈依的合二为一。当朱莉因为阿卜杜的移民计划而心绪不宁时，她来到沙漠，宁静的沙漠让她的内心慢慢平复，各种矛盾与纠结也慢慢解开，因为“沙漠的沙子可以分解一切冲突”[③]。同时，她作出了最后的决定，“这里就是目的地”[④]。

（三）人与自然地理空间的良性互动

戈迪默通过朱莉表达了自己对沙漠之美的欣赏，但这并不意味着她仅仅是一个有着“荒漠情结”[⑤]的沙漠爱好者。文学地理学认为，人与其生活的地理空间是一种相互投射、相互渗透的关系。因此，朱莉与沙漠的关系也不是单一的接受与给予的关系，在享受着沙漠带给她改变的同时，她也在努力回馈自己置身其中的自然地理空间。初到此地的朱莉沉醉于沙漠带给她内心的宁静，却也只能驻足沙漠边缘，远观沙漠的美。然而，与一位在沙漠中放羊的贝都因女孩的偶遇让朱莉心中萌发了建设绿色家园的梦想。她本以为沙漠带给人的是内心的宁静，却不想沙漠还可以这样被利用。顽强的贝都因人也带给她启示，沙漠是自然生态的一部分，它的存在不是偶然，而是人与自然交互作用的历史结果，人类在接受其存在的同时应该思考如何利用以及如何改变。也就是在这样一个时空里，朱莉决定告别过去的自我，开启新的人生。和阿卜杜父亲一起对一个远房亲戚的拜访坚定了朱莉要实现自己梦想的决心。“看到这个沙漠中央生长着稻谷

---

①戈迪默：《偶遇者》，梁永安译，漓江出版社 2015 年版，第 160 页。

②巴什拉：《空间诗学》，龚卓军、王静慧译，世界图书出版公司 2017 年版，第 20 页。

③戈迪默：《偶遇者》，梁永安译，漓江出版社 2015 年版，第 196 页。

④戈迪默：《偶遇者》，梁永安译，漓江出版社 2015 年版，第 196 页。

⑤“荒漠情结”是一个生态批评与美学领域的概念。根据汤姆·林奇在其著作《荒漠情结：美国西部文学生态批评探索》中的解释，“荒漠情结”是指一种“适应干旱并且表达对干旱的喜爱的一种情结”，表达了人民对沙漠的喜爱之情，“而且……遵循这里的生活方式并且对所钟爱的除人类之外的群落造成尽可能小的伤害”。引自 Tom Lynch. *Xerophilia: Ecoreitical Explorations in Southwestern Literature*. Texas: Texas Tech University Press, 2008, pp. 12-13.

时,就表示这里是可以孕育出生命来的,表示它可以提供一种超越于一切意义之外的存在。"[①]朱莉要利用父亲为她设立的信托基金在沙漠里种植水稻。

一个外来的富裕白人,因为自己的绿色家园梦想而要改变当地的自然环境,朱莉并不懂沙漠生态和农业经济,她所能做的就是通过叔叔的帮忙争取某国的基金支持。"对绿色的陶醉……一大群鸟儿在稻田上空呢喃盘旋,妇女消失在绿色的稻田里。"[②]绿色是大地的本色,代表了生命、生态和生长,象征着未来和希望。朱莉的绿色梦想简单而美好。对于绿色家园梦想的追求既是对自然家园的坚守也是对精神家园的坚守。因为"自然家园是精神家园的物质基础。自然家园如果毁于一旦,精神家园也就不复存在"[③]。然而,"不是稻谷赚钱"[④],阿卜杜的话给她的绿色家园梦想蒙上了一层阴影,亲戚家的稻田实际上是武器走私的掩护。当地人的水稻种植不是出于发展经济和维护生态的目的,而且种植的成本也是超乎想象的。阿卜杜对朱莉绿色梦想的否定其实是质疑建设沙漠绿洲的可能性。尽管如此,朱莉仍然坚持自己的梦想。"如果我们退步了,那就什么都做不了。就种水稻。"[⑤]她的坚持在于她认为这是改善当地自然生态、实现人与自然和谐共生的正确途径。诚如奥尔多·利奥波德在《沙乡年鉴》的最后所说:"当一个事物有助于保护生态共同体的和谐、稳定和美丽的时候,它就是正确的。"[⑥]

朱莉希望能向阿卜杜证明,"没有天国,没有涅槃。这地方是我们唯一能拥有的"[⑦]。世界上没有理想的天国,也不可能在涅槃后迎来渴望的美好生活,那就积极面对这个地方唯一拥有的沙漠,改造它,利用它,从而让"生活变得有用,变得有意思"[⑧]。在这里,朱莉"观察到自己正慢慢形塑为另一个自我"[⑨]。全新的自然地理空间带给朱莉巨大的心里冲击,"通过这一冲击,主体内在空间被完全颠覆,然后按照外部空间法则与逻辑进行重构"[⑩]。自然地理空间帮助朱莉重构了自我的认知系统,她对自我身份的追寻与最终确立凸显了人与地理空间的良性互动。这正说明了"位置、身体与环境是相互融合的;那些地方包容一切,包

①戈迪默:《偶遇者》,梁永安译,漓江出版社2015年版,第182页。

②戈迪默:《偶遇者》,梁永安译,漓江出版社2015年版,第210页。

③曾繁仁:《试论生态美学》,载《文艺研究》,2002年第5期,第13页。

④戈迪默:《偶遇者》,梁永安译,漓江出版社2015年版,第216页。

⑤戈迪默:《偶遇者》,梁永安译,漓江出版社2015年版,第217页。

⑥利奥波德:《沙乡年鉴》,侯文蕙译,吉林人民出版社1997年版,第213页。

⑦戈迪默:《偶遇者》,梁永安译,漓江出版社2015年版,第182页。

⑧戈迪默:《偶遇者》,梁永安译,漓江出版社2015年版,第183页。

⑨戈迪默:《偶遇者》,梁永安译,漓江出版社2015年版,第167页。

⑩刘进、李长生:《空间转向与当代西方马克思主义文学批评研究》,社会科学文献出版社2015年版,第286页。

括事物、想法和特别的记忆”①。

三、异化符号空间与身份迷失

最早提出“符号空间”的是德国哲学家恩斯特·卡西尔。1944 年，卡西尔在著作《人论——人类文化哲学导引》(*An Essay on Man—An Introduction to a Philosophy of Human Culture*)中论述人与动物的区别的时候引用了歌德的一句名言：“生活在理想的世界，就是要把不可能的东西当作是仿佛可能的东西那样来处理。”②在他看来，人的生活世界的根本特征就在于，他总是生活在“理想”的世界，总是向着“可能性”前进，而不像动物那样只能被动地接受直接给予的“事实”，从而永远不能超越“现实性”的规定。他认为，人与动物的根本区别就在于，“人能发明、运用各种‘符号’，因此能创造出他自己需要的‘理想世界’；而动物却只能按照武力世界给予它的各种‘信号’行事，所以不知何为‘理想’，何为‘可能’”③。人类创造的符号作为“人类的意义世界的一部分”，“仅有功能性价值”④。同时，“符号的功能并不局限于特殊的情况，而是一个普遍适用的原理，这个原理包含了人类思想的全部领域”⑤。于是，“人不再生活在一个单纯的物理宇宙之中，而是生活在一个符号宇宙之中”⑥。这里所提的“符号宇宙”也被他表述为“符号空间”⑦。

1970 年，让·鲍德里亚在其著作《消费社会》中进一步将符号学应用到消费社会的批判性分析中。他认为，“无论是在符号逻辑里，还是在象征逻辑里，物品都彻底地与某种明确的需求和功能失去了联系”，“消费本身已经构成了一个具有文化意义的自组织领域，在这个自组织领域之中，一切物品都变成了具有文化符号意义的物品”⑧。因此，消费表面看似对某物的占有、使用和消耗，实质却是“符号消费”。而人的行为及意义一旦脱离自身，便会导致自我的异化。这种异化是现代技术统治之下符号的异化，它必然导致现代消费社会中的个体沉溺于“符号消费”而不能自拔，并在其中丧失自我与本真。《偶遇者》中的阿卜杜就是在“符号消费”中丧失自我与本真的典型。他的自我异化不仅表现为他对物的

---

①Arturo Escobar. *Culture Sits in Places: Reflections on Globalism and Subaltern Strategies of Localization*. *Political Geography*. 25 Sept. 2008, p. 143.

②卡西尔：《人论》，甘阳译，上海译文出版社 1998 年版，第 4 页。

③卡西尔：《人论》，甘阳译，上海译文出版社 1998 年版，第 4 页。

④卡西尔：《人论》，甘阳译，上海译文出版社 1998 年版，第 41 页。

⑤卡西尔：《人论》，甘阳译，上海译文出版社 1998 年版，第 44 页。

⑥卡西尔：《人论》，甘阳译，上海译文出版社 1998 年版，第 33 页。

⑦卡西尔：《人论》，甘阳译，上海译文出版社 1998 年版，第 56 页。

⑧转引自尹保红：《西方马克思主义空间理论及其当代价值》，光明日报出版社 2016 年版，第 143 页。

"符号价值"的追求，还表现为对异化符号空间的建构。

（一）对"符号价值"的追求

"现代社会中的'消费'不只是对'物'的实用性的占有、使用和消耗了，而是某种能指符号的'游戏'，其所消费的对象——'物'——则成为某种'摆设'。"因此，"作为消费品的'物'亦被吞没在符号交换的封闭循环内部了"[①]。正因为此，让·鲍德里亚总结道："人们从来不消费物的本身（使用价值）——人们总是把物（从广义的角度）用来当作能够突出你的符号，或让你加入视为理想的团体，或参考一个地位更高的团体来摆脱本团体。"[②]因此，"符号价值"引申出了符号消费的差异性背后的另一种价值，也即"象征价值"，意为以"物"为载体的符号消费彰显了人的地位与身份，成为人的地位和身份的象征。因此，在一个充斥着符号价值系统的现代消费社会中，消费者作为需求完全被内化到了这个符号价值系统之中，他们已经不再是具有革命性的外在于符号价值体系的主体了。而《偶遇者》中的阿卜杜对符号价值的追求表现为他对穿着的象征意义的追求远高于对其实用性的追求。

阿卜杜在约翰内斯堡的一家修车场里工作，微薄的收入仅能供他果腹。他只能住在修理厂里一个用木板隔出来的三角形的角落里。但是，即便如此，阿卜杜还是设法为自己购置了一身行头，并视之为进入上流社会的通行证。对于只能谋求基本生存的阿卜杜来说，去咖啡馆消费以及消磨时间是一种他不敢奢望的奢侈行为。因此，第一次去 L. A. 咖啡馆找朱莉时，阿卜杜特意穿了烫得直挺的牛仔裤、玫瑰红色的衬衫，脖子上缠着一条涡轮纹路的围巾。这种精致入时的休闲打扮与他的身份、他的处境形成巨大反差。他希望通过穿着来表现自己进入消费空间的合理性，以提升自己在朱莉及其"圆桌帮"朋友面前的形象。在面临遣返向默察梅先生寻求帮助时，阿卜杜穿得特别英俊，领子上缠了条丝质领巾，衬衫是他最好的一件。尽管朱莉觉得没必要，但是在连续两次约见律师时，阿卜杜都特意换上一套时髦的宽西装。而这套西装是连朱莉都不知道他所拥有的。"可能它一直都是用塑料胶袋包着，挂在修车厂的棚屋里的。"[③]西装是欧洲人的发明，在现代媒体的鼓吹和现代经济的助推下，很快风靡世界，发展为很多国家通用的正式服装，公司企业及政府机关的从业人员大多将西装视为在正式场合的男装首选。主流的西装文化常常被人们打上"有文化、有教养、有绅士风

---

①尹保红：《西方马克思主义空间理论及其当代价值》，光明日报出版社 2016 年版，第 149 页。

②转引自尹保红：《西方马克思主义空间理论及其当代价值》，光明日报出版社 2016 年版，第 149 页。

③戈迪默：《偶遇者》，梁永安译，漓江出版社 2015 年版，第 71 页。

度、有权威感”等标签，西装因而成为象征身份与地位的符号。阿卜杜在见律师时特意穿上正式的西装，是“因为这让他看起来像个守法的公民——就像法官黑袍会让一个人看起来像法官，工作服会让一个人看起来像油猢狲”[①]。因此，对于阿卜杜而言，即便是这些衣服远不及他的工作服那样实用，但他还是不厌其烦地一次次脱下工作服，细心搭配有限的几件衣服，进入各种社交场所。“符号制造意义和象征。”[②]对于阿卜杜来说，衣服不仅具有遮羞保暖的实用性，而且承载着他所期望的符号价值。因此，阿卜杜谨慎维护并致力于追求的不仅仅是干净得体的外在形象，而且是他所渴求的自在闲适的体面生活。

戈迪默对阿卜杜穿着的描写暗藏心机，当阿卜杜在约翰内斯堡与闲适的年轻人以及经济界、政治界的知名人物打交道时，她对阿卜杜的穿着以及他对穿着的关注着墨较多。然而，在阿卜杜回到自己的贫穷小国后，戈迪默再也没有提及过阿卜杜的穿着。这种对比，看似偶然，实则必然。高度国际化的都市是符号消费的重地，每个人都受制于符号价值的逻辑的支配和左右，因此身处其中的阿卜杜也会自觉不自觉地将“物”的符号价值置于比“物”的实用价值更高的地位。而在他的贫穷的沙漠村庄里，周围的人们在谋求基本生存的同时，难有更多的精力和财力去追求“物”的符号价值。在这样的生存环境下，人们不得不将“物”的实用价值置于比符号价值更重要的位置。从都市与乡村的人们对“物”的实用价值和符号价值态度的差异中，我们不难发现，现代媒体和经济的发展造就并助推了符号消费的兴盛，也间接导致阿卜杜自我与本真的丧失。

（二）异化“符号空间”的虚构

阿卜杜不仅追求物的符号价值，而且为自己虚构了一个异化的符号空间，作为自己的奋斗目标。他为自己规划了一个理想的生活空间，一个以富庶大国和现代工作环境为表征的高度异化的符号空间。

1.“符号空间”表征之一：富庶大国

阿卜杜理想的空间必须是在一个富裕的国家。因此，为了实现自己的梦想，他去过很多国家，在伦敦的餐馆里洗过盘子，在德国的啤酒馆里清扫过呕吐物，直到成为南非一个修车厂里的“油猢狲”(grease-monkey)[③]，并偶遇了朱莉。朱莉富裕的家庭、舒适轻松的工作和朋友圈子都让他羡慕不已。阿卜杜以为，拥有了朱莉，“靠着她的关系、她的背景，就可以在她的国家获得他所一直无法获得的

①戈迪默：《偶遇者》，梁永安译，漓江出版社2015年版，第71页。

②转引自尹保红：《西方马克思主义空间理论及其当代价值》，光明日报出版社2016年版，第147页。

③戈迪默：《偶遇者》，梁永安译，漓江出版社2015年版，第12页。

东西"[①]。"资本主义制度下,人的群体关系恶化,……人们的相互关系失去了道德义务感和情感特征,从而变得靠单一的经济利益来维持。所有的人际关系都基于物质利益。"[②]一个不名一文的贫穷黑人获得了一个衣食无忧的白人女人的青睐。一方面,这有助于提升他的主体地位,让他获得极大的心理满足感,因为,"人家把我当作白人来爱"[③]。另一方面,这对于阿卜杜而言是一个改变命运的绝佳机会。然而,他的梦想再次落空,朱莉有权有势的富裕家庭却并没有给他的生活带来任何改观,他没能因此获得留在南非的合法身份。他想要通过和朱莉结婚来获取居留权的想法也破灭了。一切未果后,朱莉抛弃一切追随他回他的贫穷小国。对此,他很愤怒。他的愤怒更多的是表达了他想要利用这个白人女人获取经济利益却失败的失望感。同时,他觉得朱莉太天真。之所以觉得朱莉天真,是因为他自己的出逃就是源于无法忍受自己国家的政治腐败和经济落后。他认为一个养尊处优的白人女人更加不会甘心待在那样一个贫穷落后的国家。

为了逃避移民机构的检查,他不惜改名换姓,蓄意割裂和改造过去的身份。为了留在南非,他把意为"先知"的本名"易卜拉欣"改为意为"上帝的仆人"的"阿卜杜",把自己由寓意上的主导身份降为从属身份,实际上是把自我他者化了。在不得不回到自己的国家后,阿卜杜用回了自己的本名:易卜拉欣。但是,名字的恢复并没有带给他自我意识的回归,他依然坚持不懈地努力申请移民到其他国家。瑞士、加拿大、澳大利亚、美国……美好富庶的大国都是阿卜杜的移民目的地,作为符号的价值被他不断提及并建构成"遍地都是可能性"[④]的理想的符号空间。去哪一个国家并不重要,因为这些国家只是一个模糊而抽象的概念,重要的是离开本身。阿卜杜对富庶国家的简单构想只是拼凑了一个模糊粗略的概念,但他并不清楚概念与现实之间的巨大差异。

2."符号空间"表征之二:奢华空间

在约翰内斯堡时,阿卜杜只能栖身于修车厂里用木板围成的棚屋里。与朱莉建立恋爱关系后,阿卜杜再也没有回自己的小棚屋过夜。每天一下班,阿卜杜就迫不及待地回到朱莉设备齐全、装修精致的住所,脱下满是油污的工作服,享受着现代化的洗浴设备。而朱莉父亲郊外的豪宅更是让阿卜杜艳羡至极。回到沙漠小国,阿卜杜与朱莉只能住在狭小简陋的偏屋里。舅舅家的新豪宅带给阿卜杜极大震撼。宽大的修车厂,富丽堂皇的宅院,种着木槿树、架有秋千沙发的

---

①戈迪默:《偶遇者》,梁永安译,漓江出版社2015年版,第117页。

②蒋承勇:《现代文化视野中的西方文学》,上海社会科学院出版社2000年版,第26页。

③法农:《黑皮肤,白面具》,万冰译,译林出版社2005年版,第46页。

④戈迪默:《偶遇者》,梁永安译,漓江出版社2015年版,第181页。

院子，雕花和镀金的椅子。眼前的一切使阿卜杜的脸上“有一种惊惧的表情”①。因为“舅舅的房子里有着这里人们的物质野心所能到达的一切极致”。而这种对奢华居住空间的渴望“无时无刻不与他同在，无时无刻不在刺他、戳他”②。与此同时，即便是只能在恶劣的环境里从事最低级的工作，阿卜杜也从来没有放弃过对未来工作环境的构想。阿卜杜接受过高等教育，拥有经济学学位。但是，他并没有留在自己的祖国，利用自己的学识为国家的经济发展贡献一份自己的力量。此外，他从小就跟随舅舅学修理汽车，他可以在舅舅的汽车修理厂工作，甚至极有可能继承修理厂的经营，靠着自己的双手过上和舅舅一样富裕的生活。然而，他理想的工作不是穿着沾满油污的工作服躺在汽车底下，用辛劳的汗水来换取富足的生活，而是成为某个金融公司的高管，在现代化的高楼里指点金融。朱莉现代化的办公室和著名律师默察梅先生的豪华办公室都让他心驰神往。他构想的工作空间的要素不仅有摩天大楼、奢华的装修、定制的桌椅、现代化的通信设备，甚至还有金发美女秘书等。对阿卜杜而言，不管是富丽堂皇的豪宅，还是摩天大楼里现代化的办公室等，都是象征其身份与品位的符号。因此，与其说他是为了实现自己的职业梦，不如说是为了获得表现其自身身份的充满价值符号的异化的符号空间。

3.“符号空间”的真相

尹保红认为：“现代消费社会中所流行的时尚引导着每个消费者一味地追求表演的奢华和艳丽，实际上这却掩盖了消费者主体地位的丧失，消费本身甚至沦落为了消费的‘奴隶’。”③阿卜杜沉浸在对异化符号空间的畅想中，丧失了自己的理性观察力和判断力，完全被符号俘获。阿卜杜对理想空间的构想基于他有限的空间体验。由于缺乏对其他空间的感知，他无法对自己的空间激起反思。因此，他的家乡在他眼中就只有沙漠和贫穷。在朱莉继父的帮助下，阿卜杜获得了移民美国的机会。兴奋的阿卜杜想象着美国的高楼大厦，感叹“那儿才是真正的世界”④。然而，朱莉对美国的了解与认识却非常清晰。“美国，这个全世界上最严酷的国家。那里有全世界最高的大楼，可以供人爬到企业的最高职位——也可以让人头朝下往下跳。那里才是真正的世界。他以为我不懂，他才是真正不懂的人。”⑤朱莉已经预想到了他在美国的生活。他会寄居在亲戚租住的地下室里，从事着给摩天大楼清洗外墙的危险工作。和他在南非的遭遇一样，他会再

①戈迪默：《偶遇者》，梁永安译，漓江出版社 2015 年版，第 110 页。
②戈迪默：《偶遇者》，梁永安译，漓江出版社 2015 年版，第 109 页。
③尹保红：《西方马克思主义空间理论及其当代价值》，光明日报出版社 2016 年版，第 158 页。
④戈迪默：《偶遇者》，梁永安译，漓江出版社 2015 年版，第 193 页。
⑤戈迪默：《偶遇者》，梁永安译，漓江出版社 2015 年版，第 195 页。

次遭受帝国文化的排斥,在夹缝中艰难求生,缺乏与本土文明相互联系的“位置感”。人只有与本土文明相融相生才能获得“在家”的归属感。阿卜杜的盲目追求注定了他仍将“无家可归”,精神生态依然失衡。

阿卜杜强烈的理想空间梦与朱莉的冷静剖白形成巨大反差,他幻想的理想之地注定要成为异化的符号空间。而这样的符号空间只存在于阿卜杜的想象中。“被殖民者尤其因为把宗主国的文化价值变为自己的而更要逃离他的穷乡僻壤了。他越是抛弃自己的黑皮肤、自己的穷乡僻壤,便越是白人。”[①]他再次选择逃离本土,追逐帝国文化,寄希望于到一个富裕的大国去建立自己理想的家园。他的努力注定是西西弗斯式的努力。相较于阿卜杜幻想的理想之地,他一心要逃离的沙漠小国却是真实的存在。他不知道,“他还是有其他的路可走的。在这个国家里就有着一个可能性”[②]。阿卜杜厌恶的沙漠却给了朱莉重建自我身份的力量,帮助她慢慢扎根于这个边远贫穷的沙漠小国,为实现自己的绿色家园梦而努力。她坚定地认为:“人间天堂是存在的,是可以企及的。”[③]在阿卜杜逃离故土,不切实际地追求理想空间的同时,朱莉在为改善当地的地理空间而努力。朱莉的坚持反衬了阿卜杜的理想空间注定只是符号式的存在,他一心要逃离的沙漠小国才是真实的存在。

阿卜杜离家前往美国。大嫂赫蒂安慰朱莉说:“他一定会回来的。”[④]这句话其实并不仅仅是安慰。人们通常会对自己的故乡产生强烈的寄托性情感,“失去了同它的经验性联系,就如同丢失了自己的身体一样”,“一旦被迫远离这个空间,人们的家园感和故土意识就反复被激发,返归的愿望就会喷涌而出。空间世代的居住,演变成了家族意识,家乡意识,历史意识和根深蒂固的记忆”[⑤]。缺乏与本土文明相互联系的空间感,阿卜杜在异国他乡永远都只能是个夹缝人,找不到家的归属感。对故土的眷恋最终会牵引着阿卜杜回到原点。他的移民行为注定只是徒劳。即便如此,阿卜杜也只是众多一心追求理想符号空间的代表。和他一起混迹于酒馆的那帮朋友也都尝试过移民他国,却因各种原因没有成功。“愈来愈多希望增加进入‘世界’(他说的那个世界)的机会的人”会找朱莉补习英语[⑥],希望通过这种点滴努力增加自己进入理想国度的筹码。阿卜杜的成功移民让家中的男人们兴奋不已,也吸引了街道邻居艳羡的目光。阿卜杜的侄女莱

①法农:《黑皮肤,白面具》,万冰译,译林出版社 2005 年版,第 9 页。
②戈迪默:《偶遇者》,梁永安译,漓江出版社 2015 年版,第 181 页。
③戈迪默:《偶遇者》,梁永安译,漓江出版社 2015 年版,第 184 页。
④戈迪默:《偶遇者》,梁永安译,漓江出版社 2015 年版,第 227 页。
⑤汪民安:《身体、空间与后现代性》,江苏人民出版社 2015 年版,第 127 页。
⑥戈迪默:《偶遇者》,梁永安译,漓江出版社 2015 年版,第 145 页。

拉曾经送给朱莉一幅画，画中有一艘她在电视中见过的船，还有一栋像光塔又像高楼的建筑物，这是莱拉心中的美好世界。小小的孩童在幼年时期就开始构想自己心目中的理想世界，而这个世界里的东西却是她在这个沙漠小国不可能拥有的船和摩天大楼。这是梦想，也是追求异化符号空间的萌芽。

在《偶遇者》中，以街道为表征的城市空间囊括了全球化背景下国际城市的所有社会问题，是南非社会图景的缩影；以咖啡馆为表征的公开空间承载着年轻人对亲情与友情的渴望，却给不了他们想要的温暖，成了他们矛盾心境的象征；以家屋为表征的私密空间是朱莉逃离富裕家庭的起点，也是她皈依阿卜杜沙漠小家的起点。这些人文地理空间共同表现了身处其中的主人公对自我身份的焦虑，为人物形象塑造做了铺垫。深处都市的朱莉对草原的无知表现了人与自然地理空间的疏离；而她对沙漠的痴迷促使她开始走向自然，了解自然，进而萌发建设沙漠绿洲的想法。在与自然地理空间的良性互动中，她重新构建了自我身份，自然地理空间因而成为推进故事情节发展的诱因。在朱莉的精神生态走向平衡的同时，阿卜杜却深陷对异化符号空间的追求，迷失了自我与本真。由此，空间与个体身份之间的关系凸显。

特定人文地理空间会塑造甚至左右人对自我身份的认知，促使人产生一种“无家可归”的身份焦虑。积极主动的空间参与者会发挥主观能动性，对空间施以积极影响，达到人与空间的和谐相处，从而重构自己的主体性；而消极被动的空间参与者会一味逃离他所在的空间，沦为异化符号空间的奴隶。虽然故事中的空间建构定位于南非的约翰内斯堡和无名的阿拉伯小国，但是在经济全球化的大背景下，戈迪默在小说中建构的地理空间与符号空间，以及对空间与人之间的互动关系的探讨不仅映射南非的社会现实，而且指向这个世界和这个时代。这些人文地理空间与自然地理空间可以是世界上任何一个国家的地理空间，主人公在头脑中建构的理想符号空间也是现代人所共有的美好幻想。三重空间层层递进，相互交叉，由外及内，共同表现了人的身份焦虑、建构与迷失，昭示了全球化时代人的精神困境。由此，我们也窥见了作者的创作意图与审美空间的建构方法。

第五章　宗教与现实:以无形映射有形

大多数研究者倾向于结合南非历史,以 1994 年种族隔离制度的彻底废除为分界线,将戈迪默的小说的主题归结为种族隔离时代的南非黑人的伤痛、黑白关系展望和后隔离时代人的异化等。这种划分侧重于研究特定历史背景下人的生存状况,但忽视了对小说的文化层面的探索。实际上,戈迪默的小说从来都不是单一主题,而是交织着种族、身份、暴力、性、自由和文化等的多重主题。纵观戈迪默的 15 部长篇小说,从 1953 年到 1987 年,即在种族隔离制度实施愈演愈烈时期出版的前 9 部长篇小说中,作者侧重于揭露种族隔离制度带给南非人,尤其是南非黑人的伤害。从 20 世纪 90 年代开始,即种族隔离制度行将就木、黑人自由运动即将获得胜利的最后阶段,戈迪默的小说在一如既往地关注南非国民基本生存问题的同时,也开始反思西方文化对南非文化和南非社会的冲击,以及如何重建南非文化自信等问题。同为南非诺贝尔文学奖获得者的约翰·马克斯韦尔·库切(John Maxwell Coetzee)在评价戈迪默中后期的小说时也认为,"戈迪默小说的关注点开始转向精神层面"①。作为精神层面主要表征的宗教就成为戈迪默文化探索的首要切入口。这在其作品中主要表现为借由圣经原型批判现实,以及借由宗教批评批判文化殖民主义。

一、借由圣经原型意象批判现实

圣经是人类思想史上流传最广、译本最多、影响最大的一部基督教经典。近两千年以来,它随着犹太人的流散和基督教的传播逐渐传输到世界各地,并对当地文化的发展产生重要影响。其中尤以其对西方价值观形成以及西方文化创造活动的影响最为深刻。因此,英国浪漫主义诗人威廉·布莱克曾说:"旧约和新约是伟大的艺术代码。"②谈及圣经对西方文学的影响,有学者认为:"圣经与西方文学的关系贯穿在西方文学史的整个过程,西方文学的历史实际上就是一部宗教的历史。"③的确,圣经宣扬的精神信仰、终极关怀和最高理想早已融化成一

---

①John M. Coetzee. *In Inner Workings: Essays 2000-2005*. London: Harvill Secker, 2007, pp. 244-256.

②转引自弗莱:《伟大的代码——圣经与文学》,郝振益等译,北京大学出版社 1998 年版,第 7 页。

③金丽:《圣经与西方文学》,民族出版社 2007 年版,第 4～5 页。

种西方的社会文化心理，是文学创作者心中的镜与灯。而圣经中的人物、情节、结构等原型，以及语言风格、隐喻手法等更是对文学者的创作实践产生了不可估量的影响。其内化于作品中的“平等”“博爱”思想，对理想生活的向往和追求，无一不体现出与圣经思想的关联性。而戈迪默作品中对圣经原型的借用更是圣经对其创作的直接影响，戈迪默在作品中对原型的借用也因此体现出了极强的时代性。

原型(archetype)一词出自希腊文“archetypos”。“arche”意为“太初”“起源”，“typos”意为“形式”。柏拉图最早使用“原型”来指事物的理念本源。两千多年后，心理学家荣格重新阐释了这个概念：“与集体无意识的思想不可分割的原型概念指心理中的明确的形式的存在，它们总是到处寻求表现。神话学研究称之为母题。”[①]以弗莱为代表的文学批评家们在荣格的基础上进一步发展了原型概念。在弗莱看来，原型是文学中可以独立交际，反复在不同作品中出现的意象、象征、主题、人物，或是结构单位，是具有约定性的语义联想群[②]。弗莱借助圣经来构建和阐释他的原型理论，并称“圣经是传统中神话的主要原型来源”[③]。中国学者肖四新也认为：“《圣经》中的原型是全人类同一类型的无数经验的心理残迹，更是希伯来人世世代代普遍性心理的长期积淀。由于作为语言符号生成基础的人类感觉和联想的共通性，因此它具有一种跨文化的语义普遍性，得以成为世界性的文学原型，在后世的作品中反复出现。”[④]圣经中的很多意象，如伊甸园、水、树和羊等，都具有原型性质。在后期的四部代表性长篇小说中，戈迪默也多次借用“该隐杀弟”、“圣母哀悼基督”、“伊甸园”和“水”等圣经原型，揭露种族主义对人的摧残，探索新南非的发展之路，并引导人们积极追求终极美好生活。

(一)揭露种族主义统治对人的残害

戈迪默的作品一向以反映南非社会现实著称。以1994年种族隔离制度的废除为分界线，她的隔离时代的小说集中揭露种族隔离制度带给黑人的伤痛，在1990年发表的《我儿子的故事》和1994年发表的《无人伴随我》中，戈迪默分别借用了“圣母哀悼基督”和“该隐杀弟” 等原型情节，以蒙太奇的手法将圣经原型

①荣格：《集体无意识概念》，载叶舒宪：《神话——原型批评》，陕西师范大学出版社总社有限公司2011年版，第100页。

②叶舒宪：《神话——原型批评的理论与实践》，载叶舒宪：《神话——原型批评》，西安：陕西师范大学出版社总社有限公司2011年版，第11页。

③Northrop Frye. *Anatomy of Criticism*. New Jersey: Princeton University Press，1957，p. 140.

④肖四新：《〈圣经〉原型——莎士比亚创作的基石》，载《外国文学研究》，1996年第1期，第91页。

情节与现实画面拼贴,通过强烈的对比揭露种族主义统治对人的残害。

1.“圣母哀悼基督”:随处可见的杀戮

《圣经·马太福音》记录了耶稣基督降生、传教、受难、复活的故事。耶稣被钉死在十字架上后,众人哀悼他,包括耶稣的母亲玛利亚。“圣母哀悼基督”这一情节成为欧洲众多艺术家创作的情节原型。其中以意大利雕塑家米开朗琪罗1498年创作的大理石雕塑《圣母哀悼基督》(*Pietà*)最为知名。雕像中的圣母端坐着,充满哀思,遍体鳞伤的耶稣安详地躺在她的膝上。雕像表现了无限崇高的母爱和耶稣“无罪受死、舍生取义”的牺牲精神。这座雕像是世界文化的瑰宝,不仅受到基督教徒的顶礼膜拜,而且多次被作家写进文学作品里,以表现舍生取义的基督精神。在《我儿子的故事》中,戈迪默借由《圣母哀悼基督》雕像照片间接借用了“圣母哀悼基督”原型情节,并为其注入了新的内涵。

黑人教师索尼年轻时热爱阅读卡夫卡和莎士比亚的作品。他尽可能使自己在黑人中间保持着作为黑人佼佼者的自尊的同时,努力在家庭里维持着自己对欧洲文化的想象和推崇。他“常常想入非非,把强权想象为一种抽象,一种超宗教的奥秘”①。尽管卡夫卡《城堡》中的主人公K日复一日、无望等待的形象诠释了现实生活中黑人的处境,索尼仍然“不相信把人们弄得如此无能为力的强权只存在于人们自己的屈服之中”②。出于对欧洲文化的向往,索尼曾从一本书里翻拍过一张“发生在罗马的《圣母哀悼基督》像”③。没有宗教信仰的索尼体会不到这幅照片里的雕像所体现的宗教意义,也想象不到这幅翻拍的照片会和他今后的生活发生怎样的联系,直到欧洲书籍里的照片成为他生活里的现实。黑人独立运动风起云涌之际,索尼还在循规蹈矩地履行他作为一个小学老师的职责。而此时的小学生们已经开始自发罢课示威,抵制“垃圾教育”和“种族隔离”,其中包括他自己的儿子威尔。在游行示威的过程中,威尔的一个童子军小伙伴被警察枪杀了,一名报社摄影记者拍下了另一个孩子托着尸体的照片。因人物构图一致,那幅照片成了“《圣母哀悼基督》像的翻版”④。

《圣母哀悼基督》像翻拍照片和《圣母哀悼基督》像翻版照片形式一致,其所传达的内涵也惊人的一致。为了世人精神上的得救,基督奉献出了自己的生命。报纸登出的照片里那个死去的可怜孩子不也是为了黑人的自由斗争奉献了自己的生命吗?《圣母哀悼基督》像翻版照片的拍摄与当年米开朗琪罗的《圣母哀悼

①戈迪默:《我儿子的故事》,莫雅平译,译林出版社2008年版,第14页。

②戈迪默:《我儿子的故事》,莫雅平译,译林出版社2008年版,第14页。

③Nadine Gordimer. *My Son's Story*. New York: Penguin Books USA Inc., 2003, p. 25.

④Nadine Gordimer. *My Son's Story*. New York: Penguin Books USA Inc., 2003, p. 25.

基督》雕像创作起因也是惊人地一致。教皇联合贵族残忍迫害积极进行宗教改革的主教伏那洛拉,伏那洛拉提倡真诚朴素的道德,同情人民群众。如同耶稣无故受死一样,他的殉道深深感动了米开朗琪罗。为深切悼念伏那洛拉,米开朗琪罗依据圣经故事创作了《圣母哀悼基督》雕像。而在现代南非,为了纪念在黑人自由斗争中牺牲的孩子,记者记录下了同样悲惨的瞬间,且这一悲剧还在不断上演。所不同的是,罗马的《圣母哀悼基督》雕像所表现的是神话故事,半人半神的耶稣被钉死后三天就复活了。而报纸里《圣母哀悼基督》像翻版照片中的悲剧就发生在自己的眼前。这个年幼的孩子永远也不会复活。不仅如此,这一幕还不断地在城外草原上的各个黑人区重演。相同的情感表达,相似的创作诉求,神话故事变成现实写照,鲜明对比带给读者强烈的情感冲击。

2.“该隐杀弟”:黑人与白人的互相残杀

在《我儿子的故事》中,“圣母哀悼基督”原型情节“反映了真正的黑人生活的草原上随处可见的苦难”[①],形象地揭示了种族隔离制度带给黑人们的伤痛与苦难,传达着人们对身体和心灵自由的无限渴望。而在《无人伴随我》中,“该隐杀弟”原型情节则总结性地揭示了种族隔离制度导致的黑白对立,以及戈迪默对黑白共存之道的思考。该隐杀弟故事出自《圣经·创世纪》。亚当和夏娃生了儿子该隐(Cain)和亚伯(Abel)。亚伯是放羊的,该隐是种地的。有一天,该隐拿自己地里的出产作为供物献给上帝,亚伯把自己羊群中头生的羊和羊的脂油献给上帝。上帝看中了亚伯并悦纳了亚伯的供物,却拒绝了该隐和他的供物。该隐不悦,后在与弟弟亚伯的争执中失手杀死了亚伯。该隐被上帝惩罚,迁居伊甸东边挪得之地。在基督教的象征体系中,该隐被注解为邪恶的化身。因为他是人类第一个杀人犯,也是第一个弑亲的杀人犯,罪不可恕。在欧洲文学作品中,该隐杀弟这一故事原型被多次使用,却被赋予了相反的内涵。归结来说,这些文学作品大都谴责上帝的任意妄为和偏袒;批判亚伯好吃懒做、偷奸耍滑,杀死羔羊以博上帝开心;颂扬该隐勤劳隐忍,是反叛宇宙秩序的英雄[②]。在小说《无人伴随我》中,戈迪默以该隐与亚伯来指代白人与黑人,其内涵既不同于基督教经典中的注解,也不同于欧洲文学家笔下的演变内涵,而是与南非的社会现实结合,有着极强的启示意义。

虽是白人移民后裔,但是戈迪默始终反对任何形式的种族歧视。她曾经在采访中说:“我不信任何宗教,没有任何政治信仰——只有对许多事物的迷惑不

---

①戈迪默:《我儿子的故事》,莫雅平译,译林出版社2008年版,第22页。

②梁工:《简论该隐形象在欧洲文学中的演变》,载《国外文学》,1997年第3期。

解。但有一件事我确信无疑:肤色障碍是错误的,是完全不可原谅的。”[①]同时,戈迪默希望自己“成为多肤色、任何肤色社会中的普通一员,不享有特权,也远离我们的白人祖先所犯罪孽的负罪感”[②]。因此,在她的小说中,对黑人与白人的关系的现实揭示与未来展望是贯穿始终的核心主题。在1994年以前的小说中,戈迪默很少直接描写黑人与白人之间的武力冲突。而在发表于1994年的《无人伴随我》里,戈迪默花了大量的篇幅描述在南非过渡期黑人与白人在争夺土地过程中的暴力冲突。白人农场主拥有大量土地,而黑人则无处栖身,无地可种。部分黑人不得不花高价租种白人的土地,还有些黑人冒险蜗居在白人闲置土地的边缘。以白人维拉为代表的律师们的工作目标就是不断地与白人农场主接洽,以期从白人农场主那里为黑人争取土地。暴力每天都在发生。为维护自己的利益,白人农场主特舍斯·奥登达尔带着武器暴力驱逐擅自居住在自己土地上的黑人。9个黑人死亡,14个黑人受伤,绝望的男人、哭泣的妇女和饥饿的儿童茫然无措地徘徊在被夷为平地的棚户区。与此同时,针对白人的复仇也在不断上演。黑人的复仇行为同样令人发指,“没有什么样的暴力比复仇的暴力更令人恐惧,因为这样的事情是由于受害者所带代表的那种东西招致来的”[③]。黑人们所受的屈辱有多惨痛,他们的复仇行为就有多残忍。为黑人奔忙的维拉曾在一次工作中被食不果腹的黑人袭击。她的黑人同事奥帕也在那次袭击中受重伤,医治无效后死去。暴力冲突不仅发生在白人与黑人之间,也发生在黑人之间。为了求得生存,黑人们竟然发展到自相残杀的骇人境地。所以,在戈迪默的这部小说里,该隐与亚伯两兄弟之间的冲突不仅隐喻两种肤色群体之间的冲突,也隐喻黑人内部的自相残杀。

圣经故事里对该隐杀弟故事的叙述极为精简,读过这个故事的人不禁产生各种疑问。该隐与亚伯兄弟之间的暴力冲突注定要发生吗?有没有一种有助于维持兄弟关系的方式方法呢?如果上帝在惨剧发生前对兄弟二人的行为作了规范要求呢?同为上帝的子民,上帝为什么会看不上该隐和他的供物呢?亚伯有没有反思自己的不足呢?……简单的故事引发人们多角度多层面的思考,这就是原型的魅力和价值所在。也正因如此,欧洲文学家对该隐与亚伯的关系有多种解读。关于该隐与亚伯的相处之道,戈迪默也有自己的思考。“该隐与亚伯那种暴力的手足情谊可以被转化为另一种显露出的手足情谊,只要有可能构思出实现这一点的法

---

①John Cooke. *The Novels of Nadine Gordimer: Private Lives/Public Landscape*. Baton Rouge: Louisiana State of University Press, 1985, p. 10.

②Nadine Gordimer. *Where Do Whites Fit in*. From *The Essential Gesture: Writing, Politics and Places*, edited by Stephen Clingman, New York: Alfred A. Knope, Inc., 1998, p. 32.

③戈迪默:《无人伴随我》,金明译,译林出版社2006年版,第96页。

律。”[①]因此,在戈迪默看来,如果该隐与亚伯之间事先有规范进行约束的话,暴力就能避免。那么,同理,新时代黑人与白人关系的改善和黑人地位的提高并不能仅仅依赖于黑人当权。只有建立健全完善的法律制度才能确保黑人的权益,维护新南非和谐的人际关系。此外,新时代的黑人也应有自我反思意识。“工作时被人逮着在敷衍了事,这可不是对白人剥削者们的一种抗议方式。不要再有百分之五十的不合格品。”生产力低下的根源何在?“动机,我担忧。”[②]通过借助主人公维拉和泽夫之间的对话,戈迪默间接表达了对新时代亚伯境遇的分析:新时代的南非黑人要提高自我地位,转变工作动机、提高工作能力是关键。

值得注意的是,戈迪默在《无人伴随我》中,以该隐与亚伯隐喻现实中白人与黑人之间的关系,并不仅仅基于二者之间你死我活的相处状态,也和基督教在南非的传播有关。在欧洲殖民者进入南非以前,南非各族人民有自己的传统宗教,传统宗教并没有明确的宗教经文、教规和宗教组织。其信仰实践主要是通过习俗、礼仪和禁忌等方式渗透到家庭和部落的日常生活中。15世纪末,基督教伴随殖民入侵进入南非并传播开来。发展至今,基督教已经发展成为南非的第一大宗教。截至2014年,南非基督徒人数已经达到了全国总人口的68%[③]。其中,黑人占了绝大部分。在黑人当政以前,本土化了的基督教组织在南非黑人的自由斗争中发挥过积极作用。因其与殖民统治的密切关系,平等与博爱等基督教核心精神并没有真正灌注到所有白人的基督教信仰实践中。白人殖民者带来了倡导平等与博爱的基督教,却以种族隔离制度剥夺了黑人们的所有权利,就连黑人的基督教信仰实践也处处受到肤色的限制。戈迪默以该隐和亚伯喻指白人和黑人,也是希望引发人们从宗教信仰的角度来思考白人与黑人之间关系的悖论:既然都是上帝的儿女,为什么黑人不能获得与白人相同的权利呢?既然是兄弟,白人为什么不能与黑人共存呢?正如南非黑人神学家鲁本斯坦所言:“觉醒的黑人发现,他们也是上帝的儿女,有权利生存于这个世界上;他们也是历史的一部分,有责任行动起来,创造自己的历史。”[④]

(二)探索新南非的发展之路

1.“该隐杀弟”:发展与环保的两难选择

在《无人伴随我》中,戈迪默以该隐和亚伯喻指白人与黑人之间的关系,巧妙

①戈迪默:《无人伴随我》,金明译,译林出版社2006年版,第281页。

②戈迪默:《无人伴随我》,金明译,译林出版社2006年版,第285页。

③周海金:《非洲宗教的传统形态与现代变迁研究》,中国社会科学出版社2017年版,第268页。

④于可:《当代基督新教》,东方出版社1998年版,第271页。

概括了贯穿其前期创作的根本吁求:白人与黑人和谐共存。1994年新南非建立,黑人终于在法律上与白人实现了平等。戈迪默在小说中的期待成为现实——新南非进入了全新的发展时期。但在新时期,南非面临着新的社会问题。在2005年出版的《新生》中,戈迪默再次借用"该隐杀弟"这一情节原型,以喻指新南非所面临的经济发展与环境保护的矛盾关系,探索新南非的发展之路。

在《新生》开篇,戈迪默就交代了主人公保罗夫妇的职业。保罗是一个生态学家,其工作内容是评估经济开发带给当地的影响,并想尽各种办法阻止有可能破坏当地环境的开发项目。而其妻子贝雷妮丝却是一个大广告公司的高管,专门负责为各大开发公司做广告策划。保罗夫妇反向而行的职业目标使两人的婚姻关系貌合神离。有一次带孩子在动物园游玩,他们看到了一对鹰,并了解了这对鹰的故事。这对鹰一窝只孵化两个蛋。两只雏鹰,先破壳的那只被命名为该隐,后出生的被命名为亚伯。该隐和亚伯互相打架。一般情况是,先出生的该隐把亚伯杀死,扔出巢外,活下来的那只得到父母的喂养,直到能自主飞翔为止。得以孵化的雄性和雌性数量刚好保持平衡。"这是一种保持自然平衡的方式。"①雏鹰的故事使保罗想起了他将要撰写的奥卡万戈和蓬多兰勘察报告。政府要在奥卡万戈建十个大坝,还要建核电站;要在蓬多兰修高速公路,采砂矿。国际资本纷纷涌入,各种开发项目接踵而至。经济开发带给当地居民的好处显而易见:大坝能阻挡雨季的洪水,并缓解民众和各行各业的缺水现象;核电站将能够给广大的无电黑暗区带来光明。……这些开发项目同时使人们得到就业机会和衣食。但是,奥卡万戈三角洲是非洲的动植物宝库;蓬多兰自然环境优美,是五个部族的家园。经济大开发不仅会破坏当地生态,给环境带来不可修复的伤害,原住民也将被迫失去时代栖息的家园。正如弗莱所言:"自然的终极秘密只有在人停止了自我毁坏的活动后才能被揭示出来,这种自我毁坏的活动使人无法认识他真正生活在其中的世界。"②"而工业化,不正是利用我们丰富的资源,来发展我们的经济,提高穷人的收入吗?如果贫穷不结束,那么还有什么能存活下来?"③保罗陷入两难。雏鹰的故事使保罗深受启发。"自然界的共存是残忍的、有限度的。"④该隐把亚伯扔出巢外,是为了一种更大意义的存活。即便是孔武有力的鹰也无法改变这样的现实。"古老的《圣经》用非人的形式在此提供了一个客观的课程。"⑤然而,在现实中,经济开发和环境保护,二者注定只能

---

①戈迪默:《新生》,赵苏苏译,人民文学出版社2010年版,第182页。

②弗莱:《伟大的代码——圣经与文学》,郝振益等译,北京大学出版社1998年版,第108页。

③戈迪默:《新生》,赵苏苏译,人民文学出版社2010年版,第183页。

④戈迪默:《新生》,赵苏苏译,人民文学出版社2010年版,第183页。

⑤戈迪默:《新生》,赵苏苏译,人民文学出版社2010年版,第182页。

存在一个吗?保罗的同事带来了一个模糊的答案:开发项目暂时搁置。该隐与亚伯的命运似乎还没有最后确定。然而,故事最后,保罗与贝雷妮丝孩子的降生成为夫妻二人和解的契机,是不是也意味着戈迪默希望南非探索出一条能够让经济开发与环境保护并行不悖的发展之路呢?这是戈迪默留给我们的思考。

2.水意象:毁灭与新生

水是圣经中重要的意象之一。河水从伊甸园流出,滋润万物。河水经过的地方盛产金子、珍珠和红玛瑙,水因此成为生命之源和财富之源。上帝看到地上的人终日所思尽是恶,于是发怒,并使洪水泛滥,毁灭万物,唯有诺亚及其全家蒙恩存活。因此,水又寓意着毁灭、涤荡罪恶和拯救。亚兰王的主帅乃缦生病,因在河水中沐浴而重获新生。因此,受洗寓意着新生。圣经中的水意象有着多重意蕴:生的希望、毁灭的黑暗、涤荡罪恶、重获新生。水意象之所以有多重意蕴,其根源在于水是万物的命脉,水的多重含义体现了人与自然的复杂关系。也正因此,戈迪默在小说《偶遇者》和《新生》中两次使用了水意象,以表现自己对人与自然关系的思考。

《新生》中奥卡万戈三角洲的生命在每年的雨季都会遭受一次浩劫,人们不得不在洪水到来前搬离家园以躲避洪水。浩瀚的洪水会淹死动物,淹没土地,并带来有毒的盐分。因此,政府计划在这里修建十个大坝,以堵住洪水。为抵制这个项目,以保罗为首的环保工作者们对此地进行了详细的勘察。他们发现,奥卡万戈有一个完美的生态系统,有着一种"熔大气磅礴和小巧玲珑于一炉的复杂性","大自然的创新要比任何集体的智慧、集体的信仰都更伟大"①。栖息在此的河马在这片湿地里开辟了无数迷宫般的河道,即便是天才水文工程师所组成的国际项目小组也无法设计出如此复杂巧妙的排水系统。每年雨季的洪水在毁坏原有生态的同时,也为周边区域带来了充沛的水源、新的树种和肥沃的淤泥。雨季过后,被洪水洗礼过的奥卡万戈将再次进入新的生态轮回。"这个名叫奥卡万戈的整个的有机体进行着自我更新"②,"不要坝墙",因为"它是有生命的"③。洪水是造物主对人类无序掠夺大自然行为的一种复仇,是"奥卡万戈的复仇"④。如同上帝惩罚作恶的人类一样,洪水在涤荡人类旧有罪恶的同时,也为人类留下了新的生机。重获新生的人类在生命的延续中也将反思并规范自己的行为,与自然保持和谐的互动关系。

---

①戈迪默:《新生》,赵苏苏译,人民文学出版社2010年版,第97页。
②戈迪默:《新生》,赵苏苏译,人民文学出版社2010年版,第198页。
③戈迪默:《新生》,赵苏苏译,人民文学出版社2010年版,第100页。
④戈迪默:《新生》,赵苏苏译,人民文学出版社2010年版,第198页。

《新生》中的水意象象征着毁灭与新生,《偶遇者》中的水意象则象征着生命之源。朱莉说:"一个人想知道水是什么,就得跟沙漠一起生活过。"①朱莉对水的感悟经历了从无视到珍视的变化过程。在约翰内斯堡装潢精致的舒适小村屋里,朱莉可以随时享用那个现代的浴室,却从来没有想过水对她而言意味着什么。到阿卜杜家的第一晚,朱莉习惯性地说:"我现在需要好好泡个热水澡。浴室在哪儿?"②没有浴室,更不可能泡澡,朱莉只能和丈夫共用一个盆在两人居住的小偏房里擦洗身体。巨大的落差使朱莉认清了一个事实:"水在这个国家就像黄金,必须从很深很深的地底吸出来,再用泵传送到这个村子来。"③去拜访阿卜杜亲戚的途中,道路旁边浅浅的水流,以及依水而生不算茂密的野草和棕榈树吸引了朱莉的注意力,这是她在这个国家第一次看到绿色的生命,亲戚家绿色的稻田更是让朱莉的心震颤不已。绿油油的景象和腾跳翻飞的鸟儿的歌声交织在一起,鸟儿们的欢歌笼罩了她的耳鼓,她听不见其他任何声音,沉醉其中的朱莉舍不得离开。朋友帮她拍下了手拿稻谷的照片,因水而生的绿色让朱莉恍如做梦,而金灿灿的稻谷在指间滑落的感受却是真实存在的。她热烈地向阿卜杜家人倾吐自己的感受:"我从来都想象不到……那些稻谷好美……没有任何东西比正在生长的庄稼更美。"朱莉萌发了与当地人一起打水井,种植粮食和菜蔬的念头。尽管遭到了阿卜杜的强烈反对,但水意象始终萦绕在朱莉的心头,而且越来越强烈。"那些持续性愈长的意象,包含的重要性当然也可能愈大。"④对朱莉来说,"水就是变化"⑤,就是一切生命之源。

(三)引导人们追求终极美好生活

伊甸园意象是圣经中最重要的原型意象之一。伊甸园出自《圣经·创世记》,是上帝为亚当和夏娃建造的一个园子。伊甸园里有可供食用的果、滋润土地的河流、丰裕的物质财富和简单纯朴的人际关系。亚当和夏娃可以衣食无忧地在此安居乐业,享受着原始富足的美好生活。西方文化把伊甸园比喻为"极乐之地"或"乐园",代表着田园牧歌般的完美生活。"伊甸园神话本身就包含着原始初民向往理想生活的乌托邦精神,是一幅用简单线条描绘的人类与自然和谐相处的图画,也是人与自然之间理想化关系的最初表达。"⑥伊甸园故事早已随

①戈迪默:《偶遇者》,梁永安译,漓江出版社2015年版,第181页。
②戈迪默:《偶遇者》,梁永安译,漓江出版社2015年版,第104页。
③戈迪默:《偶遇者》,梁永安译,漓江出版社2015年版,第104页。
④戈迪默:《偶遇者》,梁永安译,漓江出版社2015年版,第207页。
⑤戈迪默:《偶遇者》,梁永安译,漓江出版社2015年版,第181页。
⑥Roland Schaer. *Utopia*. New York: The New York Public Library, 2000, p. 38.

着宗教文化的传播而为世人所熟知，并积淀为人们内心深处的集体无意识。在小说《无人伴随我》《偶遇者》《新生》中，戈迪默都借用了伊甸园意象，在提醒人们反思现实的同时，引导人们积极追求终极美好的生活。三部小说出版于不同的时间，反映了不同时期南非的社会现实。

1. 伊甸园的失去

南非是一个历史悠久、自然资源丰富的国家，是不同种族黑人世代繁衍的家园。17 世纪 60 年代欧洲殖民者和移民的到来，打破了黑人家园的宁静，开启了黑人苦难历史的大幕。南非黑人失去了赖以生存的土地，被迫离开世代栖息的家园。“离开伊甸园，政治就开始了。”[①]人间伊甸园成为黑人民族遥远的回忆。种族主义统治将南非黑人的生存推入绝境。作为白人移民后裔，戈迪默的一生刚好见证了种族隔离制度的开始与新南非的成立和发展。有着悲悯情怀的戈迪默无比同情黑人的遭遇，不仅在政治斗争中为黑人提供支持，而且将黑人所遭遇的惨痛现实写进小说，为黑人主张摇旗呐喊。“伊甸园的失去”是戈迪默前期所有小说的宏观主题。《无人伴随我》实时再现了南非在过渡期所面临的问题，对这一主题承前启后。新政权即将成立，旧势力如即将现形的鬼魅般做着最后的挣扎。进步组织在政府的支持下积极努力地处理旧政权遗留下来的社会问题。白人和黑人都在为新南非的建立和发展贡献着自己的力量，每个团体都在向宪法技术委员会提出自己的利益主张。“每个人都有一些有关法律结构的计划，用来容纳他们理想的生存。人类都要成为创世日的上帝，它是人类所能接近这个神话的极限。”[②]重获新生的人们迫切想要像上帝创世一般重建属于自己的伊甸园。黑人的伊甸园重建之梦不仅包含对丰裕物质生活的向往，更有着对和谐人际关系的期许。

2. 伊甸园的重建

新南非开始了全新的发展之路，并融入了世界经济发展大潮。在物质条件愈来愈丰裕的同时，现代的南非人却普遍失去了“在家感”，陷入了精神生态失衡的境地。《偶遇者》中的朱莉和有色人种阿卜杜就是这样在经济全球化浪潮的裹挟下艰难前行的典型。生于富裕之家的朱莉有着一份人人称羡的高收入工作，但她在父亲的家里找不回昔日的亲情，在被她当作家人的朋友中也找不到想要的温暖，朱莉找不到一处可以被她称为“家”的地方。直到偶遇非法入境的阿卜杜，朱莉才获得了重构自我的契机。阿卜杜被驱逐时，朱莉放弃在南非约翰内斯堡的优越生活，追随阿卜杜去往他的国家。在阿卜杜一心想要逃离他偏远的北

①戈迪默：《无人伴随我》，金明译，译林出版社 2006 年版，第 281 页。

②戈迪默：《无人伴随我》，金明译，译林出版社 2006 年版，第 281 页。

非小国的同时，朱莉却努力向阿卜杜证明："人间天堂是存在的，是可以企及的。"[①]原本茫然的朱莉积极主动地融入阿卜杜的家庭，并与当地人形成了良好的互动关系。"她观察到自己正慢慢形塑为另一个自我。"[②]一次外出时，朱莉在沙漠中央见到了醉人的绿色。她惊讶地发现，沙漠是"可以孕育出生命来的"，并"可以提供一种超越一切意义之外的存在"[③]。绿洲自此成为她挥之不去的梦中意象。受到启发的朱莉萌发了在沙漠里建设绿洲的想法。即便阿卜杜为他们二人申请到了移民美国的许可，朱莉依然选择坚守，继续自己建设沙漠绿洲的梦想。精神层面的皈依和行动层面的付出合二为一，朱莉要在沙漠里重建属于自己的伊甸园。开放性的结局并没有告诉我们朱莉是否成功建起了她梦想中伊甸园，但是她的坚持却给当地人带来了希望。

3.伊甸园的坚守

弗莱说，在伊甸园的美好意象中，"人与自然之间是一种理想化的关系，表现了在平等地位上的相互认同"[④]。上帝创世之初，伊甸园里有青草、菜蔬、树木、水流、虫、鸟、鱼、兽。万物各从其类，和谐共处，到处都是一派祥和的景象。自然是生命赖以存在的根本，人与自然相互依存。然而，人类对自然的索求欲望无限膨胀，导致人与自然的关系从依存走向对立。自然开始以自己特有的方式惩罚人类，人类也开始反思自己的行为。在经济发展的巨大洪流中，《新生》中的自然生态保护者保罗逆流而上，艰难坚守着最后的伊甸园。小说一开始，保罗被查出身患甲状腺癌症，却在同时让妻子意外受孕。接受手术后，保罗被迫与家人隔离。治疗带给身体的痛苦、家人本能的回避、对胎儿健康的担忧，使保罗经受着身体与精神的双重折磨。"疾病标志着自然环境受到了某种伤害后对人类身体的惩罚，是大自然对人类无序利用自然的报复。"[⑤]"发生在保罗身上的事情就像是上帝的愤怒。"[⑥]保罗如同降生人间的耶稣一样，"服从，献出自己的身体"[⑦]，代替人类接受上帝的惩罚。他坚定地要做一个"新传教士"，只是他"要拯救的不是灵魂，而是地球"[⑧]。康复后的保罗立即与同事一起继续投入了抵制开发奥卡万戈和蓬多兰的工作。沙漠绿洲奥卡万戈是一块草木茂盛的热带沼泽地，四周环

①戈迪默：《偶遇者》，梁永安译，漓江出版社 2015 年版，第 184 页。
②戈迪默：《偶遇者》，梁永安译，漓江出版社 2015 年版，第 167 页。
③戈迪默：《偶遇者》，梁永安译，漓江出版社 2015 年版，第 182 页。
④弗莱：《伟大的代码——圣经与文学》，郝振益等译，北京大学出版社 1998 年版，第 185 页。
⑤胡忠青：《论戈迪默〈新生〉中的三重伦理关系》，载《贵州大学学报》，2016 年第 4 期，第 162 页。
⑥戈迪默：《新生》，赵苏苏译，人民文学出版社 2010 年版，第 9 页。
⑦戈迪默：《新生》，赵苏苏译，人民文学出版社 2010 年版，第 8 页。
⑧戈迪默：《新生》，赵苏苏译，人民文学出版社 2010 年版，第 102 页。

绕着卡拉哈里沙漠草原，是世界上最大的内陆三角洲之一，也是非洲面积最大、风景最美的“伊甸园宝库”①。据考古资料显示，早在10万年前，奥卡万戈就已经有人类居住。蓬多兰是世界生物多样性热点，是地球生物最富有的陆地生态区之一。这里是动植物的天堂，人类的伊甸园。然而，在全球化经济浪潮的冲击下，当地政府开始吸引外资，计划在这里修高速公路、采矿、大坝、核电站，甚至还要在当地开发旅游产业。当地居民将被迫搬离故土，并失去赖以生存的耕地；动植物将失去栖息地；当地环境也将遭到不可逆转的破坏污染。保罗和他的团队不辞劳苦地调查、论证、抗议，最终促使政府暂时搁置了开发计划。同时，健康的新生儿子的诞生给了保罗继续从事环保事业的信心。然而，他们对伊甸园的坚守能否获得最终的成功，还是一个未知数。毕竟“这样的宏大计划是暂时搁置，而不是取消”②。故事开放性的结局意味着人类伟大的伊甸园坚守之路漫长而艰辛。

戈迪默曾经在一次访谈中定义过小说家的职责。她认为：“小说家根据自己的观察，创造性地展示具有危机意识的人生体验，进而揭示生活在这一环境下的人民的思想和情感。”③在后期的四部小说中，戈迪默将宗教元素引入小说，借用了“圣母哀悼基督”、“该隐杀弟”、伊甸园和水等圣经原型，极具创造性地将神话与现实问题相结合，带给读者与众不同的阅读体验。她对圣经的借用极具特色，对圣经原型的选用极具代表性。“圣母哀悼基督”原型情节形象表现了种族隔离制度下南非黑人遭受的苦难；“该隐杀弟”原型情节既表现了旧时代白人与黑人的敌对状态，也表现了新时代南非面临的发展难题；水意象凸显了人与自然的矛盾关系；伊甸园意象代表了人对终极美好生活的向往，既包括了人对丰裕物质生活的向往，也包含了对和谐的人与自然关系、人与人关系的期许。

这四种原型相互关联，其所隐喻的社会现实也跨越了南非的几大历史阶段，全面概括了戈迪默对南非现实的关注与思考。作家在重构原型和意象时依据表达需要各有所侧重，扩大并深化了它们的意义。同样是借用“该隐杀弟”原型，在《无人伴随我》中，戈迪默引导读者思考白人与黑人的对立与共存；在《新生》中，戈迪默引导读者思考经济发展和环境保护之间的取舍与并行。此外，以渐进的方式将神话原型一步步引入现实，也深化了原型的内涵。《我儿子的故事》中的索尼原本是一个黑人自由运动的旁观者，直到现实生活中的苦难与神话雕像“圣

①戈迪默：《新生》，赵苏苏译，人民文学出版社2010年版，第195页。

②戈迪默：《新生》，赵苏苏译，人民文学出版社2010年版，第202页。

③格雷、勒兰、戈迪默：《戈迪默谈文学、社会和政治》，文楚安译，载《译林》，1992年第3期，第218～219页。

母哀悼基督"反映的苦难形成强烈对比时,索尼的革命热情才被彻底激发。他转变为一个革命者。"圣母哀悼基督"原型情节所表现的苦难经由雕像、照片,再到翻版照片,一步一步从神话走入现实。现实与神话的鲜明对比,强烈冲击着读者的情感体验。同样,在《新生》中,戈迪默将动物园里鹰的生育习性与"该隐杀弟"神话相比较,并直接将鹰命名为该隐与亚伯,引发了保罗对南非经济发展和环境保护关系的思考。"该隐杀弟"神话经由动物习性折射现实,其对读者阅读体验的激发也让人醍醐灌顶。另外,不同的时期,同一种意象也具有不同的启示意义。在《我儿子的故事》中伊甸园侧重隐喻伊甸园的失去,《偶遇者》中侧重隐喻伊甸园的重建,《新生》中侧重隐喻伊甸园的坚守。三部小说里的伊甸园内涵因此极具时代特色,并成线性发展,反映了不同时期人们为终极美好生活所做的努力。

正如弗莱所说,圣经意象是启示世界的一部分,是人类利用想象力创造的理想世界。"它向人们展示了这个世界的形象、这个世界的模式,以及给人们指出努力方向与目标的这个世界的蓝图。"①戈迪默在小说中对圣经原型的借用从不囿于个人情感或者家庭生活,而是与南非的现实结合,隐喻南非重大的社会问题,在引导人们关注南非社会现实的同时,激发人们对终极美好生活的向往与追求。由此,我们看到戈迪默强烈的社会责任感和浓烈的悲悯情怀。通过对这些作品中原型喻义的解读,我们发现,原型所映射的人与他人、人与社会,以及人与自然等关系难题是人类所共有的问题。我们在唏嘘南非社会困境的同时也应反思我们自己的处境,修正自己的心态,规范自己的行为,为创造和谐美好的生活而努力。

二、借由宗教批判文化殖民主义

南非是一个笃信宗教的国家,有着浓厚的宗教氛围。约翰·姆毕迪教授曾说:"非洲人都知道宗教,没有宗教与非宗教之分,所有的生活都在宗教控制下,政治和宗教是主要的组成部分。"②各种宗教之间,以及宗教与政治、经济等有着错综复杂的关系。宗教意识与影响已经深深烙入了每个人的生活与思想。虽然戈迪默曾说:"我不信任何宗教。"③但是,作为白人移民后裔,她自小接受欧洲文学的熏陶,间接感知了宗教对于表现社会现实的重要性;另一方面,作为一个跨文化者,双重身份使她对以宗教为表征的西方权力话语机制洞若观火,因而能够

①弗莱:《伟大的代码——圣经与文学》,郝振益等译,北京大学出版社1998年版,第182页。

②Thomas C. Walsh, Frank Kaufmann. *Religion and Social Transformation in South Africa*. Minnesota: Paragon House Publishers, 1999, p. 56.

③John Cooke. *The Novels of Nadine Gordimer: Private Lives/Public Landscape*. Baton Rouge and London: Louisiana State of University Press, 1985, p. 10.

更为敏锐而客观地揭示出外来宗教对南非社会的影响。因此，戈迪默在小说中塑造了不同信仰的信徒形象，截取了信徒们极具代表性的宗教生活片段，简单勾勒出自己对宗教信仰的认同与批判。但是，戈迪默并不批判宗教本身，而是借批判宗教来批判以基督教文化为主导的西方文化对他国文化的侵蚀，引导人们从宗教角度审视西方国家文化殖民行径带给非洲国家的破坏性影响。相对应地，戈迪默积极倡导宗教文化多样性，维护民族文化特质，以对抗文化殖民主义对民族文化的侵蚀。

（一）预设前提条件下的基督教认同

如今的南非是一个宗教多元化的国家。追溯到15世纪以前，南非人信仰的是本土宗教。这种宗教没有教义教规，也没有组织体系，是一种浸润在人们生活中的弥散性宗教。15世纪末，以基督教为主导的建制性宗教随着殖民主义的铁蹄踏入南非，南非根深蒂固的传统宗教迅速被边缘化。在殖民权力的支持下，基督教发展成南非的第一大宗教。基督教教会在南非确实做过一些益事，比如修建学校、医院，为黑人提供有限的人道主义援助等。因此，在小说中，比如《我儿子的故事》中，戈迪默高度肯定了基督教仪式对于建立群体认同感的重要性。然而，她的认同是有预设前提的，即为了满足革命时期斗争的需要。

宗教仪式是出于宗教信仰，“在特定场合举行的一种规范的正式行为”，是“具有共同关注和情绪的集体仪式”①。宗教仪式不仅具有传承文化、强化宗教信仰、调适参与者心理的作用，而且具有增强群体认同的功能。在《我儿子的故事》中，戈迪默描绘了人们为九个在斗争中被警察枪杀的年轻人举行祭奠仪式的场景。仪式由马耶基索神父主持，不同肤色、不同阶级的人们纷纷赶来参加，神父带领着他们用特瓦萨和佩迪土语祈祷。在拥挤的人群里，白人本能保持的个人空间消失了，他们被融进了黑人大众的群体之中。凡俗修女紧贴在一个黑人男子的胸前，一个衣衫褴褛的黑人小孩紧抱着一个白人教授的腿，白人妇女的香水味与黑人醉汉的酒味混合在一起。“所有人的身体合并成了一个基本的身体，具有一致的呼吸和一致的心跳。”②白人和黑人彼此之间本能的戒心和抵制在祭奠仪式上也消失了。祭奠仪式为所有黑人和有良知的白人提供了一个阈限空间——没有差别和敌意的空间。在这个空间里，因为相同的道德信念和奋斗目标，人们建立了对彼此的认同。祭奠仪式即将结束时，在墓地旁虎视眈眈的白人

①罗惠翾：《从人类学视野看宗教仪式的社会功能》，载《新疆师范大学学报：哲学社会科学版》，2009年第1期，第38～40页。

②戈迪默：《我儿子的故事》，莫雅平译，译林出版社2008年版，第101页。

警察和士兵对参加祭奠的人们发动了攻击。大家四散逃命，马耶基索神父与索尼和汉娜跑到了一起。一个年轻人被击中，倒在神父、汉娜和索尼的前方。在生死关头，索尼和汉娜选择保全自己，随着人群一起逃走了。而神父却置个人安危而不顾，选择留下来照顾受伤的年轻人，因此受伤死去。神父的牺牲不仅激发了人们对神父所代表的基督教博爱精神的认同，更强化了有良知的白人与黑人之间的群体认同感。

作为基督教仪式之一的圣歌在黑人们的自由斗争中也有着特殊的作用。在死难者的祭奠仪式上，为了不让全副武装的白人借机攻击参加祭奠的人群，组织者中断了大家的自由之歌，转而带领大家唱圣歌。人们在圣歌中，缅怀死者，寄托哀思，表达着对反动统治的憎恨。圣歌犹如一副铠甲，帮助歌唱者抵御可能的危险；它又如一面旗帜，展示着人们的革命热情。而在监狱里，唱圣歌也成了革命斗士们传递兄弟之情的方式。当有人即将被绞死的时候，被囚禁的革命者们就会不约而同唱起圣歌，用歌声陪伴那个不认识的人走向刑场。“于是血缘之情借那歌声得到了交流。”①在圣歌中，赴死的革命战士得到心灵的慰藉，暂且存活的革命者得到鼓舞。唱圣歌，不再是赞颂上帝之爱的方式，而成为人们交流、表达认同的途径。正如帕森斯所言：“由于人们的态度具有共同的仪式表达形式，因此人们不但凭此形式来表示自己的态度，而且还转而强化这些态度。仪式可以使态度上升到一种高度自觉的状态，还会进一步通过这些态度来强化这个精神共同体。”②在这部小说中，基督教仪式成为人们表达道德信念和政治认同的一种形式。通过宗教仪式，人们强化了自己的政治追求，并建立了群体认同感。

（二）撕裂基督教的伪善面纱

虽然生活在有浓重宗教背景的南非，戈迪默却并不信教。这不仅与其父母的影响有关，而且也与其对宗教信仰本质的认识有关。戈迪默的父亲来自立陶宛，母亲来自英国。其父是为了逃避他族对犹太人的追杀才逃到南非的。高度宗教化的族裔身份不仅没有给他的生活带来改观，反而招来杀身之祸，其父因而丧失了皈依任何宗教的动机。其母虽然是来自英国的中产阶级，但彼时英国国内基督教严苛的宗教教规和伪善的宗教教义促使她对基督教采取了避而远之的态度。父母对宗教信仰的淡漠直接影响了戈迪默，戈迪默对宗教的怀疑很大一部分源自宗教本身的局限性。与此同时，戈迪默自小生活在约翰内斯堡附近的一个矿山小镇，每天都能见到忍饥挨饿的黑人小孩和被煤矿吸干了血肉的黑人

---

①戈迪默：《我儿子的故事》，莫雅平译，译林出版社 2008 年版，第 128 页。

②阿隆：《社会学主要思潮》，葛智强等译，华夏出版社 2000 年版，第 350 页。

矿工,目睹黑人被白人矿主无情鞭打。在残酷的现实面前,宗教信仰的虚幻性和排他性一览无余。也正因如此,戈迪默在小说中毫不留情地批判了基督教的虚幻性和排他性。

1.基督教信仰的虚幻性

宗教信仰来自人对美好的盼望,反映了信徒个人的内在需要、情感和冲动。它指向所求的目标,指向未来。于尔根·莫特曼(Jürgen Moltmann)说:"如果正是希望把信徒吸引到爱的生活中,那么,同样也正是希望,才是信仰思考的促进和推动力量,才是信仰借以对人类本性、历史和社会进行认识与思考的促动和推进力量。"①因此,对于信徒来说,上帝之所以重要并不在于他是一个概念,而是因为他是救世主或是精神力量的源泉。种族隔离制度剥夺了黑人世代栖息的家园,将黑人推入绝境。在社会底层无望挣扎的黑人看不到一丝希望的光亮,转而从宗教中寻求慰藉与补偿。宗教信仰在一定程度上缓解了黑人们遭受的精神痛苦,带给了他们一丝活下去的希望。马克思也曾说过:"宗教里的苦难是现实苦难的表现,又是对这种现实的苦难的抗议。宗教是被压迫生灵的叹息,是无情世界的心境。"②

然而,如无神论者霍尔巴赫所言,宗教大力鼓吹"只有在地上真正受苦的人才能得到上帝的欢心","贫困的人是有福的!悲哀的人是有福的","受苦的人是有福的"③。基督教教导信徒们逆来顺受,将改变现状的希望寄托于来世,以掩盖现实苦难的根源。也正因如此,西方国家不遗余力在南非传播基督教,以达到在精神上麻痹人民的目的。宗教为人们虚构了一个精神家园。离开了宗教环境,结束了宗教幻想的人依然要回归到残酷的现实,幻想破灭后的虚无会带给人更大的痛苦。精神与现实的强烈对比凸显了基督教的虚幻性。马克思曾指出,宗教的慰藉功能就像鸦片一样,"宗教批判摘去了装饰在锁链上的那些虚幻的花朵,但并不是要人依旧带上这些没有任何乐趣任何慰藉的锁链,而是要人扔掉它们,伸手摘取真实的花朵"④。因此,在小说中,戈迪默首先就批判了基督教的虚幻性。

在《我儿子的故事》中,祭奠仪式上的基督教圣歌虽然被人们用作团结彼此的交流符号,但还是没能帮助无辜群众逃过白人武装的袭击。在奔涌的人群中,马耶基索神父用自己的语言大声祈祷,试图安抚四散惊逃的人群,"但是惊慌的

①莫尔特曼:《希望神学导论》,载刘小枫主编:《20世纪西方宗教哲学文选》(下卷),上海三联书店1991年版,第1793页。

②马克思、恩格斯:《马克思恩格斯选集》(第1卷),人民出版社1995年版,第2页。

③霍尔巴赫:《健全的思想》,王荫庭译,商务印书馆2017年版,第159页。

④马克思、恩格斯:《马克思恩格斯选集》(第1卷),人民出版社1972年版,第2页。

人群从他们当中的这位被钉在十字架上的那个人的代表身边狂奔而过，没有什么能够驱散这些人的恐惧”①。在生死关头，基督教的虚幻性敌不过现实带给人们的恐惧。不仅如此，神父也死了。“没有谁去想这能有什么意义。”②这里的“意义”指的就是，虚幻的宗教信仰无法带给人们实际的帮助，也改变不了残酷的现实。在《无人伴随我》中，戈迪默再次批判了宗教的虚幻性。“尽管那些牧师和神父也许谈到把他推荐给上帝看管，祈祷文说让他安息，葬礼的演说者担保他的灵魂继续活着。他的位置和工作在人间，这里，现在，不是在上帝的看管下，不管那也许会坐落在什么地方。他是要行动，不是要安息。”③虚幻的宗教拯救不了被反动政权剥夺的人的生命，也无法让逝去的生命安息。没有生命作为载体，灵魂如何继续存活？与宗教的虚幻性相对照，革命斗士们的生命才是最真实的存在。虚幻的宗教信仰同样没有给《新生》中的塔佩洛的现实困境带来任何改观。“在十七个月的单独监禁中，没有任何一个上帝或神灵给过他们一点帮助。”④靠着坚强的革命意志和战胜苦难的决心，塔佩洛获得了自由。苦难的煎熬激发了塔佩洛直面现实的勇气，他成了新时代家园的守护者，保护自然成为他的信仰。

2.白人基督教信徒的排他性

对其他宗教信仰的排他性是一种宗教信仰的基本特征之一。任何一种宗教都大力宣扬“真理的绝对性”。而诸多宗教中，唯有自己信仰的宗教才是绝对真实的。其他宗教要么都存在缺陷，要么纯属谬论。因此，一种宗教如果没有排他性，也就无法吸引信众，自然就没有存在的理由。从某种意义上讲，排他性是宗教赖以生存的根本。然而，戈迪默在作品中并不是探讨宗教本身的排他性，而是探讨白人基督教信徒以基督教为幌子对弱势族裔的排他性。

基督教是南非第一大宗教。截至1990年，南非基督教信徒总人数就占了全国总人口的78%⑤。但是，基督教的广泛传播并不意味着基督教精神的广泛落实。宣扬“上帝面前人人平等”的基督教却与殖民力量裹挟在一起，异化为种族主义统治的帮凶。在种族主义统治时期，黑人不仅被白人剥夺了生存的基本权利，甚至连宗教信仰权利也被打了折扣。即便是在接受基督教的前提下，黑人也无法体会基督教所倡导的“平等与博爱”的宗教精神。肤色是黑人宗教信仰的障碍，他们被禁止参加白人组织的宗教活动。甚至黑人牧师也不能与白人同事在

①戈迪默：《我儿子的故事》，莫雅平译，译林出版社2008年版，第106页。

②戈迪默：《我儿子的故事》，莫雅平译，译林出版社2008年版，第116页。

③戈迪默：《无人伴随我》，金明译，译林出版社2006年版，第213页。

④戈迪默：《新生》，赵苏苏译，人民文学出版社2010年版，第196页。

⑤《南非官方年鉴，1989—1990》，比勒陀利亚版，第639页。转引自黄若迟：《论南非宗教及其社会文化作用》，载《西亚非洲》，1996年第3期，第42页。

一起开会。即使是到了种族主义统治即将灭亡的1990年,黑人的基督教信仰依然受肤色的限制。《我儿子的故事》中,索尼一家奋力挤进了白人社区,却发现,虽然他们拉近了与白人的物理距离,但白人仍然利用基督教信仰在他们之间划开了一道不可逾越的无形鸿沟。对此,威尔感叹:“我们的白人邻居们每逢星期天都在其中祈祷他们的上帝,这个上帝不允许我们这类人进入他的殿堂。”①

基督教的排他性还体现在西方基督教文化对其他宗教文化的有意误读。《偶遇者》中的朱莉决定跟随阿卜杜远赴北非时,为了挽留女儿,父亲极力劝阻:“在那边,女性受到的是奴隶般的待遇。那是那里的文化和宗教所规定的。”②然而,到了阿卜杜的家乡后,朱莉发现,实际情况并非父亲所描述的那般不堪。这里的女性享有和男性一样的自由。阿卜杜的母亲就是这个家庭的精神支柱,掌控着一家人的生活,享受着家人的尊重。生活在这里的女性只有在需要时才会穿上黑袍子,“她们也不要某些西方人来告诉她们应该把方披巾扔掉”③。父亲的偏见代表了基督教世界对其他宗教文化的普遍看法。通过朱莉的实际见闻和体验,戈迪默批判了朱莉父亲的自以为是和自私自利,间接批判了基督教文化的排他性。

(三)暴露西方国家文化殖民的本质

有学者倾向于将西方国家对待第三世界国家的政策根据时间划分为殖民主义时期、新殖民主义时期和文化殖民主义时期。西方国家在殖民主义时期侧重于对第三世界国家物的掠夺,新殖民主义时期侧重于对人的劳动的掠夺,文化殖民主义时期则侧重于对第三世界国家人们精神的彻底改造④。在整个殖民体系中,西方国家对这三种殖民方式的利用并不总是泾渭分明,而是互相搭配、共同作用于第三世界国家。其中,文化殖民主义是贯穿于整个殖民体系的。文化殖民主义是指:“以美国为代表的西方文化凭借其超强的经济、政治、军事、科技以及传媒等优势,有目的、有意识地推销自己的经济理念、政治价值、文化意识、价值观念和生活方式等,以便在文化和思想上影响、同化他国的一种不平等的人类文化交流现象。”⑤西方国家早期的文化殖民就以基督教的传教活动为引子,进而拉开了武力殖民的大幕。基督教是殖民统治的帮凶。而在后殖民时期,文化

---

①戈迪默:《我儿子的故事》,莫雅平译,译林出版社2008年版,第238页。

②戈迪默:《偶遇者》,梁永安译,漓江出版社2015年版,第84页。

③戈迪默:《偶遇者》,梁永安译,漓江出版社2015年版,第152页。

④文熙:《殖民主义—新殖民主义—后殖民主义—西方资本主义国家对第三世界国家政策的演变》,载《党史文汇》,1996年第5期。

⑤刘海静:《论全球化背景下文化殖民主义的基本特征》,载《平顶山学院学报》,2011年第6期,第1页。

殖民成为主要殖民形式，开始以更加隐性的方式侵蚀第三世界国家的文化。基督教文化成为西方国家文化殖民的主导。

基督教教会的伪善掩盖不了其与殖民统治相互勾结的本质。殖民统治为基督教的传播提供便利，基督教教会也为殖民统治提供宗教理论支持。殖民统治将穷苦黑人推入绝境，基督教教会紧随其后，以教义规劝黑人信教，缓和殖民地人民与宗主国的矛盾。在精神上麻痹穷苦黑人的同时，基督教教会也充当殖民统治的爪牙，拉拢黑人信徒压迫本国人民。正如大主教弗兰克·切肯纳所说，“白人用圣经交换了我们的土地和自由”①。在2001年出版的《新生》中，戈迪默揭露了基督教的异化本质。“这个上帝是白人的上帝，不是他们祖先的神灵。‘上帝’：殖民地文明的首要赐予，象征着整个国家都被剥夺。”②

基督教起源于中东，却繁盛于西方，已成为反映西方人社会心理的媒介，代表了西方文化价值观。其所倡导的“平等与博爱”也是建立在维护欧洲利益的基础上的。在基督教文化的巧妙伪装和循循善诱下，西方文化价值观等慢慢渗入人的内心，使人在潜移默化中疏离了本民族的文化，转而认同西方文化。也正因如此，任一鸣曾言：“在后殖民时代的非洲，殖民者留下的最大一笔遗产就是宗教。宗教在非洲殖民地国家的传播是另一种形式的殖民，它对殖民地的占领和统治方式不同于枪炮，也不同于语言，它直接作用于人们的精神世界，从根本上改变人们的人生价值观。”③因此，在基督教文化的辐射下，即便不是基督徒，其思想和行为也往往深受基督教文化的影响而不自知，逐渐丧失了自我意识和创新精神。殖民时代的黑人，甚至是黑人知识分子也浑然不觉基督教文化对自己思想的侵蚀。《我儿子的故事》中的索尼在加入革命之前并不明白白人的统治与宗教有什么关系，他“把强权想象为一种抽象，一种超宗教的奥秘，……不相信把人们弄得如此无能为力的强权只存在于人们自己的屈服中”，因为他不知道“所有的宗教都是利用神话人物来阐释各种奥秘的，……有一种宗教甚至拙劣地抬出一个生自处女的半神半人的人物来，目的是为了使那种特别的神话显得更加可信”④。这里提到的“生自处女的半人半神的人物”指的就是基督教经典——圣经故事里少女玛利亚从圣灵受孕所生的耶稣。在此，戈迪默批判的矛头直指基督教。也正因以基督教为主导的西方文化的侵蚀，索尼对白人文化充满向往，在不自觉中疏离了与黑人社区的关联，最终因为对白人女性的痴迷而被革命队

---

①Charles Villa-Vicencio. *The Spirit of Freedom: South African Leaders on Religion and Politics*. Berkeley: University of California Press, 1996, p. 70.

②戈迪默：《新生》，赵苏苏译，人民文学出版社2010年版，第196页。

③任一鸣：《后殖民时代的非洲宗教及其文学表现》，载《社会科学》，2002年第12期，第99页。

④戈迪默：《我儿子的故事》，莫雅平译，译林出版社2008年版，第14页。

伍边缘化。《空前时代》里成长于殖民时代的男校校长埃尔德给自己女儿取的教名就来自圣经，因为“这个孩子长大后要用自己的名字取悦白人”①。

在后殖民时代，以基督教文化为主导的文化殖民在科技的助推下迅速蔓延，以更加隐性的方式影响着非洲各国。《偶遇者》中的阿卜杜就是深受基督教文化影响的典型代表。阿卜杜自称是“没有国家的人”②，因为他的国家是一个充斥着“政治腐败、宗教迫害、边界冲突”③，连宗主国都不想要的北非小国。阿卜杜本名易卜拉欣·伊本·穆萨。“易卜拉欣”来自《古兰经》，是伊斯兰教中的先知之一，被视为“众先知之父”“真主的朋友”。父母给他取了这个名字，期待他能像父辈一样成为一个虔诚的伊斯兰教信徒，并守护他们的家庭。然而，原本应该虔诚信教的阿卜杜却在欧洲媒体的自我鼓吹和自我标榜的影响下，放弃了自己的宗教信仰，淡化了自己的民族意识，转而认同欧洲的文化价值观念，并对欧洲的生活充满向往。他一次次使用不同的化名去往不同的国家，又一次次无功而返。阿卜杜这个名字就是他在南非约翰内斯堡与朱莉相识时使用的化名之一。被驱逐回国后，阿卜杜用回了自己的本名。然而，姓名的回归并不意味着阿卜杜民族意识的回归，他继续坚持不懈地申请移民。

殷融和张菲菲认为，“个体对内群体的认同越高，自我概念中的群体性与社会性越发凸显，就会越倾向于以群体成员的身份行事，表现出与群体身份相符的行为”④。反观阿卜杜，他在设法逃离本土的同时，努力抵制着作为内群体的家庭带给他宗教影响。对于家人的宗教信仰，阿卜杜不以为然，甚至鄙薄母亲的虔诚信仰，“她以前能把整部《古兰经》倒背如流。……但那又怎样？最后还不是要按照家人的安排嫁人”⑤。在等待移民申请结果的过程中，阿卜杜只是在形式上维持着自己的伊斯兰教信仰。斋月期间，他只是为了让母亲高兴才守斋。伊斯兰教规定，斋月期间，穆斯林不可以在白昼吃饭喝水，以及与异性发生性行为。在伊斯兰教文化中长大的阿卜杜深谙伊斯兰教的守斋禁忌，却有意违禁，与妻子发生性行为。“禁忌与神圣事物和宗教观念相联系，体现为对个体行为上的限制和禁戒规定，遵循禁忌规定可以强化宗教意识，使神圣事物处于圣洁而不可侵犯的地位。”⑥斋月禁忌是伊斯兰教生活的重要内容，其目的就是要求穆斯林通过

①Nadine Gordimer. *No Time Like the Present*. New York: Farrar, Straus and Giroux, 2013, p. 2.

②戈迪默：《偶遇者》，梁永安译，漓江出版社2015年版，第11页。

③戈迪默：《偶遇者》，梁永安译，漓江出版社2015年版，第11页。

④殷融、张菲菲：《群体认同在集群行为中的作用机制》，载《心理科学进展》，2015年第9期，第1637页。

⑤戈迪默：《偶遇者》，梁永安译，漓江出版社2015年版，第116页。

⑥罗惠翾：《从人类学视野看宗教仪式的社会功能》，载《新疆师范大学学报：哲学社会科学版》，2009年第1期，第40页。

守斋行为抑制本我欲望、接受磨炼，以获得神圣的宗教体验，从而强化自己的宗教意识。阿卜杜通过有意违禁摈弃了自己的宗教信仰，也淡化了自己的民族意识。母亲对儿子的违禁行为心知肚明，却选择了隐瞒，因为她害怕阿卜杜会因为家人的责怪再次离开这个国家。然而，母亲的包庇并没有换得阿卜杜民族意识的回归，他依然忙于移民申请。在有意疏离本民族宗教信仰的同时，阿卜杜还刻意远离激进朋友们的国事讨论，以此淡化民族意识对他的牵绊。在欧洲文化浸染中长大的朱莉深知文化殖民的真实面目，一再劝阻阿卜杜放弃不切实际的幻想。舅舅挽留阿卜杜，希望他能留下继承自己的修车厂生意，却被阿卜杜拒绝。在他看来，“只有基督教的世界才是世界”[①]，“如果你想住在发达世界里，唯一的办法就是想办法挤进所谓的基督教世界里”[②]。阿卜杜以为，只要努力，总有一天，他会做到像媒体所宣传的那样，在欧洲大国的摩天大楼里指点金融。

宗教信仰明确而充分地表现了信仰者个人的意志、决心和生活态度。选择另外一种宗教信仰环境，意味着选择了另外一种价值尺度。阿卜杜将以基督教为主要宗教信仰的欧洲认定为发达世界，寄希望于移民到一个西方大国来提升自己的主体地位。父辈们不解，“外面那个假神充斥的世界有什么是值得你们去的呢?”[③]《古兰经》中的先知易卜拉欣劝导家人不要相信祖宗敬拜的假神，现实生活中本名“易卜拉欣”的阿卜杜却对假神充斥的世界充满向往。经历过殖民统治的父辈们对新时代的文化殖民洞若观火，年轻人阿卜杜却深陷其中无法自拔。“他的努力注定是西西弗斯式的努力，因为在新的国度，他会再次遭受帝国文化的排斥，在夹缝中艰难求生，边缘人的身份依然无法改变。”[④]与阿卜杜形成鲜明对照的是，朱莉选择扎根本土，用勤劳的汗水建造属于自己的伊甸园。两相对比，不难发现，戈迪默借由阿卜杜批判以宗教为主导的文化殖民主义的同时，将朱莉塑造为对抗文化殖民主义的典范。然而，应该注意的是，19 世纪末，黑人基督徒有了自己的独立教会，有了宗教自主权。独立后的黑人基督教教会为推翻种族主义统治作出了重要贡献。因此，戈迪默在此批判的基督教指的是以白人为主导的基督教。

（四）倡导宗教文化多元化

西方理论家们大力鼓吹西方文化中心论，推行文化殖民主义，认为第三世界

---

①戈迪默:《偶遇者》，梁永安译，漓江出版社 2015 年版，第 136 页。

②戈迪默:《偶遇者》，梁永安译，漓江出版社 2015 年版，第 137 页。

③戈迪默:《偶遇者》，梁永安译，漓江出版社 2015 年版，第 161 页。

④胡忠青、蔡圣勤:《论戈迪默后期作品的异化主题》，载《湖北社会科学》，2016 年第 1 期，第 143 页。

国家人民的出路在于认同西方文明及其价值体系。其中,引起争议最大的要数萨缪尔·亨廷顿(Samuel P. Huntington)的“文明冲突论”,他认为“未来的冲突将由文化因素而不是经济或意识形态所引起”,“在这个新的世界里,最普遍的、重要的和危险的冲突不是社会阶级之间,富人和穷人之间,或其他以经济来划分的集团之间的冲突,而是属于不同文化实体的人民之间的冲突”①。他甚至在其著作中耐人寻味地写道:“西方国家的普世主义日益把它引向同其他文明的冲突,最严重的是同伊斯兰和中国的冲突。”②其目的即要为文化殖民主义建立理论基础,用单一的文化模式强行取代世界文化的多样性。因此,全球化的真正含义是强势文化的全球化过程,“只不过这种文化全球化是以强势文化压制、排斥甚至吞噬弱势文化为特征,是文化主体间不平等的文化交往”③。“文化是一个国家和民族的根和灵魂,是民族间相互区分的遗传基因,它鲜明地体现了一个国家和民族的品格。”④一个民族的文化特质是维系民族生存与发展的精神源泉,丧失了文化特质的民族必将丧失生命力,成为强势文化的傀儡。以同化弱势文化为目的的文化殖民主义严重违背了文化主体间的平等交往原则,极大地破坏了人类的文化生态平衡。如何对抗文化殖民主义,维护民族文化特质?戈迪默在小说《偶遇者》中以伊斯兰教为例,给出了她的建议:维持宗教文化的多样性。

1.宗教意识之于民族意识的强化

宗教信仰是民族风俗习惯和传统文化的一部分,它与特定民族的传统观念、伦理道德和人生价值等密切相关,是该民族传统文化的结晶。宗教信仰与本民族的民族意识紧密结合。民族意识指的是:“人们对自己属于哪个民族的一种归属感和主体意识,包括对本民族存在与发展、群体价值与历史命运、负有义务与责任的自我联系与理解;对本民族历史、文化、生产生活方式和独有的各种民族特点的认同与热爱;对族内和族际关系的共同认识和看待,等等。民族意识是民族分界和民族认同的主要标志,对民族的统一和凝聚,有着巨大的内向力和推动力。”⑤宗教信仰是维系民族向心力和维护民族文化传统的强有力的精神纽带。因此,宗教信仰认同是强化民族意识的重要途径。《偶遇者》中的朱莉就尝试以宗教信仰为突破口,逐步与阿卜杜一家建立民族意识认同。

阿卜杜一家都是伊斯兰教信徒。由于语言障碍,朱莉无法用语言与阿卜杜家人进行情感交流。为了赢得阿卜杜家人的认可,融入这个家庭,她首先从与婆

---

①亨廷顿:《文明的冲突与世界秩序的重建》,新华出版社1999年版,第1页。

②亨廷顿:《文明的冲突与世界秩序的重建》,新华出版社1999年版,第5页。

③于炳贵、郝良华:《中国国家文化安全研究》,山东人民出版社2007年版,第26页。

④范玉刚:《欲望修辞与文化守夜》,中国文联出版社2008年版,第1页。

⑤贾平安、郝树亮:《统战学辞典》,社会科学文献出版社1993年版,第229页。

婆建立认同感开始。少言寡语的婆婆是家里的精神支柱，除了掌管厨房事务，她的日常就是祷告。作为一种宗教仪式，祷告既是宗教信徒表达赞美、祈求和忏悔的途径，又是表达自己思想和愿望的方式。祷告词是信徒内心世界的窗口。因此，朱莉选择从了解婆婆的祷告内容开始了解她。朱莉通过妈妈在网上订购了一本精装的《古兰经》英译本。在阿卜杜妹妹玛利亚姆的指点下，朱莉了解到婆婆常常诵读的经文是《众先知》、《麦尔彦》和《至仁主》几章。《众先知》讲述的是生养了众多子女的先知艾优卜虔诚信主、苦尽甘来的故事。艾优卜的坚忍和毅力是广大穆斯林乃至世人学习效仿的典范。而婆婆从小就虔诚信主，结婚后生养了七个儿女，家庭条件颇为拮据，其经历与艾优卜有相似之处。婆婆通过诵读艾优卜的故事，从中找到共鸣与慰藉。她希望自己能够像艾优卜一样，用自己的虔诚赢得真主的垂怜，子女安康，一家人过上幸福的生活。《麦尔彦》讲述的是贞洁少女麦尔彦在真主的恩惠下怀孕生下儿子尔萨的故事。这个故事既颂扬了真主的全能与伟大，又赞颂了女性怀孕生子。联想到之前阿卜杜妹妹马利亚姆替婆婆打听朱莉为啥不怀孕的事情，朱莉了解到婆婆对自己的期待。《至仁主》讲述的是至仁主创造万物的故事。其中有两句经文，“他曾任两海相交而汇合，两海之间，有一个堤防，两海互不侵犯”①。这两句经文描述的是两海交汇，不同密度的海水互不交融的物理现象。海水交汇却不交融，形象地暗示了朱莉和阿卜杜两人身份的差异。朱莉从中隐约看出婆婆对她与阿卜杜关系的担忧。诵读宗教经文是婆婆表达内心世界的途径。通过对这些经文故事的学习与感悟，朱莉看到了婆婆对家人的期望、祝福与担忧，更理解了她强烈的宗教意识。正是这强烈的宗教意识影响并支配着婆婆的日常生活。宗教意识是民族意识、民族情感的集中体现。婆婆通过对宗教信仰的虔诚表达了她对民族意识的坚守。通过了解婆婆，朱莉对这个国家的民族意识有了初步了解。

2.宗教时间架构之与基督教文化的对抗

与此同时，朱莉通过对新的时间架构的适应进一步表明了自己对这个国家民族意识的认同。朱莉来自前殖民地南非的约翰内斯堡，在基督教的时间架构中长大。在她很小时，大人就告诉她：“时间是被一个马槽里诞生的小孩所一分为二的。那之前的日子被称为 B. C.（主前，即公元前），之后被称为 A. D.（主后，即公元）。……这就是基督教的循环。”②月相和四季都是被算在基督教循环里的。朱莉习惯性地认为，这个世界就是基督教的世界。而到了这个伊斯兰教国家后，朱莉发现，这里的时间架构是由伊斯兰教教历决定的。每天在清真寺塔

①戈迪默：《偶遇者》，梁永安译，漓江出版社 2015 年版，第 124～125 页。

②戈迪默：《偶遇者》，梁永安译，漓江出版社 2015 年版，第 136 页。

顶呼唤人们前去祷告的穆安津将人们的时间一分为五。人们上班的时间和休息的时间也以祷告时间为分界线。朱莉要适应这个阿拉伯小国的生活,她“首先得适应的是它的时间架构”[①]。她很快适应了每日由穆安津的呼唤声所设定的时间架构。在斋月里,所有穆斯林都需要遵守教规,从每日拂晓至日落禁止饮食和房事。作为一个外来的非穆斯林,朱莉本不需要遵守伊斯兰教教规,但是朱莉却坚决跟随家人一起守斋,并向丈夫表示“我永远和你同路”[②]。在整整三十天内,每日从日出至日落,朱莉和阿卜杜一家一样,不吃不喝。“身与心对斋月的回应,完完全全就像对一个不同的时区国家的时差的回应。”[③]朱莉对新的时间架构的适应使婆婆看到了她的坚韧与真诚。她获准在开斋节当天到厨房帮忙。开斋节是伊斯兰教的重大节日。获准在这一天参与厨房事务,意味着朱莉获得了婆婆的认可。而在斋月之后的一个下午,朱莉在给女孩们上英语课的时候,婆婆破天荒地坐在了女孩中间。朱莉明白,“她得到了接纳”[④]。婆婆用行动表示了对朱莉的赞许与敬重,二人在宗教语境内完成了无言胜有言的交流。“个体对群体身份的觉知、对群体的心理归属感及对群体共享价值信念的肯定都是群体认同的构成要素。”[⑤]在摈弃基督教时间架构的同时,朱莉通过对伊斯兰教时间架构的适应,与阿卜杜家人建立了群体认同感,进而表达了自己对该民族民族意识的认同。

伊斯兰教和基督教同属外来宗教。和基督教作为殖民统治的先导与帮凶不同,虽然伊斯兰教早期也是以武力征服进入非洲的,但是其传教方式较为温和。伊斯兰教的传入不仅促进了非洲文化、经济的发展,而且加强了非洲各国同外部世界的联系。尤为重要的是,伊斯兰教主张不分种族、不分国家、不分语言,天下所有的穆斯林都是兄弟姐妹。因此伊斯兰教在非洲各部族的传播打破了非洲社会因部族文化差异造成的隔阂,进而可以在不同文化和部族间建立一种普遍的、共同的,并且强有力的纽带。利比里亚学者爱德华·威尔莫特·布莱登(Edward Wilmot Blyden)在对比了基督教和伊斯兰教对非洲的影响后,也充分肯定了伊斯兰教在推动非洲社会进步方面所起到的积极作用。他认为,基督教消灭非洲文化、破坏社会和谐、践踏非洲尊严,抑制非洲个性的发展。而“伊斯兰教文明则有益于非洲社会和非洲人个性的发展”,因为“伊斯兰教最大限度地维系了非洲习俗和制度的完整性,净化了其中粗俗的成分。尤为重要的是,它超越

---

①戈迪默:《偶遇者》,梁永安译,漓江出版社 2015 年版,第 106 页。

②戈迪默:《偶遇者》,梁永安译,漓江出版社 2015 年版,第 130 页。

③戈迪默:《偶遇者》,梁永安译,漓江出版社 2015 年版,第 130 页。

④戈迪默:《偶遇者》,梁永安译,漓江出版社 2015 年版,第 138 页。

⑤殷融、张菲菲:《群体认同在集群行为中的作用机制》,载《心理科学进展》,2015 年第 9 期,第 1637 页。

了非洲社会族体间的隔阂，起到了调节部族关系、维系社会和睦的黏合剂作用”[①]。布莱登甚至认为，伊斯兰教“承载着抵抗基督教政治、文化侵蚀的重任”[②]。在小说《偶遇者》中，戈迪默认为伊斯兰教打破了基督教时间循环，建立了新的时间架构。伊斯兰教时间架构下的百姓日常有利于对抗基督教文化对非洲人民的同化，进而强化人民的民族意识。两人的观点必然是契合的。

总之，戈迪默敏锐感知到了宗教在不同时期带给南非社会的影响，并将自己的宗教观散布于中后期的长篇小说中。她肯定了基督教在殖民时期内有限的正面作用，大力批判了基督教的虚幻性、排他性。与此同时，戈迪默肯定了后殖民时期伊斯兰教对于重置时间架构、对抗文化殖民主义的侵蚀、强化民族意识的重要性。但总体而言，戈迪默对宗教的认同与批判都基于特定的时代需求。她批判宗教，目的不是为了批判宗教本身，而是借此揭露与宗教关系错综复杂的文化殖民主义。马克思曾说：“宗教批判使人摆脱了幻想，使人能够作为摆脱了幻想、具有理性的人来思想，来行动，来建立自己的现实性，使他能够围绕着自身和自己现实的太阳旋转。”[③]戈迪默对宗教的理性认同与批判，最终是要引导人们做一个有自我意识和自主思想、着眼于现实的人。

通过将戈迪默的宗教观放在南非大的宗教语境中进行对比，我们发现，戈迪默在小说中体现的宗教观更多的是指向基督教和伊斯兰教等外来教派，对于本土宗教几乎没有涉及。这绝非偶然。首先，南非本土宗教是一种弥漫性的宗教。其特点就是，没有固定的组织、宗教经典和宗教仪式等，它渗透在人们的日常生活中。在基督教和伊斯兰教等外来宗教的冲击下，本土宗教迅速边缘化，信众人数急剧减少。信众的阶层也基本局限于受教育程度不高的底层民众。在外来宗教，特别是基督教的影响下，传统宗教的信众们往往将本土宗教中主宰一切的至上神与外来基督教中全知全能的上帝混为一体，已经说不清自己信奉的到底是哪种宗教，纯粹的本土宗教观念无从表现。其次，戈迪默小说中的人物塑造基本都是以白人为主，其中有少数黑人，他们要么被塑造为受过高等教育或者手握权力的黑人精英，要么被塑造为保姆、仆人或者底层员工等次要角色，这样的人物角色自然不是表现本土宗教影响的理想载体。或许我们可以将戈迪默对本土宗教的关照缺失归结为戈迪默小说的局限性。但是，我们不能对此求全责备，毕竟

---

①转引自张宏明：《基督教、伊斯兰教对非洲社会发展的影响——爱德华·布莱登的宗教思想透视》，载《西亚非洲》，2007年第5期，第13页。原文引自 Hollis R Lynch, Edward Wilmot Blyden. *Pan-Negro Patriot, 1832-1912*. New York: Oxford University Press, 1967, p. 67.

②转引自张宏明：《基督教、伊斯兰教对非洲社会发展的影响——爱德华·布莱登的宗教思想透视》，载《西亚非洲》，2007年第5期，第17页。

③马克思、恩格斯：《马克思恩格斯选集》(第1卷)，人民出版社1972年版，第2页。

小说的文本容量是有限度的,作家创作的目的也是有所侧重的。毋庸置疑的一点是,对外来宗教的政治文化批判本身就是为了引发人们对包括本土宗教在内的传统文化的二次审视。

与此对应的是,本书研究戈迪默对宗教的认同与批判,并非是要对某种宗教信仰说长道短,而是研究在戈迪默的长篇小说中,宗教在殖民批判和文化殖民批判中的重要作用。此外,我们应当注意的是,戈迪默在《偶遇者》中留下了一个伏笔:主人公朱莉曾有过基督教信仰的经历,在北非小国,她认同伊斯兰教宗教经典与宗教活动,却并没有皈依伊斯兰教,而是一次次地选择在一个阈限时间去往一个阈限地点,通过冥想重建自我身份。朱莉精神世界的自我改变摆脱了任何宗教对她的影响。这是否意味着戈迪默在尝试探讨宗教信仰开始由神圣化走向世俗化呢?这点值得我们进一步探索。

纵观南非英语文学,我们会发现,南非英语作家们几乎都在小说中或多或少地引入了宗教元素。例如,殖民初期的探险文学代表人物莱德·哈格德在《所罗门王的宝藏》等小说中将基督教传教士塑造为殖民统治的先导与帮凶;现实主义文学初期代表作家奥利芙·旭莱纳在《一个非洲农庄的故事》等小说中批判了基督教的虚幻性和殖民者对基督教外衣的丑恶利用;与戈迪默同时代且与她并称"南非双星"的库切在《幽暗之地》等小说中对西方宗教文明进行了有力的抨击;近代黑人作家代表穆达在《与黑共舞》和《红色的心》等小说中将基督教教会和传教士描述为本土传统文化的破坏者。凡此种种,不一而足。通过横向对比,我们会发现,这些作家们在小说中对基督教等外来宗教基本都是持否定和批判的态度,鲜有对外来宗教的认同。相较而言,戈迪默对宗教的认同与批判却是客观而深刻的,这在南非英语文学史上是难能可贵的。诚然,这与作家所处的时代背景和文学创作诉求是有密切关联的。但是,这也提醒了我们一个事实,对作家宗教观的解读要因时、因地、因人而异,切不可采取一刀切的简单做法。

结 语

戈迪默被誉为“南非的良心”和“南非历史的记录者”[①]。她的创作和她的追求与马克思主义“解放全人类”,以及西方马克思主义“社会批判理论”等是必然契合的。在 1991 年的诺贝尔授奖词中,瑞典文学院高度赞赏戈迪默,认为她“以其热烈而直接的笔触书写了她的生活环境中极其复杂的人与社会关系”[②]。在其受奖演说《写作与存在》中,戈迪默引用希腊作家尼可斯·卡赞扎基斯(Nikos Kazantzakis)的话回应说,作家的探索,“不得不‘作出决定,与我们这个时代的可怕节奏合拍’”[③]。的确,戈迪默一方面立足于自己女性作家的身份,将思想的触点细致地延伸到社会生活的各个角落,以微末之光照亮社会现实,使我们得以窥见南非甚至非洲大陆上的边缘群体在特殊政治与历史背景下的绝望与挣扎;与此同时,她站在民族和时代的制高点,把南非放在经济全球化的大背景下,思考现代化对南非社会的推动与冲击。她的创作对社会现实反映的广泛性和反思的深刻性赋予其作品深远的文学意义和社会意义。她的创作构建了一场关于更普遍的人类状况的对话,在更为深切和广阔的视野中表达了对人类的普世性关怀。这使得她的创作既有历史感,又有一种令人不安的时代气息。另一方面,作为一个社会活动家,戈迪默利用自身的影响力,积极参与南非的政治和社会活动,为建立平等自由、和平发展的南非奋斗终生。

本书以西方马克思主义为理论参照,选取了戈迪默小说中表现最为集中的异化、自由与责任,空间与身份,以及宗教等主题,探讨戈迪默对南非社会现实的揭露与批判。

第一章为“全面异化:无家可归的现代人”,主要探究南非不同历史时期复杂政治生态对人们精神世界的影响,研究的是 1994 年,即种族隔离制度被废除后出版的小说:《无人伴随我》《家有藏枪》《偶遇者》《新生》《空前时代》。曾经有人

---

①Nadine Gordimer. Living in the Interregnum. From *The Essential Gesture: Writing, Politics, Places*, edited by Stephen Clingman. New York: A. A. Knopf, 1988, p. 1.

②Swedish Academy. *The Nobel Prize in Literature 1991*. https://www.nobelprize.org/prizes/literature/1991/press-release/.

③戈迪默:受奖演说:写作与存在,载《我儿子的故事》,莫雅平译,译林出版社 2008 年版,第 272 页。

质疑:“在失去了反种族隔离制度这一基本文学主题后,南非白人作家是否还能生存,还能保持强劲的创造力?”[①]通过对戈迪默小说的研究,我们不难看出,当南非人民不再沉湎于种族隔离这一历史伤痛,开始全新的黑白融合生活的时候,他们面临的是更加难解的题:如何在经济快速发展的今天处理好人与自然的关系,从而做到可持续发展;如何平衡主体之间的伦理权利与伦理义务,共同创造和谐社会;如何坚定自我,合理应对本我的本真诉求并响应超我的至高召唤。针对这些难题,戈迪默用细腻的笔触在作品中委婉地给出了自己的建议。蕴含着丰富人文关怀的创作不仅有力地还击了他人对南非白人作家的质疑,而且向读者“展示一个‘后’殖民的世界,意味着如何在这个世界中生活,并以一种与过去大不同的方式再现这个世界”[②]。此外,本章还涉及了戈迪默 1979 年出版的《伯格的女儿》,探析了自由革命对个体,尤其是对家庭关系的冲击。

第二章为“‘他者’与自我:触不可及的主体性”。如果说第一章对异化主题的研究是针对整体的南非人,那么本章则将异化的表征研究具体到了作为弱势族裔的黑人及有色人。黑皮肤与白皮肤的分野,是种族主义统治赖以存活半个世界的借口,其带给非洲人的伤害是全方位的。尤其是在精神上,它改写了关于人的定义,扭曲了人的精神世界。如同穆达曾言,“南非的政治斗争把白人和黑人都囚禁在狭小的政治空间里,白人与黑人互为存在,互为影响。回避对对方的书写,自身的存在不能独立存在”[③],这种影响不可避免地也涉及了白人。本章选取了戈迪默最具代表性的小说之一《我儿子的故事》,细致剖析了种族主义统治对黑人,以及作为优势主体的白人的深刻影响。种族主义统治的毒素,不仅迫使黑人失去了自我意识,以白人及其所代表的文化为理想,而且有意无意地忽视黑人女性同胞同样作为种族他者的事实,将白人的他者化行径复刻到了黑人女性的身上。而在此过程中,伪善的白人,在看似善良的政治援助中暴露了自己的精致利己主义倾向。而故事中黑人女性重建主体性、摆脱双重他者处境的努力,为弱势族裔尤其是黑人女性提供了参考。

第三章为“自由与责任:家庭伦理的缺失与重建”。该章选取了戈迪默于 1979—2005 年出版的七部长篇小说:《伯格的女儿》《七月的人民》《我儿子的故事》《无人伴随我》《家有藏枪》《偶遇者》《新生》,以家庭伦理为切入口,以自由和责任为参照,分析了在特定社会环境和历史背景下个体在家庭生活中的迷茫与

①Janet Witalec. *Contemporary Literary Criticism*. Detroit: Gale Research Company, 2003, p. 362.

②博埃默:《殖民和后殖民文学》,盛宁、韩敏译,辽宁教育出版社 1998 年版,第 213 页。

③Zakes Mda. *Justify the Enemy: Becoming Human in South Africa*. Edited by J. U. Jacobs. Scottsville: University of KwaZulu-Natal Press, 2018, p. 147.

挣扎。家庭伦理是社会伦理的细化,它要求家庭成员之间,如夫妻之间、代际之间有相互忠诚、相互协助与扶持的义务。一个家庭的存续取决于家庭成员对家庭伦理的坚守。而种族主义统治的戕害,革命运动的冲击,以及经济现代化的侵蚀等,使得原本和谐的家庭关系破裂,伦理缺失。家庭伦理是社会伦理的基础,和谐家庭伦理对于和谐社会伦理的形成有着至关重要的影响。家庭伦理的缺失必然导致人际关系的异化,进而阻碍个体的生存与发展。然而,戈迪默并没有在小说中针对家庭伦理的缺失进行道德训诫与说教,而是尝试重建家庭伦理,帮助人们走出伦理困境,进而助力社会伦理的形成。

第四章为"空间与身份:如何重建'在家'感"。空间,作为万事万物的存在形式,既是人类实践展开的场域,也是人类生命寄予的处所,无疑具有多方面的自然和人文意蕴。随着全球经济一体化步步推进,人们的生活越来越便利。在空间距离逐渐缩短、空间界限逐渐模糊的同时,人们对自己的居住空间有了更多的选择。然而,在物质生活越来越便利、空间权力越来越充分的同时,现代人却普遍陷入了处处可为家却又无家可归的窘迫处境。在"空间转向"的影响下,作家们的创造实践也发生了重大变化,表现最为突出的就是传统的时间叙事纷纷让位于空间叙事。作家们越来越注重在小说中通过空间的位移来表现时间的转变与发展,并强调人与空间的互动关系。空间主题也是戈迪默高度关注并深入探讨的主题之一,并被她赋予极其重要的意义。该章以《偶遇者》为例,深入探析了经济全球化如何在改善人们生活的同时,又导致人们普遍陷入了对异化符号空间的盲目追求。

第五章为"宗教与现实:以无形映射有形"。非洲是世界上最具宗教性的民族之一。对于非洲人来说,宗教就是生活本身。它浸透在非洲人的一切思维方式和行为习惯中,并塑造出非洲人特有的气质与个性。非洲不仅有基督教和伊斯兰教等外来宗教,而且有历史悠久、根深蒂固的本土宗教信仰传统。外来宗教,尤其是基督教,随着西方殖民活动的展开,以迅猛的态势在非洲各国传播开来,在作为殖民帮凶的同时,也逐渐融入非洲本土文化。而随着现代化的到来和西方殖民策略的改变,基督教及其主导的西方文化以更加内隐的方式继续影响着年轻的新非洲。该章就以《我儿子的故事》《无人伴随我》《偶遇者》《新生》等小说为对象,研究戈迪默如何通过宗教审视现实。戈迪默在利用圣经原型意象揭露种族主义对人的摧残,探索新南非的发展之路,引导人们积极追求终极美好生活的同时,也借由宗教批判以基督教文化为主导的西方文化对他国文化的侵蚀。

在以上每一个主题的论述过程中,笔者仅选择了最具代表性的小说。但实际上,这些主题贯穿了戈迪默创作的始终。从这些主题,我们不难看出,她对南非现实的反思,更多的是在揭示和审视西方文化对非洲,尤其是对南非的巨大影响。尽管戈迪默坚决抵制政治上的卷入感侵蚀她的写作，但是在南非，这个被殖民统治和种族主义统治了数个世纪的国度，高度政治化的现实环境使她的文学视野不得不随着南非的政治发展而迁移。这种变动，体现在她对南非现实的关注有着明显的时间分野——以 1994 年种族隔离制度被废除、新南非建立为界线。从 1937 年发表第一篇小说开始，到 1994 年，她对南非现实的关注更多的是在揭露西方殖民统治及接踵而至的种族隔离制度对南非，尤其是黑人及有色人种等弱势族裔的摧残，以及弱势族裔如何努力抗争，争取应当作为平等的人的权利，重建自己的主体性。在 1994 年以后出版的小说中，戈迪默在一如既往地关注南非国民基本生存问题的同时，也开始反思西方文化对南非文化和南非社会的冲击，以及如何重建南非文化自信等问题。约翰·马克斯韦尔·库切(John Maxwell Coetzee)在评价戈迪默中后期的小说时也认为，“戈迪默小说的关注点开始转向精神层面”①。新南非建立后，尽管后隔离时期的南非社会政治已经取得长足进步和巨大飞跃，但是文化思想上的藩篱桎梏并未被废除。西方文化对生活在非洲大陆上的人民的精神思想的统治依然强而有力。而西方国家对非洲人民的文化的领导权并非直接通过强权，而是利用一种意识形态潜移默化地渗透，甚至成为人们不自觉的意识和行为。戈迪默的后期小说立足于这种社会新形态，展示新时期仍然错位甚至更为复杂的东西方文化关系。

戈迪默出生于南非，父亲是立陶宛人，母亲是英国人，并且双方均系犹太裔。她是典型的有着第三世界血统但又接受了西方文化体制教育的知识分子，“他们文化身份认同的‘混杂性’，使他们在后天教育与文化上认同于西方文化主流，同时这种文化认同又与他们意识或者无意识深处的民族文化记忆相冲突”②。因此，戈迪默的创作，体现了她对西方和东方群体及其各自的地位的深层次思考，也展现了动态文化的对抗与平衡中上下沉浮不定。在新时期，西方文化确实表现出了开放先进、谦逊豁达的一面，东方群体同时也在努力摆脱以往的偏狭封闭。戈迪默以敏锐的眼光看到逐步走向温情的西方态度对于东方群体文化和思想更为隐晦也更有效的统治。正如伊格尔顿所言：“我们可以视文学为文本，但也可以把它看作一种社会活动，一种与其他形式并存和有关的社会、经济生产的形式。”③意识形态渗透在戈迪默文本的众多方面，这就为文学批评和文化批评开拓了新的思路，形成从单纯的文本批评向文化研究的转向。

---

①John M. Coetzee. *In Inner Workings: Essays 2000-2005*. London: Harvill Secker, 2007, pp. 244-256.

②周宁:《想象的疆域:从文学批评到文化批判》,载《东南学术》,2004 年第 6 期,第 272～275 页。

③伊格尔顿:《马克思主义文学与批评》,文宝译,人民文学出版社 1980 年版,第 12 页。

戈迪默的写作在世界文学中构成了一股强大的力量。她的主题、她对主题的独特处理方式、她的颠覆意识以及她对事物的认同,使她的作品成为一种新的话语。在全球化背景下的南非,戈迪默通过自己的作品与自己的国家以及世界其他地区进行对话,对单一文化的同质全球化的新危险提出了警告。她对多元文化发展的看法和对表达边缘化经验的强调具有重大意义。同时,她认为在跨文化交流中,文化应该保持自己的个性,通过不放弃自我表征来表达自己。她显然反对任何形式的文化霸权。从这个意义上说,她的作品为我们如何应对西方文化的影响而不丧失自己的身份,以及我们应该如何看待自己国家的其他文化提供了见解。

因此,对戈迪默作品的研究是一个反思自我、反思社会的机会,将有助于激励我们提升自己,合力建设和谐社会。由此,文学的教育与批判功能得以凸显。随着全球一体化,中国和非洲各国经济与文化合作越来越密切,从政府机构到民间企业团体,交流也越来越频繁,对戈迪默作品的研究有助于加深中国读者对南非文学和南非社会的了解,进而推动中非交流与合作。

附　录

一、纳丁·戈迪默作品列表

长篇小说：

The Lying Days. London: Gollancz, 1953.

A World of Strangers. London: Gollancz, 1958.

Occasion for Loving. London: Gollancz. 1963.

The Late Bourgeois World. London: Gollancz, 1966.

A Guest of Honour. New York: The Viking Press, 1970.

The Conservationist. London: Jonathan Cape, 1974.

Burger's Daughter. London: Jonathan Cape, 1979.

July's People. New York: The Viking Press, 1981.

A Sport of Nature. New York: A. A. Knopf, 1987.

My Son's Story. London: Bloomsbury, 1990.

The House Gun. New York: Penguin USA, 1992.

None to Accompany Me. New York: Farrar, Straus, and Giroux, 1994.

The Pickup. London: Bloomsbury, 2001.

Get a Life. New York: Farrar, Straus, and Giroux, 2005.

No Time Like the Present. New York: Farrar, Straus, and Giroux, 2012.

短篇小说集：

Face to Face. Johannesburg: Silver Leaf Books, 1949.

The Soft Voice of the Serpent and Other Stories. New York: Simon & Schuster, 1952.

Six Feet of the Country. London: Gollancz, 1956.

Friday's Footprint and Other Stories. London: Gollancz, 1960.

Not for Publication and Other Stories. London: Gollancz, 1965.

Livingstone's Companions. New York: The Viking Press, 1971.

Selected Stories. London: Jonathan Cape, 1975.

Some Monday for Sure. London: Heineman, 1976.

No Place Like: Selected Stories. London: Penguin Books, 1978.

A Soldier's Embrace. London: Jonathan Cape, 1980.

Town and Country Lovers. Los Angeles: Sylvester and Orphanos, 1982.

Something Out There. London: Jonathan Cape, 1984.

Crimes of Conscience. Oxford: Heienmann, 1991.

Jump and Other Stories. Oxford: Macmillan, 1991.

Why Haven't You Written: Selected Stories 1950-1972. New York: Penguin Books, 1992.

Loot and Other Stories. London: Bloomsbusy Publishing, 2004.

Beethoven Was One-Sixteenth Black. Princeton, N. J: Recording for the Blind & Dyslexic, 2007.

Life Times: Stories 1952-2007. London: Bloomsbusy Publishing, 2010.

文集：

The Black Interpreters: Notes on African Writing. Johannesburg: Spro-Cas/Rawan Press, 1973.

The Essential Gesture: Writing, Politics and Places. London: Jonathan Cape, 1988.

What Happened to Burger's Daughter or How South African Censorship Works? Johnannesburg: Taurus, 1980.

Writing and Being: The Charles Eliot Norton Lectures. London: Harvard University Press, 1995.

Living in Hope and History: Notes from our Century. New York: Farrar, Straus and Giroux, 1999.

Telling Times: Writing and Living, 1954-2008. Manhattan: WW Norton&Company, 2010.

戏剧：

The First Circle, 1949.

主编文集：

Telling Tales. London: Bloomsbury Publishing, 2004.

与儿子雨果·卡希尔合作的纪录片:

Choosing for Justice: *Allan Boesak*, 1983.

Berlin and Johannesburg: *The Wall and the Colour Bar*, 1999.

其他:

On the Mines (with David Goldblatt). Cape Town: C. Struik, 1973.

Lifetimes Under Apartheid (with David Goldblatt). World Literature Today, 1986, 87(2).

中国国内出版或发表的纳丁·戈迪默作品翻译或访谈

长篇小说:

《伯格的女儿》,李云等译,北京:北京燕山出版社,2018.

《保守的人》,何静芝译,北京:北京燕山出版社,2015.

《贵客》,贾文浩译,北京:北京燕山出版社,2015.

《偶遇者》,梁永安译,南宁:漓江出版社,2015.

《七月的人民》,莫雅平译,南宁:漓江出版社,1992.

《我儿子的故事》,莫雅平译,南宁:漓江出版社,1992(第一次出版);南京:译林出版社,1998(第二次出版),2003(第三次出版).

《无人伴随我》,金明译.南京:译林出版社,2006.

《新生》,赵苏苏译,北京:人民文学出版社,2008.

短篇小说集:

《童年时光》(与人合著),姜向明译,南宁:漓江出版社,2015.

《爱的讲述:世界文坛名家献给防治艾滋病事业的故事》,李文俊等译,南京:译林出版社,2005.

《贝多芬是 1/16 黑人》,叶肖译,南京:南京大学出版社,2008.

《戈迪默短篇小说集》,章祖德选编,重庆:重庆出版社,1993.

论文集:

《在希望与历史之间》,汪小英译,南宁:漓江出版社,2016.

长短篇小说选译:

纳丁·戈迪默:《掠夺》,李文俊译,《中国翻译》2003 年第 5 期。

纳丁·戈迪默:《伯格的女儿》(选译),王家湘译,《外国文学》1992 年第 1 期。

纳丁·戈迪默:《从罗得西亚开来的火车》,饶梦华译,《当代外国文学》2006 年第 1 期。

纳丁·戈迪默:《穿越时空》,徐晓雯译,《外国文学》1997 年第 6 期。

纳丁·戈迪默:《爱犬》,林丽译,《外国文学》1997 年第 6 期。

纳丁·戈迪默:《大赦》,于晓丹等译,《外国文学》1992 年第 1 期。

纳丁·戈迪默:《终极游猎》,《文苑》2010 年第 12 期。

访谈与演讲:

纳丁·戈迪默与大江健三郎的信件对谈:《给予想象最基本的重要地位》,汪小英译,《雪莲》2016 年第 19 期。

纳丁·戈迪默演讲:《用写作打出和平的手势》,《世界中学生文摘》2007 年第 3 期。

纳丁·戈迪默与苏珊·桑塔格的对谈:《关于作家职责的对谈》,姚君伟译,《译林》2006 年第 3 期。

纳丁·戈迪默、西默·希尼、君特·格拉斯与维·苏·奈保尔四人谈:《诺贝尔文学奖得主四人谈》,傅正明译,《天涯》2002 年第 3 期。

二、纳丁·戈迪默所获奖项与荣誉

奖项

英国 WH 史密斯英联邦文学奖(W. H. Smith Commonwealth Literary Award,1961 年)

英国詹姆斯·泰特·布莱克纪念奖(James Tait Black Memorial Prize,小说《贵客》,1971 年)

布克文学奖(Booker Prize,小说《自然资源保护论者》,1974 年)

南非中央通讯社文学奖(Central News Agency Literary Award,1974 年、1989 年、1991 年)

法国国际文学大金鹰奖(Grand Aigle d'Or,1976 年)

苏格兰艺术委员会 Neil M. Gunn 奖(Scottish Arts Council Neil M. Gunn Fellowship,1981 年)

美国现代语言协会奖(Modern Language Association Award,1982 年)

罗马奖(Rome Prize,美国艺术家查尔斯·F. 马金等在罗马设立,1984 年)

意大利库尔齐奥·马拉帕蒂国际文学奖(Premio Malaparte,1985 年)

德国内利·萨克斯奖(Nelly Sachs Prize,1986 年)

美国贝内特奖(Bennett Award,1987 年)

安斯菲尔德-沃尔夫图书奖(Anisfield-Wolf Book Award,小说《大自然的运动》,1988 年)

诺贝尔文学奖(Nobel Prize in Literature,1991 年)

国际博捷夫奖(International Botev Prize,1996 年)

英联邦作家奖(Commonwealth Writers'Prize)之非洲最佳图书奖(小说《偶遇者》,2002 年)

国际普利莫·利瓦伊文学奖(International Primo Levi Literary Award,2002 年)

美国玛丽·麦卡锡奖(Mary McCarthy Award,2003 年)

荣誉

美国艺术与科学学院(American Academy of Arts and Sciences)荣誉会员

美国艺术与文学学会(American Academy and Institute of Arts and Letters)名誉会员

英国皇家文学学会(Royal Society of Literature)会员

南非作家大会(Congress of South African Writers)创始人之一

法国文学和艺术勋章(Commandeur de l'Ordre des Arts et des Lettres)

法国荣誉军团骑士勋章(Chevalier de la Légion d'Honneur)

比利时鲁汶大学(Leuven University)荣誉博士

加拿大多伦多大学梅西学院(Massey College at the University of Toronto)高级研究员

墨西哥阿兹特克鹰勋章(Mexican Aztec Eagle Order)

三、瑞典文学院 1991 年诺贝尔文学奖授奖词[①]

The Nobel Prize in Literature 1991

The Swedish Academy has decided to award the Nobel Prize for Literature for 1991 to Nadine Gordimer. She is a South African, her mother English, her

①Swedish Academy. The Nobel Prize in Literature 1991. [OL]. https://www.nobelprize.org/prizes/literature/1991/press-release/.

father Lithuanian. Her work comprises novels and short stories in which the consequences of apartheid form the central theme. She was born in 1923.

Gordimer writes with intense immediacy about the extremely complicated personal and social relationships in her environment. At the same time as she feels a political involvement—and takes action on that basis—she does not permit this to encroach on her writings. Nevertheless, her literary works, in giving profound insights into the historical process, help to shape this process.

A landmark in the first half of her career is the novel "A Guest of Honour" (1970). This is a close-textured and pregnant novel, classical in style. With great intensity she succeeds in conveying the complexity of events as a nation comes into existence. The returning former colonial administrator becomes involved in the conflicts and is torn by loyalties in several directions. The course of events is reflected in the parallel love affair of the protagonist. His adventitious, totally unheroic death gives rise to reflection on the role of the individual in the great game for the future.

Since the middle of the 70s Gordimer has developed a more complex technique in her novels. This phase of her writing has produced three masterpieces: "The Conservationist" (1974), "Burger's Daughter" (1979) and "July's People" (1981). Each in its own way illustrates conceivable personal standpoints in the complicated spiritual and material environment of an Africa in which black consciousness is growing. Gordimer takes the question of the justification of the privileges of white people—even benevolent white people—to its extreme.

Among these powerful novels "July's People" deserves particular mention. The events in Soweto form the background against which the novel is set. Confronted by armed rebellion, the Smales, a white family, flee with the help of July, their boy, to his own village, where they have to survive in a primitive, evacuated hut. As time goes by, the master-servant relationship is turned upside down by the family's increasing reliance on July. The ambiguity of the novel's title etches itself fast-July's people are the white family he still serves but also the members of his tribe. The description of the cultural and physical coarsening which the circumstances evoke is masterly. Communication between husband and wife dries up. He tries to articulate the new situation without the old phraseology, "but the words would not come". To refer to his wife, a pronoun is used: "Her". Not 'Maureen'. Not 'His wife'...The ones who find it easiest to adapt, both linguistically and socially, are the children. The author has her reasons for using the children's relationships to cast light on those of the adults in the novel.

Gordimer's latest book "My Son's Story" was published in 1990. Its subject is love in an insupportable society, the complications and obstacles inherent in the path to change. The relationship of the lovers is described with great tenderness. At the same time the unyielding political reality constantly intrudes. The twofold narrative perspective makes richly faceted description of the characters possible, its most surprising element being the heroism finally exhibited by the wife. The novel is ingenious and revealing and at the same time enthralling because of its poetic values.

The powerful novels should not make us forget the shorter works. Compact and dense, they are extremely telling and show Gordimer at the height of her creative powers. "Selected Stories" (1975) provides a survey. The fundamental themes are reworked successfully, as the title story in the collection "A Soldier's Embrace" (1980). Gordimer's specifically feminine experiences, her compassion and her outstanding literary style characterise her short stories as well.

1991 年诺贝尔文学奖授奖词①

瑞典文学院决定将 1991 年诺贝尔文学奖授予纳丁·戈迪默。她是南非人，其母为英国人，其父为立陶宛人。她的作品包括以种族隔离为主题的长篇和短篇小说。她出生于 1923 年。

戈迪默以其热烈而直接的笔触书写了她的生活环境中极其复杂的人与社会关系。与此同时，尽管她感受到一种政治上的卷入感——并在此基础上采取行动——却并不允许这种感觉侵入她的写作过程。她的文学作品，在深刻洞察历史进程的同时，影响了这一进程的发展。

长篇小说《尊贵的客人》(1970)是她写作生涯早期的一座里程碑，是一部行文缜密且含义隽永的经典作品。她极为成功地描述了一个国家诞生之时出现的

①译者：李琼华，长江大学外国语学院教师，本项目第二参与者。在翻译过程中，译者曾参阅过申慧辉所译"授奖词"，原文参见《我儿子的故事》(莫雅平译，译林出版社 2008 年版)附录，第 242～243 页。

众多纷繁复杂的事件。回国的前殖民地官员被卷入各种纷争，为了忠诚而犹豫不决、左右为难。所有的事件都反映在主人公的爱情故事中，并与之平行发展。他那偶然的、毫无英雄主义气概的死亡对于个人在这场追寻未来的伟大游戏中的角色提出了深刻反思。

从70年代中期开始，戈迪默就已经在她的长篇小说中形成了更为复杂的技巧。在这一写作阶段，她创作出了三大杰作：《自然资源保护论者》(1974年)，《伯格的女儿》(1979年)和《七月的人民》(1981年)。每一部作品都以其独特的方式阐释出了在一个黑人意识不断觉醒且精神和物质环境都极为复杂的非洲，能想象得到的各种个人立场。戈迪默在最大程度上提出了白人特权——即便是仁慈的白人——的正当性这一问题。

在这几部蕴含着强大力量的长篇小说之中，特别值得一提的是《七月的人民》。小说背景取材于索维托事件。遭遇武装暴动的白人家庭斯迈尔斯，在他家男仆七月的帮助下逃到七月所在的村子，在那里他们不得不住在一间被腾空的原始小棚屋里。随着时间的推移，原来的主仆关系由于对七月的依赖日益增加而发生了颠倒性的改变。小说标题的模糊性迅速地变得清晰起来——七月的人民既指他所服侍的这家人，也指他所在部落的其他成员。对由环境造成的文化和物质上的粗俗化描写得很成功。夫妻之间的交流变得枯竭。斯迈尔斯试图不用旧词汇来表达新的境况，“可是那些词儿就是说不出”。提到他的妻子时，使用的只是一个代词：“她”，不是“莫琳”，不是“他的妻子”……那些在语言和社交方面最容易适应的，却是孩子们。作者在这部小说中利用孩子们之间的关系来阐明大人们之间的关系是有她的道理的。

戈迪默最新的一部长篇小说《我儿子的故事》出版于1990年。其主题是发生在一个不堪的社会里的爱情，以及在通往变革的道路上所固有的各种混乱和重重阻挠。这对情人之间的关系被描绘得细致入微。但是，顽固的政治现实不断侵蚀他们的爱情。这种双重叙事视角使人物形象被描写得丰满而富有变化。最令人惊叹的一点莫过于最终的英雄主义是由那位妻子展现出来的。整部作品匠心独运，充满启迪，同时又因其富有诗意而引人入胜。

除了这些强有力的长篇小说，我们不应该忘记的还有那些短篇作品。它们短小精悍，极其生动地展示了戈迪默的创造力所达到的高度。《精选短篇小说集》(1975)就可使人窥见一斑。那些基本主题被成功地再度运用，比如作品集《士兵的拥抱》(1980)中的同名短篇小说。戈迪默独特的女性经历，她的同情心以及她杰出的文学风格使她的短篇小说同样出彩。

四、纳丁·戈迪默受奖演说

Writing and Being①

In the beginning was the Word.

The Word was with God, signified God's Word, the word that was Creation. But over the centuries of human culture the word has taken on other meanings, secular as well as religious. To have the word has come to be synonymous with ultimate authority, with prestige, with awesome, sometimes dangerous persuasion, to have Prime Time, a TV talk show, to have the gift of the gab as well as that of speaking in tongues. The word flies through space, it is bounced from satellites, now nearer than it has ever been to the heaven from which it was believed to have come. But its most significant transformation occurred for me and my kind long ago, when it was first scratched on a stone tablet or traced on papyrus, when it materialized from sound to spectacle, from being heard to being read as a series of signs, and then a script; and travelled through time from parchment to Gutenberg. For this is the genesis story of the writer. It is the story that wrote her or him into being.

It was, strangely, a double process, creating at the same time both the writer and the very purpose of the writer as a mutation in the agency of human culture. It was both ontogenesis as the origin and development of an individual being, and the adaptation, in the nature of that individual, specifically to the exploration of ontogenesis, the origin and development ofthe individual being. For we writers are evolved for that task. Like the prisoners incarcerated with the jaguar in Borges' story, "The God's Script", who was trying to read, in a ray of light which fell only once a day, the meaning of being from the marking on the creature's pelt, we spend our lives attempting to interpret through the word the readings we take in the societies, the world of which we are part. It is in this sense, this inextricable, ineffable participation, that writing is always

①Nadine Gordimer. *Living in Hope and History: Notes from Our Century*. New York: Farrar. Straus. Giroux, 1999, pp. 195-206.

and at once an exploration of self and of the world; of individual and collective being.

Being here.

Humans, the only self-regarding animals, blessed or cursed with this torturing higher faculty, have always wanted to know why. And this is not just the great ontological question of why we are here at all, for which religions and philosophies have tried to answer conclusively for various peoples at various times, and science tentatively attempts dazzling bits of explanation we are perhaps going to die out in our millennia, like dinosaurs, without having developed the necessary comprehension to understand as a whole. Since humans became self-regarding they have sought, as well, explanations for the common phenomena of procreation, death, the cycle of seasons, the earth, sea, wind and stars, sun and moon, plenty and disaster. With myth, the writer's ancestors, the oral story-tellers, began to feel out and formulate these mysteries, using the elements of daily life—observable reality—and the faculty of the imagination—the power of projection into the hidden—to make stories.

Roland Barthes asks, "What is characteristic of myth?" And answers: "To transform a meaning into form." Myths are stories that mediate in this way between the known and unknown. Claude Levi-Strauss wittily de-mythologizes myth as a genre between a fairy tale and a detective story. Being here; we don't know who-dun-it. But something satisfying, if not the answer, can be invented. Myth was the mystery plus the fantasy-gods, anthropomorphized animals and birds, chimera, phantasmagorical creatures-that posits out of the imagination some sort of explanation for the mystery. Humans and their fellow creatures were the materiality of the story, but as Nikos Kazantzakis once wrote, "Art is the representation not of the body but of the forces which created the body."

There are many proven explanations for natural phenomena now; and there are new questions of being arising out of some of the answers. For this reason, the genre of myth has never been entirely abandoned, although we are inclined to think of it as archaic. If it dwindled to the children's bedtime tale in some societies, in parts of the world protected by forests or deserts from international megaculture it has continued, alive, to offer art as a system of mediation between the individual and being. And it has made a whirling comeback out of Space, an Icarus in the avatar of Batman and his kind, who never fall into the ocean of failure to deal with the gravity forces of life. These new myths, however, do not seek so much to enlighten and provide some sort of answers as to distract, to provide a fantasy escape route for people who no longer want to face even the hazard of answers to the terrors of their existence. (Perhaps it is the positive knowledge that humans now possess the means to destroy their whole planet, the fear that they have in this way themselves become the gods, dreadfully charged with their own continued existence, that has made comic-book and movie myth escapist.) The forces of being remain. They are what the writer, as distinct from the contemporary popular mythmaker, still engage today, as myth in its ancient form attempted to do.

How writers have approached this engagement and continue to experiment with it has been and is, perhaps more than ever, the study of literary scholars. The writer in relation to the nature of perceivable reality and what is beyond—imperceivable reality—is the basis for all these studies, no matter what resulting concepts are labelled, and no matter in what categorized microfiles writers are stowed away for the annals of literary historiography. Reality is constructed out of many elements and entities, seen and unseen, expressed, and left unexpressed for breathing-space in the mind. Yet from what is regarded as old-hat psychological analysis to modernism and post-modernism, structuralism and poststructuralism, all literary studies are aimed at the same end: to pin down to a consistency (and what is consistency if not the principle hidden within the riddle?); to make definitive through methodology the writer's grasp at the forces of being. But life is aleatory in itself; being is constantly pulled and shaped this way and that by circumstances and different levels of consciousness. There is no pure state of being, and it follows that there is no pure text, "real" text, totally incorporating the aleatory. It surely cannot be reached by any critical methodology, however interesting the attempt. To deconstruct a text is in a way a contradiction, since to deconstruct it is to make another construction out of the pieces, as Roland Barthes does so fascinatingly, and admits to, in his linguistic and semantical dissection of Balzac's story, "Sarrasine". So the literary scholars end up being some kind of storyteller, too.

Perhaps there is no other way of reaching some understanding of being than through art? Writers themselves don't analyze what they do; to analyze would be to look down while crossing a canyon on a tightrope. To say this is not to mystify the process of writing but to make an image out of the intense inner concentration the writer must have to cross the chasms of the aleatory and make them the word's own, as an explorer plants a flag. Yeats' inner "lonely impulse of delight" in the pilot's solitary flight, and his "terrible beauty" born of mass uprising, both opposed and conjoined; E. M. Forster's modest "only connect"; Joyce's chosen, wily "silence, cunning and exile"; more contemporary, Gabriel García Márquez's labyrinth in which power over others, in the person of Simon Bolivar, is led to the thrall of the only unassailable power, death-these are some examples of the writer's endlessly varied ways of approaching the state of being through the word. Any writer of any worth at all hopes to play only a pocket—torch of light—and rarely, through genius, a sudden flambeau-into the bloody yet beautiful labyrinth of human experience, of being.

Anthony Burgess once gave a summary definition of literature as "the aesthetic exploration of the world". I would say that writing only begins there, for the exploration of much beyond, which nevertheless only aesthetic means can express.

How does the writer become one, having been given the word? I do not know if my own beginnings have any particular interest. No doubt they have much in common with those of others, have been described too often before as a result of this yearly assembly before which a writer stands. For myself, I have said that nothing factual that I write or say will be as truthful as my fiction. The life, the opinions, are not the work, for it is in the tension between standing apart and being involved that the imagination transforms both. Let me give some minimal account of myself. I am what I suppose would be called a natural writer. I did not make any decision to become one. I did not, at the beginning, expect to earn a living by being read. I wrote as a child out of the joy of apprehending life through my senses-the look and scent and feel of things; and soon out of the emotions that puzzled me or raged within me and which took form, found some enlightenment, solace and delight, shaped in the written word. There is a little Kafka parable that goes like this; "I have three dogs: Hold-him, Seize-him, and Nevermore. Hold-him and Seize-him are ordinary little Schipperkes and nobody would notice them if they were alone. But there is Nevermore, too. Nevermore is a mongrel Great Dane and has an appearance that centuries of the most careful breeding could never have produced. Nevermore is a gypsy." In the small South African gold-mining town where I was growing up I was Nevermore the mongrel (although I could scarcely have been described as a Great Dane ...) in whom the accepted characteristics of the townspeople could not be traced. I was the Gypsy, tinkering with words second-hand, mending my own efforts at writing by learning from what I read. For my school was the local library. Proust, Chekhov and Dostoevsky, to name only a few to whom I owe my existence as a writer, were my professors. In that period of my life, yes, I was evidence of the theory that books are made out of other books ... But I did not remain so for long, nor do I believe any potential writer could.

With adolescence comes the first reaching out to otherness through the drive of sexuality. For most children, from then on the faculty of the imagination, manifest in play, is lost in the focus on day dreams of desire and love, but for those who are going to be artists of one kind or another the first life-crisis after that of birth does something else in addition: the imagination gains range and extends by the subjective flex of new and turbulent emotions. There are new perceptions. The writer begins to be able to enter into other lives. The process of standing apart and being involved has come.

Unknowingly, I had been addressing myself on the subject of being, whether, as in my first stories, there was a child's contemplation of death and murder in the necessity to finish off, with a death blow, a dove mauled by a cat, or whether there was wondering dismay and early consciousness of racism that came of my walk to school, when on the way I passed storekeepers, themselves East European immigrants kept lowest in the ranks of the Anglo-Colonial social scale for whites in the mining town, roughly those whom colonial society ranked lowest of all, discounted as less than human-the black miners who were the stores' customers. Only many years later was I to realize that if I had been a child in that category-black-I might not have become a writer at all, since the library that made this possible for me was not open to any black child. For my formal schooling was sketchy, at best.

To address oneself to others begins a writer's next stage of development.

To publish to anyone who would read what I wrote. That was my natural, innocent assumption of what publication meant, and it has not changed , that is what it means to me today, in spite of my awareness that most people refuse to believe that a writer does not have a particular audience in mind; and my other awareness: of the temptations, conscious and unconscious, which lure the writer into keeping a corner of the eye on who will take offense, who will approve what is on the page-a temptation that, like Eurydice's straying glance, will lead the writer back into the Shades of a destroyed talent.

The alternative is not the malediction of the ivory tower, another destroyer of creativity. Borges once said he wrote for his friends and to pass the time. I think this was an irritated flippant response to the crass question—often an accusation—"For whom do you write?", just as Sartre's admonition that there are times when a writer should cease to write, and act upon being only in another way, was given in the frustration of an unresolved conflict between distress at injustice in the world and the knowledge that what he knew how to do best was write. Both Borges and Sartre, from their totally different extremes of denying literature a social purpose, were certainly perfectly aware that it has its implicit and unalterable social role in exploring the state of being, from which all other roles, personal among friends, public at the protest demonstration, derive. Borges was not writing for his friends, for he published and we all have received the bounty of his work. Sartre did not stop writing, although he stood at the barricades in 1968.

The question of for whom do we write nevertheless plagues the writer, a tin can attached to the tail of every work published. Principally it jangles the inference of tendentiousness as praise or denigration. In this context, Camus dealt with the question best. He said that he liked individuals who take sides more than literatures that do. "One either serves the whole of man or does not serve him at all. And if man needs bread and justice, and if what has to be done must be done to serve this need, he also needs pure beauty which is the bread of his heart." So Camus called for "Courage in and talent in one's work." And Márquez redefined tender fiction thus: The best way a writer can serve a revolution is to write as well as he can.

I believe that these two statements might be the credo for all of us who write. They do not resolve the conflicts that have come, and will continue to come, to contemporary writers. But they state plainly an honest possibility of doing so, they turn the face of the writer squarely to her and his existence, the reason to be, as a writer, and the reason to be, as a responsible human, acting, like any other, within a social context.

Being here: in a particular time and place. That is the existential position with particular implications for literature. Czeslaw Milosz once wrote the cry: "What is poetry which does not serve nations or people?" and Brecht wrote of a time when "to speak of trees is almost a crime". Many of us have had such despairing thoughts while living and writing through such times, in such places, and Sartre's solution makes no sense in a world where writers were-and still are-censored and forbidden to write, where, far from abandoning the word, lives were and are at risk in smuggling it, on scraps of paper, out of prisons. The state of being whose ontogenesis we explore has overwhelmingly included such experiences. Our approaches, in Nikos Kazantzakis' words, have to "make the decision which harmonizes with the fearsome rhythm of our time."

Some of us have seen our books lie for years unread in our own countries, banned, and we have gone on writing. Many writers have been imprisoned. Looking at Africa alone—Soyinka, Ngugi wa Thiong'o, Jack Mapanje, in their countries, and in my own country, South Africa, Jeremy Cronin, Mongane Wally Serote, Breyten Breytenbach, Dennis Brutus, Jaki Seroke: all these went to prison for the courage shown in their lives, and have continued to take the right, as poets, to speak of trees. Many of the greats, from Thomas Mann to Chinua Achebe, cast out by political conflict and oppression in different countries, have endured the trauma of exile, from which some never recover as writers, and some do not survive at all. I think of the South Africans, Can Themba, Alex la Guma, Nat Nakasa, Todd Matshikiza. And some writers, over half a century from Joseph Roth to Milan Kundera, have had to publish new works first in the word that is not their own, a foreign language.

Then in 1988 the fearsome rhythm of our time quickened in an unprecedented frenzy to which the writer was summoned to submit the word. In the broad span of modern times since the Enlightenment writers have suffered opprobrium, bannings and even exile for other than political reasons.

Flaubert dragged into court for indecency, over*Madame Bovary*, Strindberg arraigned for blasphemy, over *Marrying*, Lawrence's *Lady Chatterley's Lover* banned—there have been many examples of so-called offense against hypocritical bourgeois mores, just as there have been of treason against political dictatorships. But in a period when it would be unheard of for countries such as France, Sweden and Britain to bring such charges against freedom of expression, there has risen a force that takes its appalling authority from something far more widespread than social mores, and far more powerful than the power of any single political regime. The edict of a world religion has sentenced a writer to death.

For more than three years, now, wherever he is hidden, wherever he might go, Salman Rushdie has existed under the Muslim pronouncement upon him of thefatwa. There is no asylum for him anywhere. Every morning when this writer sits down to write, he does not know if he will live through the day; he does not know whether the page will ever be filled. Salman Rushdie happens to be a brilliant writer, and the novel for which he is being pilloried, *The Satanic Verses*, is an innovative exploration of one of the most intense experiences of being in our era, the individual personality in transition between two cultures brought together in a post-colonial world. All is re-examined through the refraction of the imagination; the meaning of sexual and filial love, the rituals of social acceptance, the meaning of a formative religious faith for individuals removed from its subjectivity by circumstance opposing different systems of belief, religious and secular, in a different context of living. His novel is a true mythology. But although he has done for the postcolonial consciousness in Europe what Gunter Grass did for the post-Nazi one with *The Tin Drum* and *Dog Years*, perhaps even has tried to approach what Beckett did for our existential anguish in *Waiting For Godot*, the level of his achievement should not matter. Even if he were a mediocre writer, his situation is the terrible concern of every fellow writer for, apart from his personal plight, what implications, what new threat against the carrier of the word does it bring? It should be the concern of individuals and above all, of governments and human rights organizations all over the world. With dictatorships apparently vanquished, this murderous new dictate invoking the power of international terrorism in the name of a great and respected religion should and can be dealt with only by democratic governments and the United Nations as an offense against humanity.

I return from the horrific singular threat to those that have been general for writers of this century now in its final, summing-up decade. In repressive regimes anywhere ... most imprisoned writers have been shut away for their activities as citizens striving for liberation against the oppression of the general society to which they belong. Others have been condemned by repressive regimes for serving society by writing as well as they can; for this aesthetic venture of ours becomes subversive when the shameful secrets of our times are explored deeply, with the artist's rebellious integrity to the state of being manifest in life around her or him; then the writer's themes and characters inevitably are formed by the pressures and distortions of that society as the life of the fisherman is determined by the power of the sea.

There is a paradox. In retaining this integrity, the writer sometimes must risk both the state's indictment of treason, and the liberation forces' complaint of lack of blind commitment. As a human being, no writer can stoop to the lie of Manichean "balance". The devil always has lead in his shoes, when placed on his side of the scale. Yet, to paraphrase coarsely Márquez's dictum given by him both as a writer and a fighter for justice, the writer must take the right to explore, warts and all, both the enemy and the beloved comrade in arms, since only a try for the truth makes sense of being, only a try for the truth edges towards justice just ahead of Yeats's beast slouching to be born. In literature, from life,

we page through each other's faces

we read each looking eye

...

It has taken lives to be able to do so.

These are the words of the South African poet and fighter for justice and peace in our country, Mongane Serote.

The writer is of service to humankind only insofar as the writer uses the word even against his or her own loyalties, trusts the state of being, as it is revealed, to hold somewhere in its complexity filaments of the cord of truth, able to be bound together, here and there, in art: trusts the state of being to yield somewhere fragmentary phrases of truth, which is the final word of words, never changed by our stumbling efforts to spell it out and write it down, never changed by lies, by semantic sophistry, by the dirtying of the word for the purposes of racism, sexism, prejudice, domination, the glorification of destruction, the curses and the praise-songs.

写作与存在①

太初有言。

言与神同在，意指神之言，即创世之言。但是当人类文化历经数百年的变迁，“言”已被赋予其他的含义，既有世俗的含义又有宗教的含义。拥有了语言近乎拥有了终极权威，拥有了声望，拥有了令人敬畏有时甚至是危险的劝导之才，得享电视脱口秀节目中的黄金时间，且精通各种方言侃侃而谈。言语穿行于太空，折返于卫星，如今比以往任何时候都接近天堂，一个人们认为言语本应该产生的地方。但是于我和我的人类同伴来说，其最重要的转变发生在很久以前，当它初次被镌刻在石板之上或是临摹在纸莎草纸上，当它从声音被赋予具体可视的形态，从被听见的声音演变为可供阅读的一系列符号，而后形成手稿；它穿越了时间，从羊皮卷到古腾堡印刷。这是作家的创世纪，是将她或者他写进存在的故事。

奇怪的是，这是一个双重过程，其目的既是造就作家，也是将作家造就为人类文化传承媒介的一个变体。它既是个体存在的最初发生与发展，而就个体本质而言，也是个适应性的变化过程。这一适应过程尤其适用于个体发生的探索，从开端到发展。而我们作家就是为了这一任务而被逐渐造就的。犹如博尔吉斯的小说《上帝的手稿》中那位与美洲虎同囚一室的罪犯，试图借助于一天之内只有一度照入室内的光束，从那野兽毛皮上的花纹来解读存在的意义。我们，则穷尽毕生之精力，竭力用言语来阐释这个我们身处其中的社会百态。正是从这个意义上，在这场不可分离而又妙不可言的参与中，写作永远且同时是对自我和世界的双重探索。既是对个体的探索，也是对集体存在的探索。

存在于斯。

①译者：李琼华，长江大学外国语学院教师，本项目第二参与者。在翻译过程中，译者曾参阅过傅浩所译“受奖演说：写作与存在”，原文参见《我儿子的故事》（莫雅平译，译林出版社 2008 年版）附录，第 244～254 页。

人类，世间唯一的具有自省能力的动物，拥有这种令人痛苦的高层次天赋也不知是运气还是诅咒，总是想要知道为什么。这不仅仅是那个询问“为什么我们会在这里”的著名的本体论问题，因为宗教和哲学都已多次为不同的人群作出了结论性的回答，而科学则试探性地试图给出几点巧妙的解释，说也许千年之后我们也会灭绝，一如恐龙当初，因此没有必要理解这个从存在到毁灭的整个过程。自从人类开始自我反省，他们也在孜孜以求对各种普遍现象诸如生殖、死亡、四季交替、大地、海洋、风与星辰、太阳与月亮，丰足与灾祸等现象的解释。借助于神话，作家的祖先们，那些故事的口口相传者，开始摸索着阐述这些神秘现象，利用日常生活的元素—可观察到的现实—丰富的想象力—投射于隐秘事物的能力—来编织故事。

罗兰·巴特问：“神话的特点是什么？”并回答：“是将意义转变为形式。”神话正是斡旋于已知和未知之间的故事。克劳德·李维·斯特劳斯机智地进行了去神话化，使神话演变为一种介乎于童话和侦探小说之间的文学类型。存在于斯；我们并不知晓“谁已为之”。但即便不是答案，也总有些令人满意的说法会被创造出来。神话就是谜团加上奇幻的事物——天神，被赋予了人性的动物和鸟类，怪物，变幻无常的生物——那些给谜团以某种解释的想象。人类和与之相伴的其他生灵一道，成了这个故事的实体，正如尼科斯·卡赞扎斯基曾经所写的那样：“艺术不是肉体的再现，而是创造了肉体的那股力量的呈现。”

现在已经有许多已经被证实了的对自然现象的解释，也有针对其中的某些答案而提出的新问题。鉴于此，神话体裁却从来不曾被全盘抛弃，尽管我们倾向于认为它陈旧过时。如果说在某些社会中它已经降格为儿童的睡前故事，在世界的某些地方，因为森林和沙漠将其与国际大文化隔离开来，它继续鲜活地存在着，作为一种艺术体系斡旋于个体和存在之间。它在太空中旋身折返，犹如伊卡洛斯化身为蝙蝠侠和他的同类，在对抗生活的万有引力中永远不会跌入失败的汪洋。然而，这些新的神话与其说是企图开启民智，提供某种答案，倒不如说是转移注意力，为那些不愿面对生存之恐怖风险的人们提供一条假想的逃跑路线。（也许是充分认识到人类已经拥有摧毁整个地球的手段，而人类对以这种方式自我封神的恐惧充斥于他们自身延续的存在之中，因此使得漫画书和电影神话成了逃避现实之作。）存在的力量依然存在。它们是迥异于当代通俗神话缔造者的作家如今依然热衷的，一如最古老形式的神话曾经那般引人入胜。

作家们如何对待这种热情以及继续体验它，一直是并且依然是，或许比以往更甚，文学学者们钻研的问题。而与这些可感知的现实和超越其范畴的——不可感知的现实——的本质息息相关的作家，就是所有研究的基础，不管结果会标上何种概念的标签，也不管这些作家们会被如何按类型细分以供文学编年史收录。现实是由诸多因素和实体存在构架而成的,有的可见有的不可见,有的被表达出来,而有的在喘息之间只表达于内心。然而从被认为已经是过时之物的精神分析到现代主义,再到后现代主义、结构主义和后结构主义,所有的文学研究都瞄准了相同的目标:确定下来一种一致性(如果不是隐含在谜团之中的原理,一致性又是什么呢?),通过方法论确定下来作家对于存在之力的掌控。然而生命本身并不可控,存在也常常被这样或那样的环境因素和不同层级的观念体系反复定位和塑造。世间并无纯粹状态的存在,因此也并没有完全体现随机性的纯粹的文本,“真正的”文本。它当然不能被任何批评方法触动,无论这意图多么有趣。从某种程度上说,解构一个文本是种矛盾,因为解构文本的过程就是用其残片重新构建另一个文本,正如罗兰·巴特乐此不疲且毫不讳言地对巴尔扎克的短篇小说《萨拉辛》进行的语言学和语义学方面的解析。因此,文学研究者们最终也成了某种意义上的故事讲述者。

那么,除了艺术,就没有其他的方法可以对存在有所了解了吗?作家们不会自己去分析自己的作品,一旦分析就如同在峡谷间走钢丝时向下看。我这样说并不是想把写作的过程神秘化,而是为了形象地展示出作家在跨越无法预测的峡谷之时必须具备的精神高度集中的样态,用言语本身展示出来,犹如探险者树立起旗帜一般。叶芝笔下那位飞行员,在他单独飞行的过程中内心“孤独的愉快冲动”和诞生于民变运动的“可怕的美”,两者既相互对立又彼此相连;E. M. 福斯特那小小的“唯一的关联”;乔伊斯的精挑细选且诡谲多变的“沉默,狡猾和放逐”;更加近代一些,加布里尔·加西亚·马尔克斯的迷宫,体现于西蒙·玻利瓦尔其人,用权力控制他人,却最终受缚于那不容置疑的终极权力,死亡——这些例子都是作家以变幻多端的方式通过言语接近存在的状态。任何有价值的作家,无不企盼只发出手电筒般的微光——鲜有利用天赋骤然点起火把者——来照亮那血腥却异常美丽的人类经验之迷宫,存在的迷宫。

安东尼·博尔吉斯曾经给文学下了个概括性的定义:“对世界的美学探索。”我更愿意说写作才刚刚始于此处,因为要探索的远远不止于此,尽管只有美学手段才能表达出这种探索。

作家是如何成为一名作家的,在拥有了言语之后?我不知道自己作为作家的起步是否特别有趣,但毫无疑问的是应与其他作家的起步阶段有着许多相似之处。在这个一年一度只有一位作家脱颖而出的盛会上,这些经历已经被太多次地描述过了。至于我自己,我曾经说过,我所说和所写的任何事实都不会比我写的小说真实。生活,各种观点,都不是作品,因为只有身处袖手旁观和卷入其中的张力之中,想象力才会改变这两者。让我来简短地说明一下我自己。我觉得自己应该被叫作天然作家。我从来没有作出任何决定来成为一名作家。从一开始，就没有期待过自己的作品被人读到并以此谋生。孩提时的写作完全是因为乐于通过自己的感官来理解生活——对不同事物的观看、嗅闻和触碰；之后便是出于内心深处那些令我迷惑或者使我愤怒的情感，它们变得具体，找到某种启发、慰藉和喜悦，最终形成文字。有一篇卡夫卡式的小寓言故事是这样的："我养了三条狗：'咬住他'，'抓住他'和'不再有'。'咬住他'和'抓住他'是普通的小舒柏齐犬，它们若是单独待着没人会注意它们。但是还有一只'不再有'。'不再有'是一只杂种丹麦大犬，拥有着一副经几个世纪的精心培育都难得一见的外表。'不再有'是个吉卜赛人。"在我出生长大的那个南非金矿小镇上，我就是那个杂种狗"不再有"(尽管我被描述为"丹麦大犬"的机会微乎其微……)，在它身上找不出公认的小镇居民的特征。我就是那个吉卜赛人，敲打着那些二手单词，用我从阅读中学来的东西竭尽全力地修改着我的作品。而我的学校就是当地图书馆。普鲁斯特、契诃夫和陀思妥耶夫斯基等等，不一而足，就是我写作生涯中的导师。在我的那段人生岁月中，是的，我就是那个观点"书本可以由另一些书本制造出来"的明证……但是我这种状态并没有持续太久，我也不相信任何有潜力的作家会如此。

随着青春期的到来，在性冲动的驱使下我也开始了求异行为。对于大多数孩子来说，从那时起，他们在游戏中展现出来充满想象的天赋，却也就此迷失在了专注于欲望和爱情的白日梦中。但是对那些梦想成为各种艺术家的孩子来说，自他们出生后的第一次人生危机对他们产生了一些附加作用：想象力的广度和深度，由于注入了新的主观情感上的波动，得到了极大的拓展。新的感知力产生了。作家开始得以出现在他人的生活中。从旁观看而又涉足其中的阶段终于到来了。

不知不觉中，我一直醉心于存在题材。正如我在第一个短篇小说里所写的，在决定是否有必要以致命一击来结束一只被猫抓伤了的鸽子的性命这一故事里，存在着一个孩子对死亡和谋杀的思考；或者是否存在着某种悲伤以及来自上学途中萌发的早期的种族主义意识。上学路上我路过的那些小店的店主，他们本身就是东欧移民，在那个煤矿小镇盎格鲁殖民社会中属于最底层的白人阶级，却粗暴地对待他们的顾客——黑人矿工，那个殖民社会中身处最底层的人。这些黑人矿工根本不被当作人来看待。许多年后我才明白，如果当初我是那类人——黑人——中的一个孩子，我绝无可能成为一名作家，因为助我成就的图书馆绝对不会对任何黑人孩子开放。而我所受的正规教育，也多是不完备的。

面向他人发声，开启了一位作家下一阶段的发展。将作品发表给任何愿意阅读我的作品的人看，这是我对于什么是发表最为自然而然、天真纯粹的想法。这想法一直都不曾改变，时至今日我依然这么看。尽管我意识到许多人拒绝相信一位作家在心里并没有一个特定的读者群,并且我还意识到:有些会诱使作家专心留意谁会被冒犯,谁会赞同。这或是存心或是无意的诱惑,如同欧律狄刻那不坚定的回眸一般,会引导一个作家走进天赋尽毁的阴影之地。

备选项也不是象牙塔的诅咒,创造力的另一个毁灭者。博尔吉斯曾经说过他为了朋友和打发时间而写作。我想,这是针对那个愚蠢的问题——通常是种指控——“你为了谁而写作?”的一句恼怒而轻率的回答。也是正如萨特警告,有时作家应该停止写作,以另一种方式来体现存在时得到的回应,或是当作家受挫于无法解决世间的不公导致的不幸和他所了解到唯一可做的只有写作这一矛盾时得到的回应。博尔吉斯和萨特,分别从完全不同的极端角度否定了文学的社会目的,却都毫无疑问地充分意识到,在探索存在状态的过程中,文学扮演着无法明言却又不可动摇的社会角色,并以此衍生出其他的角色,从朋友中的个人角色到游行示威中的公共角色等。博尔吉斯并不是为了他的朋友们而写作,因为他发表作品,使我们每个人都受到了他作品的恩泽。萨特也没有停止写作,尽管他曾在1968年面街垒而立。

然而,那个为谁而写的问题依旧困扰着作家,犹如在每部被发表作品的尾巴上拴着的一只锡罐。主要是它发出刺耳的带有偏见的论断,时而是赞扬时而是诋毁。在这种情况下,加缪对这个问题处理得最好。他说,相较于有倾向的文学,他更喜欢有立场的人。“你要么只为这个人服务,要么干脆不为他服务。如果一个人需要面包和公正,且需要做点什么来满足这种需求,他同样也需要纯粹的美,即心灵的面包。”因此加缪呼吁“生活中的勇气和工作中的天分”。马尔克斯重新定义倾向性小说为:作家为革命服务的最好途径就是尽其所能地把作品写好。

我相信,这两则声明将会成为我们所有写作者的信条。它们并不能解决当代作家曾经面临并将持续面对的冲突。但是它们坦率地陈述了如此行事的一种真实可能性。它们使作家直面自己的生存,直面作为一名作家存在的理由,以及在社会环境中,与其他任何一个起着作用的人一样,直面作为一个有责任感的人存在的理由。

存在于斯:在一个特定的时间和地点。这是就文学而言具有特殊含义的存在性地位。切斯瓦夫·米沃什曾经写下这一呼声:“如果诗歌不能服务于国家和民众,还算什么诗歌?”布莱希特也曾书写过一个当“谈论树木都几乎是种罪”的时代。经历过这样的时代,在这样的地方生活和写作,我们中的许多人都曾有过这些绝望的想法。萨特的解决办法在这样一个世界里根本毫无意义。在那里,作家们曾经——且依然——被审查和禁止写作;在那里,远远谈不上舍弃言语。若是将片言只语夹带出监狱,曾经需要而且现在依旧需要冒着生命的危险。我们所探索的个体发育的存在状态中就一直包含大量的此种经验。我们的探索，用尼科斯·卡赞扎斯基的话说，不得不“作出决定，与我们这个时代的可怕节奏合拍”。

我们有些人曾经看到自己的书在自己的国家闲置多年无人问津，甚至被禁，而我们依然还在继续写作。许多作家被捕入狱。仅仅只看非洲——索因卡、讷古基·瓦·熊果、杰克·玛潘洁，在他们自己的国家被捕。在我自己的国家，南非，杰瑞米·克罗宁、蒙迦纳·瓦里·赛若特、布雷腾·布雷腾巴赫、丹尼斯·布尔图斯、杰基·赛若克，所有这些人都因在生活中彰显了勇气而入狱，现在依然享有作为诗人谈论树木的权利。许多巨匠，从托马斯·曼到契努阿·阿切比，在各自的国家里因政治冲突和压迫而被驱逐，曾忍受了流亡的创伤之痛，其中有些人永远也没有再恢复作家的身份，有些人则根本没有幸存下来。我想到了那些南非作家：坎·塞姆巴、阿雷克斯·拉·古玛、奈特·纳卡萨、托德·玛希基查等等。还有些作家，从约瑟夫·罗斯到米兰·昆德拉，半个世纪以来，不得不首先使用非母语，一门外语，来发表自己的新作品。

接着在1988年，我们这个时代的可怕节奏在一场前所未有的狂乱中加快了脚步，而作家们则被召唤向此次狂乱献言。自启蒙运动以来，在漫长的现代进程中，作家们遭受过除了政治原因以外的辱骂、禁言甚至是流放。福楼拜因作品《包法利夫人》被拖入法庭，罪名是猥亵；斯特林堡由于《结婚》被传讯，罪名是渎神；劳伦斯的《查泰莱夫人的情人》则是遭禁——有太多所谓冒犯到了虚伪的资产阶级风俗习惯的例子，正如那些反政治独裁的叛国罪名一样。但是，在对自由表达的无端指控闻所未闻的国度，诸如法国、瑞典和英国，在一段时期内曾涌现出一股力量，它所展现出的惊人的权威不仅从广度上远远超过社会风俗，而且其影响力远远强于任何一个政治体制。世界性宗教的一纸法令宣判了一个作家的死刑。

如今已经时隔三年，无论身藏何处，前往何方，萨尔曼·拉什迪都生存于穆斯林领袖签发的宗教宣判之下。哪里都没有他的避难所。每天早晨，当这位作家坐下来写作的时候，他不知道是否能够活过这一天；甚至不知道这一页纸是否能被写满。萨尔曼·拉什迪碰巧是位才华横溢的作家。那部他因之饱受诟病的小说《撒旦诗篇》，是对我们这个时代的存在有着最为强烈体验的一次极富创意的探索，是个体人格在一个后殖民世界里在被牵扯到一起的两种文化之间的转换。所有的一切在想象力的折射下被重新检验；性爱和孝道的意义，社会认可的仪式的意义；身处截然不同的生活背景中，个人形成的宗教信仰因其环境对立于不同的信仰体系，既有宗教的也有世俗的，而被抹除掉其主观性的意义。他的小说是一部真正的神话。但是尽管他为欧洲后殖民意识作出的贡献正如冈特·格拉斯作品《铁皮鼓》和《非人的岁月》为后纳粹意识作出的贡献,或许甚至几乎接近贝克特在作品《等待戈多》中为我们存在的极度痛苦所做的贡献,他的成就却未受到认可。即便他是位平庸的作家,他的处境也深受每一个作家同行关切,因为除了他的个人困境之外,还能带来什么隐含意义,对言语载体还能造成什么新的威胁呢?这是个人需要关心的事,尤其是世界各国政府和人权组织应当关心的事。随着独裁政权表面上的挫败,这道新的凶杀指令在伟大和备受尊敬的宗教名义下激发了国际恐怖主义力量,将会被并且只能被民主国家政府和联合国作为反人权的犯罪行为处理。

从这个无比骇人的威胁回到那些对于正处在本世纪最后的和总结性的十年中的作家们来说一直具有普遍性的威胁上来。在任何地方的专制政权下——不管是什么模式——大多数被监禁的作家都被禁止发言,只因他们作为公民为争取摆脱来自一般性社会的压迫而进行的活动。还有一些作家以竭力写好作品为己任服务社会,却受到高压政权谴责,因为一旦艺术家对他或她周围显现出来的存在状态表现出叛逆的诚实,并深入地探讨我们这个时代可耻的秘密,我们这种审美的探险就变得具有颠覆性了,然后作家的主题和人物就不可避免地被这个社会的压力和扭曲所塑造,正如渔夫的人生是被大海决定的一样。

这就出现了自相矛盾之处。为了保证诚实,作家有时候必须既要冒被国家定为叛国罪之险,又要冒被解放势力抱怨为缺乏责任感之险。作为人类,没有哪个作家会自甘堕落到相信摩尼教的平衡谎言。当魔鬼踩上天平的这一端时,早已在鞋子里放好了铅块。然而,为了粗略地解释马尔克斯既作为作家又作为勇夺正义的斗士而提出的格言,作家必须毫无保留地获取探索的权利,既探查敌人又探查亲爱的同志。因为只有尝试了探求真理,存在才会有意义。只有尝试寻求真理,才会让叶芝的怪兽缓缓走向伯利恒,抢在它投生之前接近正义。在文学中,从生活中,

我们一页页翻过彼此的面容
我们读过每一瞥凝视的眼神
……
得以如此,我们耗费了几生几世。

这些诗句出自南非诗人,我国为正义与和平而战的斗士——蒙迦纳·赛若特。

作家对人类的服务,已经到了连遣词造句都能违背他或者她自己的忠诚的地步。确信存在的状态,正如被揭示的那样,抓住在复合体某处真理之索的些许游丝,使之能够在艺术中绑缚在一起,此处和彼处:确信存在的状态就是在某处产生真理的某些断章残句。真理是言语的终极语言,永远不会因为我们拼读和抄写时的磕绊努力而有所改变,永远不会被谎言、被语义学的谬论改变,也永远

不会改变那些用于种族主义、性别歧视、偏见、霸权、对破坏的赞美、诅咒和颂歌而被玷污了的语言。

五、项目组成员相关研究成果

（以发表时间为序）

1. 胡忠青，邹建军. 扎克斯·穆达小说中的仪式意象[J]. 中南民族大学学报：人文社会科学版，2022(6)：155-163，188.
2. 胡忠青. 扎克斯·穆达小说的民间立场及其根源研究[J]. 英美文学研究论丛，2021(12)：214-221.
3. 胡忠青. 扎克斯·穆达民俗书写的语境生成[J]. 湖北民族大学学报：哲学社会科学版，2021(3)：142-150.
4. 胡忠青. 评《为敌人正名：在南非成为人》[J]. 博览群书，2020(12)：89-93.
5. 胡忠青. 论扎克斯·穆达小说中的魔幻现实主义[J]. 最小说，2020(5)：92-95.
6. 胡忠青：纳丁·戈迪默宗教意识研究[J]. 太原学院学报：社会科学版，2020(3)：65-72.
7. 邹建军，胡忠青. “梁庄系列”中的“散点透视”[J]. 当代文坛，2019(4)：67-73.
8. 胡忠青. 戈迪默长篇小说中的圣经神话原型意象研究[J]. 长江大学学报：社会科学版，2019(3)：8-12.
9. 胡忠青. 陈建宪的民间文学与民俗学研究[J]. 世界文学评论，2019(1)：183-189.
10. 胡忠青. 戈迪默长篇小说中家庭伦理的缺失与重建//中国非洲研究评论(2016·总第六辑)[M]. 北京：社会科学文献出版社，2016.
11. 夏静，胡忠青. 在本我与超我的博弈中快速成长的强大自我——《偶遇者》主题解读[J]. 齐齐哈尔师范高等专科学校学报，2018(3)：32-33.
12. 刘洁. 异化思想之于戈迪默后期文本批评的意义[J]. 世界文学评论，2018(2)：173-178.
13. 胡忠青.《邂逅者》的地理空间叙事[J]. 太原学院学报：社会科学版，2018(1)：71-76，88.
14. 胡忠青，蔡圣勤. 论戈迪默《新生》中的三重伦理关系[J]. 贵州大学学报：社会科学版，2016(4)：161-166.
15. 胡忠青. 论戈迪默小说《邂逅者》中的生态美学意识[J]. 长江大学学报：社会科学版，2016(3)：17-22.

16. 胡忠青，蔡圣勤. 论戈迪默后期作品的异化主题[J]. 湖北社会科学，2016(1)：141-148.
17. 胡忠青，蔡圣勤. 伦理困境：《耶稣的童年》中乌托邦社会的表征[J]. 社会科学家，2015(9)：133-136.
18. 库切，蔡圣勤，胡忠青. 萨尔曼·拉什迪：《摩尔人最后的叹息》[J]. 世界文学评论，2009(1)：247-250.
19. 李琼华，胡忠青.《被遗弃的维瑟罗尔奶奶》的女性主义解读[J]. 文教资料，2008(21)：27-29.
20. 胡忠青，蔡圣勤."他者"形象的颠覆与女性主体的重构——《我儿子的故事》的女性主义解读[J]. 作家，2008(2)：94.
21. 蔡圣勤，胡忠青. 库切对艾芒特斯及《遗著的忏悔》的批评[J]. 电影文学，2008(10)：112-113.
22. 胡忠青，蔡圣勤.《外婆的日用家当》中女性人物的象征意义[J]. 湖北社会科学，2007(4)：144-146.
23. 胡忠青，蔡圣勤."他者"镜像的相互建构：《我儿子的故事》的后殖民主义解读[J]. 世界文学评论，2007(1)：174-177.

参考文献

[1] Ashcroft B. Key concepts in post-colonial studies[M]. London and New York: Routledge, 1998.

[2] Ashcroft B, Gareth G, Helen T. The empire writes back: theory and practice in post-colonial literatures[M]. London and New York: Routledge, 1989.

[3] Bhabha H K. "The Other Question." Contemporary postcolonial theory: a reader[M]. New York: Arnold, 1996.

[4] Boehmer E. Colonial and postcolonial literature: migrant metaphors. New York: Oxford University Press, 1995.

[5] Bradbury M. Forster: a collection of critical essays[M]. New Delhi: Prentica-Hall, 1966.

[6] Bressler C E. Literary criticism: an introduction to theory and practice [M]. Beijing: Higher Education Press, Pearson Education, 2004.

[7] Chruchich N. Marxism and alienation[M]. Rutherford: Fairleigh Dickinson University Press, 1990.

[8] Clingman S. The novels of Nadine Gordimer: history from the inside[M]. London: Allen & Unwin Ltd, 1986.

[9] Coetzee J M. In inner workings: essays 2000-2005[M]. London: Harvill Secker, 2007.

[10] Cooke J. The novels of Nadine Gordimer: private lives/public landscape [M]. Baton Rouge: Louisiana State of University Press, 1985.

[11] Cornejo M. Political exile and the construction of identity: a life stories approach[J]. Journal of Community & Applied Social Psychology, 2008, 18(4).

[12] Donadio R. Nadine Gordimer and the hazards of biography[N]. New York Times, December 31, 2006.

[13] Escobar A. Culture sits in places: reflections on globalism and subaltern strategies of localization[J]. Political Geography, 2001(2): 139-174.

[14]Ettin A V. Betrayals of the body politic: the literary commitments of Nadine Gordimer[M]. Charlottesville and London: The University Press of Virginia, 1993.
[15]Evernden N. Beyond ecology: self, place, and the pathetic fallacy. From the ecocriticismreader: landmarks in literary ecology[M]. Athens and London: The University of Georgia Press, 1996.
[16]Fanon F. The wretched of the earth[M]. New York: Grove, 1963.
[17]Frye N. Anatomy of criticism[M]. New Jersey: Princeton University Press,1957.
[18]Gallagher S V. A story of Africa: J. M. Coetzee's fiction in context[M]. London: Harvard University Press, 1991.
[19]Garaard G. Ecocriticism[M]. New York: Routledge, 2004.
[20]Gilbert B M. Postcolonial criticism[M]. London & New York: Longman, 1997.
[21]Gordimer N. No time like the present[M]. New York: Picador, 2012.
[22]Gordimer N. The essential gesture: writing, politics, places[M]. New York: Penguin. 1989.
[23]Gordimer N. The house gun[M]. London: Bloomsbury Publishing, 1999.
[24]Gordimer N. Writing and being[M]. Cambridge: Harvard University Press, 1995.
[25]Gordimer N. Burger's daughter[M]. Harmondsworth: Penguin Books, 1979.
[26]Gordimer N. The pickup[M]. New York: Farrar, Straus and Giroux, 2001.
[27]Gordimer N. My son's story[M]. New York: Penguin USA,2003.
[28]Gordimer N. Living in hope and history: notes from our century[M]. New York: Farrar, Straus and Giroux, 1999.
[29]Head D. Nadine Gordimer[M]. New York: Cambridge University Press, 1994.
[30]Heise U K. Sense of place and sense of planet: the environmental imagination of the global[M]. New York: Oxford University Press, 2008.
[31]Heywood C. Nadine Gordimer[M]. Windsor: Profile Books, 1983.
[32]Huggan G, Stephen W. Critical perspectives on J. M. Coetzee[M]. London: Palgrave Macmillan, 1996.

[33]Hunt E. Post-apartheid Johannesburg and global mobility in Nadine Gordimer's the pickup and Phaswane Mpe's welcome to our hillbrow[J]. Ariel. 2006, 37 (4):103-121.

[34]Kakutani M. A chronicler of a land of strangers[J]. The New York Times, Weekend Desk, Late Edition-Final, Section C, page 28, Column 1, October 4, 1991.

[35]Kort W A. Place and space in modern fiction[M]. Gainesville : University Press of Florida, 2004.

[36]Lynch H R, Edward W B. Pan-Negro patriot, 1832-1912[M]. London: Oxford University Press, 1967.

[37]Lynch T. Xerophilia: ecoreitical explorations in southwestern literature [M]. Texas: Texas Tech University Press, 2008.

[38]Mail,Guardian. A Mixture of Ice and Fulfilled Desire[R/OL](2005-11-14)[2021-10-3]. https://mg. co. za/article/2005-11-14-a-mixture-of-ice-and-fulfilled-desire/.

[39]Mda Z. Justify the enemy: becoming human in south Africa[M]. Scottsville: University of KwaZulu-Natal Press, 2018.

[40]Medalie D. The context of the awful event: Nadine Gordimer's the house gun[J]. Journal of Southern African Studies, 1999, 25(4):633-644.

[41]Mount D C. Playing at home: an ecocritical reading of Nadine Gordimer's the pickup[J]. A Review of International English Literature, 2014, 45 (3):101-122.

[42]Nixon A V. Symbiosis and exchange in multicultural spaces: a study of Nadine Gordimer and Joy Harjo[D]. Florida:Florida Atlantic University, 2002.

[43]Ramakrishnan J R. "In thecountry" by Mia Alvar[N]. The New York Times. Published on June 19, 2015. Retrieved April 6, 2016.

[44]Schacht R. Alienation[M]. New York: Doubleday & Company, 1970.

[45]Schaer R. Utopia[M]. New York: The New York Public library, 2000.

[46]Smith R. Critical essays on Nadine Gordimer[M]. Boston: G. K. Hall & Co, 1990.

[47]Stobie C. Representations of "the other side" in Nadine Gordimer's the house gun[J]. Scrutiny 2: Issues in English Studies in Southern Africa, 2007, 12(1):63-73.

[48] Tenenbaum D. Survival systems in Nadine Gordimer's get a life[J]. English Studies in Africa, 2011, 54(2):43-54.
[49] Villa-Vicencio C. The spirit of freedom: south African leaders on religion and politics[M]. Berkeley: University of California Press, 1996.
[50] Visser I, et al. Family fictions: the family in contemporary postcolonial literatures in English[M]. Groningen: University of Groningen, Centre for Development Studies, 2005.
[51] Wagner K. Rereading Nadine Gordimer[M]. Bloomington and Indianapolis: Indiana University Press, 1994.
[52] Walsh T, Kaufmann F. Religion and social transformation in south Africa [M]. Minnesota: Paragon House Publishers, 1999.
[53] Williamson N B. Reinscribing genres and representing south African realities in Nadine Gordimer's later novels (1979-1994)[D]. Boston: Boston University, 1999.
[54] Witalec J. Contemporary literary criticism[M]. Detroit: Gale Research Company, 2003.
[55] Young, R. J. C. Postcolonialism: an historical introduction[M]. Oxford: Blackwell Publishing, 2001.
[56]伯林特. 环境与艺术:环境美学的多维视角[M]. 刘悦笛,等译. 重庆:重庆出版社,2007.
[57]博埃默. 殖民和后殖民文学[M]. 盛宁,韩敏,译. 沈阳:辽宁教育出版社,1998.
[58]弗罗姆. 逃避自由[M]. 陈学明,译. 哈尔滨:北方文艺出版社,1987.
[59]弗洛姆. 健全的社会[M]. 欧阳谦,译. 北京:中国文联出版公司,1988.
[60]伍德. 黑格尔的伦理思想[M]. 黄涛,译. 北京:知识产权出版社,2016.
[61]弗洛姆. 爱的艺术[M]. 李建鸣,译. 上海:上海译文出版社,2013.
[62]库格勒等. 今日南非[M],王新,译. 北京:中国电力出版社,2005.
[63]利奥波德. 沙乡年鉴[M]. 侯文蕙,译. 长春:吉林人民出版社,1997.
[64]格雷,勒兰,戈迪默. 戈迪默谈文学、社会和政治[J]. 文楚安,译. 译林,1992(3):218-219。
[65]陈光兵. 论陀思妥耶夫斯基作品中的儿童主题[D]. 南京:南京师范大学,2008.
[66]陈文化,等. 关于可持续发展内涵的思考[J]. 科学技术与辩证法,1999,16(2):1-5.

[67]车玉玲. 总体性与人的存在[M]. 哈尔滨:黑龙江人民出版社,2001.
[68]哈维. 巴黎城记:现代性之都的诞生[M]. 黄煜文,译. 桂林:广西师范大学出版社,2010.
[69]图图. 没有宽恕就没有未来[M]. 江红,译. 上海:上海文艺出版社,1998.
[70]卡西尔. 人论[M]. 甘阳,译. 上海:上海译文出版社,1998.
[71]范玉刚. 欲望修辞与文化守夜[M]. 北京:中国文联出版社,2008.
[72]法农. 黑皮肤,白面具[M]. 万冰,译. 南京:译林出版社,2005.
[73]弗洛姆. 爱的艺术[M]. 刘福堂,译. 桂林:广西师范大学出版社,2002.
[74]海德格尔. 存在与时间[M]. 陈嘉映,王庆节,译. 北京:生活·读书·新知三联书店,2006.
[75]韩少功. 性而上的迷失[M]. 济南:山东文艺出版社,2001.
[76]马尔库塞. 爱欲与文明[M]. 黄勇,薛民,译. 上海:上海译文出版社,1987.
[77]黑格尔. 精神现象学(下)[M]. 贺麟,王玖兴,译. 北京:商务印书馆,1996.
[78]黄彩英,等. 简明伦理学词典[Z]. 兰州:甘肃人民出版社,1987.
[79]黄若迟. 论南非宗教及其社会文化作用[J]. 西亚非洲,1996(3):42-48.
[80]霍尔巴赫. 健全的思想[M]. 王荫庭,译. 北京:商务印书馆,2017.
[81]罗尔斯顿. 环境伦理学[M]. 杨通进,译. 北京:中国社会科学出版社,2000.
[82]霍克海默. 批判理论[M]. 李小兵,等译. 重庆:重庆出版社,1989.
[83]金丽. 圣经与西方文学[M]. 北京:民族出版社,2007.
[84]巴巴. 他者问题:陈规与殖民话语[M]//阎嘉. 文学理论精粹读本. 北京:中国人民大学出版社,2006.
[85]贾平安,郝树亮. 统战学辞典[Z]. 北京:社会科学文献出版社,1993.
[86]巴什拉. 空间诗学[M]. 龚卓军,王静慧,译. 北京:世界图书出版社公司,2017.
[87]蒋承勇. 现代文化视野中的西方文学[M]. 上海:上海社会科学院出版社,2000.
[88]塞尔登. 当代文学理论导读[M]. 刘象愚,等译. 北京:北京大学出版社,2000.
[89]阿隆. 社会学主要思潮[M]. 葛智强,等译. 北京:华夏出版社,2000.
[90]威廉斯. 现代悲剧[M]. 丁尔苏,译. 南京:译林出版社,2007.
[91]李定清. 文学伦理学批评与人文精神建构[J]. 外国文学研究. 2006, 28(1):44-52.
[92]梁工. 简论该隐形象在欧洲文学中的演变[J]. 国外文学,1997(3):40-44,105.

[93]刘海静.论全球化背景下文化殖民主义的基本特征[J].平顶山学院学报，2011,26(6):1-6.
[94]刘进，李长生.空间转向与当代西方马克思主义文学批评研究[M].北京:社会科学文献出版社，2015.
[95]刘瑞亨.生的沉思及死的默想[J].江西教育学院学报，2002, 23(2):79-82.
[96]刘晓春.个人本真性的建构[J].民族艺术，2011(4):52-57.
[97]刘彦顺.生态美学读本[M].北京:北京大学出版社，2011.
[98]龙迪勇.空间叙事研究[M].北京:生活·读书·新知三联书店，2014.
[99]罗惠翾.从人类学视野看宗教仪式的社会功能[J].新疆师范大学学报:哲学社会科学版，2009 30(1):37-41。
[100]马永庆.论人与自然之间存在的伦理关系[J].齐鲁学刊，2004(3):17-21.
[101]柯克.人格的层次[M].李维，译.杭州:浙江人民出版社，1988.
[102]马克思.1844年经济学—哲学手稿[M].北京:人民出版社，2000.
[103]马克思，恩格斯.马克思恩格斯全集(第30卷)[M].北京:人民出版社，2002.
[104]马克思，恩格斯.马克思恩格斯全集(第40卷)[M].北京:人民出版社，1995.
[105]马克思，恩格斯.马克思恩格斯全集(第1卷)[M].北京:人民出版社，1995.
[106]马克思，恩格斯.马克思恩格斯全集(第2卷)[M].北京:人民出版社，1995.
[107]马克思，恩格斯.马克思恩格斯全集(第27卷)[M].北京:人民出版社，2002.
[108]孟德斯鸠.论法的精神(上册)[M].张雁深，译. 北京:商务印书馆，1982.
[109]莫尔特曼.希望神学导论[M]//载刘小枫.20世纪西方宗教哲学文选(下卷).上海:上海三联书店，1991.
[110]聂珍钊.文学伦理学批评导论[M].北京:北京大学出版社，2014.
[111]聂珍钊.文学伦理学批评:基本理论与术语[J].外国文学研究，2010(1):12-22.
[112]弗莱.伟大的代码:圣经与文学[M].郝振益，等译，北京:北京大学出版社，1998.
[113]祁程.西方马克思主义乌托邦思想研究[D].上海:华东师范大学，2013.
[114]秦晖.南非的启示[M].南京:江苏文艺出版社，2013.
[115]任一鸣.后殖民时代的非洲宗教及其文学表现[J].社会科学，2002(12):

99-104.
[116]亨廷顿. 文明的冲突与世界秩序的重建[M]. 周琪，等译. 北京：新华出版社，1999.
[117]萨特. 存在与虚无[M]. 陈宣良，译. 北京：生活·读书·新知三联书店，2007.
[118]沈艳燕. 年寄话语与青春诗学：论《伯格的女儿》中的文化病理学意蕴[J]. 当代外国文学. 2009(3)：56-64.
[119]生安锋. 霍米·巴巴的后殖民理论研究[M]. 北京：北京大学出版社，2011.
[120]宋希仁. 家庭伦理新论[J]. 中国人民大学学报，1998，12(4)：62-68.
[121]宋希仁. 西方伦理思想史[M]. 北京：中国人民大学出版社，2004.
[122]孙文宪. 回到马克思：脱离现代文学理论框架的解读[J]. 学术月刊，2013(8)：122-126.
[123]孙周兴. 海德格尔选集[M]. 上海：上海三联书店，1996.
[124]陶家俊. 理论转变的征兆：论霍米·巴巴的后殖民主体建构[J]. 外国文学，2006(5)：80-85.
[125]伊格尔顿. 马克思主义文学与批评[M]. 文宝，译. 北京：人民文学出版社，1980.
[126]克勒斯威尔. 地方：记忆、想象和认同[M]. 徐苔玲，王志弘，译. 台北：群学出版有限公司，2006.
[127]查建英. 关于"边缘人"的通信[J]. 小说界，1988(5)：132.
[128]王惠. 论荒野的美学价值[J]. 江苏大学学报：社会科学版，2006，8(4)：18-24.
[129]王先霈，王又平. 文学批评术语汇释[M]. 北京：高等教育出版社，2006.
[130]汪民安. 文化研究关键词[M]. 南京：江苏人民出版社，2007.
[131]汪民安. 身体、空间与后现代性[M]. 南京：江苏人民出版社，2015.
[132]王宁. 叙述、文化定位和身份认同——霍米·巴巴的后殖民批评理论[J]. 外国文学，2002(6)：48-55.
[133]文熙. 殖民主义—新殖民主义—后殖民主义—西方资本主义国家对第三世界国家政策的演变[J]. 党史文汇，1996(5)：2-8.
[134]武志红. 为何家会伤人：揭示家庭中的心理真相[M]. 北京：世界图书出版公司，2007.
[135]徐曙玉，边国恩. 20世纪西方现代主义文学[M]. 天津：百花文艺出版社，2001.
[136]波娃. 第二性：女人[M]. 桑竹影，等译. 长沙：湖南文艺出版社，1986.

[137]肖四新:.《圣经》原型——莎士比亚创作的基石[J].外国文学研究,1996(1):91-96.
[138]谢景之.《紫颜色》对女性主体的重建[J].河南师范大学学报:哲学社会科学版,2006,33(4)122-124.
[139]拉康.拉康选集[M].褚孝泉,译.上海:上海三联书店,2001.
[140]颜红菲.叙事理论的新视角:评科特的《现代小说的地点与空间》[J].外国文学研究,2012,34(3):163-166.
[141]颜治强.论非洲英语文学的生成:文本化史学片段[M].北京:外语教学与研究出版社,2019.
[142]杨金才.后殖民主义理论的激进与缺失[M].当代外国文学,1999(4):150-157.
[143]杨欣欣,杜明业.论小说中的地理空间建构[J].社会科学家,2011(6):140-143.
[144]叶舒宪.神话:原型批评[M].西安:陕西师范大学出版社总社有限公司,2011.
[145]尼基福罗娃,等.非洲现代文学(东非和南非)[M].陈开种,等译,北京:外国文学出版社,1981.
[146]衣俊卿.西方马克思主义概论[M].北京:北京大学出版社,2013.
[147]尹保红.西方马克思主义空间理论及其当代价值[M].北京:光明日报出版社,2016.
[148]殷融,张菲菲.群体认同在集群行为中的作用机制[J].心理科学进展,2015(9):1637-1646.
[149]于炳贵,郝良华.中国国家文化安全研究[M].济南:山东人民出版社,2007.
[150]于可.当代基督新教[M].北京:东方出版社,1998.
[151]曾繁仁.生态美学导论[M].北京:商务印书馆,2010.
[152]曾繁仁.试论生态美学[J].文艺研究,2002(5):11-16.
[153]赵合俊.伊甸审判:性爱的异化与理化[M].广州:花城出版社,1993.
[154]赵稀方.后殖民理论[M].北京:北京大学出版社,2009.
[155]张宏明.基督教、伊斯兰教对非洲社会发展的影响——爱德华·布莱登的宗教思想透视[J].西亚非洲,2007(5):12-17.
[156]张奎良.时代呼唤的哲学回响[M].哈尔滨:黑龙江人民出版社,2000.
[157]张毅.非洲英语文学[M].北京:外语教学与研究出版社,2011.
[158]张一兵.西方马克思主义哲学概论[M].北京:北京师范大学出版集团,

2010.
[159]张之沧.西方马克思主义伦理思想研究[M].南京:南京师范大学出版社,2009.
[160]周海金.非洲宗教的传统形态与现代变迁研究[M].北京:中国社会科学出版社,2017.
[161]周宁.想象的疆域:从文学批评到文化批判[J].东南学术,2004(S1):272-275.
[162]朱海林.论伦理关系的特殊本质[J].道德与文明,2008(4):32-36.
[163]朱振武,等.非洲英语文学研究(文集)[M].上海:华东理工大学出版社,2019.
[164]朱振武,等.非洲国别英语文学研究(文集)[M].上海:华东理工大学出版社,2019.
[165]朱振武,非洲英语文学的源与流[M].上海:学林出版社,2019.
[166]邹建军,刘遥.文学地理学研究的主要领域[J].世界文学评论,2009(1):41-46.

后　记

至此,本项目的研究暂告一段落。回望我对戈迪默的研究,感慨良多。2005年,我攻读硕士学位。在恩师蔡圣勤教授的引导下,我开始阅读戈迪默的小说。然而,读得越多,我却越惶恐。戈迪默思想的深邃,让我有种望而却步的敬畏感。老师感知到我的畏难情绪,细心开导我。他将戈迪默的创作比作一个蕴含着无尽宝藏的富矿,鼓励我尽自己所能,慢慢开凿,坚持下去,终能掘到财富。在恩师的悉心指导和大力支持下,我走进学术之门,并一路走到了今天。感恩老师对我的教导与关怀。能成为老师的学生,是我今生最大的幸运。

从2008年到2018年,从28岁到38岁,我在长江大学工程技术学院工院度过了人生最美好的年华,而工院也见证了我的成长。感恩并感谢工院的各位领导和同事。他们接纳我成为工院的一员,给予我成长的平台。因为他们的关心与帮助,我才能在教学之余继续自己的文学研究,并有幸获得本项目的立项。而本项目研究的顺利完成,更是离不开他们的全力支持。

2018年9月,我来到华中师范大学攻读博士学位,师从邹建军教授。邹教授学识渊博、平易近人,是诗人,是学者,是老师,也如我们的父亲。在华师三年,老师的悉心指导和深切关怀,让我不断成长,不断收获。老师开阔的学术视野、缜密的学术思维和严谨的学术态度让我受益匪浅。本项目的顺利完成,离不开老师的教诲、关心与帮助。感谢吾师!

2021年6月,我博士毕业并有幸入职湖北工业大学外国语学院。鲁修红院长、张志国书记、黄海泉副院长和黄广芳副院长等外院领导以及各位亲爱的同事们都给予了我热切的鼓励和大力的支持。在此一并感谢他们!

感谢纳丁·戈迪默。曾经有位学者说,要想真正理解一位作家,你需要有与他一样高度与深度的思想。我还无法达到戈迪默那样的思想境界,但是不妨碍我从她的思想里获得启迪。她以无与伦比的写作技巧,创造了一个色彩缤纷的文学世界。在这个世界里,我体察了人生百态,也获取了人生智慧。而她本人冷静超然的人生态度,更是为我树立了精神榜样。

最后,感谢自己的坚持。从2005年至今,已过去了16年。在这16年里,我品味了生活的苦与甜,也体验了人生的悲与欢,但始终不曾放弃的是对文学的热爱和对研究的坚持。这份热爱，赋予我前行的动力；这份坚持，让我成长为今天的自己。

曾经有学者将戈迪默的创作比喻为非洲文学的乞力马扎罗，值得我们永远探寻。而本项目对她的研究来说还只走出了一小步，要实现揭示其创作全貌的目标还有很长一段路要走。但我对戈迪默的研究不会终止，而会以更为宏观而深入的方式继续展开。我会在自己前期所有关于戈迪默研究成果的基础上，将视野扩展到南部非洲的英语文学，将众多散点统一在一起，努力形成对非洲文学的整体把握。而我也热切期待着有更多戈迪默小说爱好者、非洲文学爱好者参与到非洲文学研究中来，共同领略非洲文学的美与真。

胡忠青

2021 年 12 月 23 日于武汉巡司河畔